读史有学问

三千年来激荡人心的精彩讲话·外国卷
升级版

赵 博 编著

中国华侨出版社

图书在版编目(CIP)数据

三千年来激荡人心的精彩讲话. 外国卷 / 赵博编著. -- 北京：中国华侨出版社, 2011.4
ISBN 978-7-5113-1054-5

Ⅰ. ①三… Ⅱ. ①赵… Ⅲ. ①演讲—世界—选集 Ⅳ. ①I16

中国版本图书馆CIP数据核字(2011)第035346号

三千年来激荡人心的精彩讲话【外国卷】

编　著 / 赵　博
责任编辑 / 骁　晖
责任校对 / 王京燕
经　销 / 新华书店
开　本 / 787×1092毫米　1/16 开　印张/18　字数/270 千字
印　刷 / 北京军迪印刷有限责任公司
版　次 / 2011 年 6 月第 1 版　2020 年 5 月第 2 次印刷
书　号 / ISBN 978-7-5113-1054-5
定　价 / 60.00 元

中国华侨出版社　北京市朝阳区静安里26号通成达大厦3层　邮编：100028
法律顾问：陈鹰律师事务所
编辑部：(010)64443056　64443979
发行部：(010)64443051　传真：(010)64439708
网址：www.oveaschin.com
E-mail：oveaschin@sina.com

前言

正所谓:一人之辩,重于九鼎之宝;三寸之舌,强于百万之师。口才不仅展现个人的表达能力,也是逻辑思维、领导素质和沟通能力的重要体现。提高讲话能力,跻身竞争前沿,已成为现代人不可回避的迫切问题。

但你也许会说:"我口才不好,天生又害羞、紧张,肯定做不了演说家。"那么,我们告诉你:"朋友,这不要紧,路就在脚下。好口才不会与生俱来,也不会从天而降,就像庄稼需要施肥,道路需要整修,它也需要培养。"

西方有一句格言为:"诗人是先天的,演说家是后天的。"确实,要想掌握声遏行云的语言艺术,练就一副悬河之口,非下一番苦功夫不可。

年轻时的德摩斯梯尼天生口吃,嗓音微弱,讲话时时常上气不接下气,而且还有耸肩的坏习惯。在常人看来,他根本不是当演讲家的料,他多次被听众哄下演讲台。但德摩斯梯尼没有因嘲笑、打击而气馁,他一边博览群书、积累知识,一边刻苦练习,他把小石子含在嘴里迎着呼啸的大风朗诵。经过苦练,他终于成了世界闻名的大演讲家。

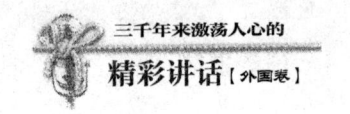

演讲是一门语言逻辑巧妙运用的学问，无论是经过深思熟虑写成的讲稿，还是慷慨激昂的即兴演说，它的背后都有数年甚至数十年的口才训练和文化积淀。而阅读一定数量的优秀演讲词，是领略名流论辩之风采、汲取人类思维之智慧的一条便捷之路，可以在最短的时间里取得最快的提高效果。

鉴此，我们精选了古今中外近二百篇代表了演讲最高成就的精彩讲话，组织编写了上、下两册丛书，即《三千年来激荡人心的精彩讲话大全集(中国卷)》和《三千年来激荡人心的精彩讲话大全集(外国卷)》。

在体例编排上，本套丛书通过"背景资料"、"讲话实录"、"经典解读"、"名句赏析"四个版块，分别从不同角度展示了中外名人各具特色、风采独具的语言艺术，为你提供了学习与掌握讲话艺术的绝好教材。

其中，《三千年来激荡人心的精彩讲话大全集(外国卷)》分为政见讲话、竞选讲话、就职讲话、战争讲话、外交讲话、校园讲话、励志讲话、离别讲话八个方面，它们或高屋建瓴、气势逼人，或言简意赅、敏睿智慷，或引经据典、古朴雄辩，或汪洋恣肆、游刃有余，或低回舒缓、委婉哀怨……

我们诚挚地期望，这套悉心编制的演讲精品丛书，能够让你在轻松愉快的氛围中，充分享受阅读的乐趣，激发理性思考，进而提升语言表达能力与演讲艺术水平。愿这套丛书成为你学习语言艺术的良师益友，助你早日成为驾驭语言的能人高手。

踏入历史伟人的智慧殿堂，领略人类最高理性与智慧吧！

目 录

第一章 政治理想的慷慨陈词
——政见讲话

1. 古希腊最伟大的雄辩家之一狄摩西尼——金冠辩 ………… 1
2. 罗马最伟大的辩护者西塞罗——对威勒斯的控告 ………… 4
3. 资本主义精神最完美的代表富兰克林——我对这部宪法很满意 …… 7
4. "不可腐蚀者"罗伯斯庇尔——在立法会议上的演说 ………… 10
5. 美国女权运动先驱斯坦顿——我们需要与男人同等的权利 …… 12
6. "铁血首相"俾斯麦——我们的德国 ………… 18
7. 美国劳工协会缔造者冈伯斯——工人要求什么 ………… 22
8. 英国激进派领袖乔治——一张废纸 ………… 27

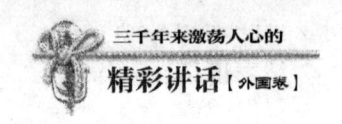

第二章 豪情万丈的自我推销
——竞选讲话

1. 四任英国首相的格莱斯顿——英国的外交政策原则 …………… 31
2. 民主党和平民党领袖布赖恩——不要把人类钉死在金十字架上 …… 36
3. "伟大的沟通者"里根——我的80年代的策略 ……………………… 43
4. 美国第42任副总统蒙代尔——向里根先生挑战 …………………… 50
5. 亚洲第一位女总统阿基诺——胜利属于我们 ……………………… 56
6. 美国首任黑人总统奥巴马——是的,我们能 ……………………… 58

第三章 气吞山河的施政纲领
——就职讲话

1. 美国开国总统华盛顿——美国人民的实验 ………………………… 65
2. "民主巨擎"杰佛逊——不负民众的瞩望 …………………………… 69
3. "伟大的解放者"林肯——联邦是不容分裂的 ……………………… 75
4. 女权运动代言人卡丽——反对对妇女的性别偏见 ………………… 84
5. 战时内阁首相丘吉尔——出任首相后的首次演说 ………………… 88
6. 日本首位国会推选首相片山哲——共度危机 ……………………… 91

7."铁胆将军"巴顿——战争会造就英雄豪杰 …………………………… 95

8.美国现代史上的和平总统卡特——我绝不回避责任 ……………… 98

9."星球大战"的始作俑者里根——第一次就职演说 ………………… 102

10.重振美国雄风的总统克林顿——美国复兴的新时代 ……………… 110

第四章 雷霆万钧的战争动员令
——战争讲话

1.开创雅典辉煌的伯里克利——我们是战无不胜的 ………………… 117

2.迦太基统帅汉尼拔——要么胜利,要么死亡 ……………………… 124

3.拉丁散文文学的鼻祖加图——为洛迪安人申辩 …………………… 128

4.古罗马国王恺撒大帝——非战胜,决不离开战场 ………………… 130

5.古罗马执政官西塞罗——我们已遍地燃起自由的希望 …………… 133

6."美国革命之舌"亨利——不自由,毋宁死 ……………………… 136

7.大陆军总司令华盛顿——一旦出击,必歼顽敌 …………………… 140

8."政界校长"威尔逊——关于对德宣战在国会上的讲话 …………… 142

9.朝鲜人民军的缔造者金日成——为光复祖国而顽强战斗 ………… 147

10.坐在轮椅上的总统罗斯福——一个遗臭万年的日子 ……………… 151

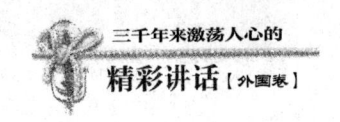

第五章　纵横捭阖的斡旋辞令
——外交讲话

1. 英国批判现实主义小说家狄更斯——在饯别宴会上的演讲 ………… 155
2. 世界文坛巨匠泰戈尔——印度面对的问题 ………………………… 158
3. 《人类的命运》作者马尔罗——希腊礼赞 ………………………… 162
4. "铁娘子"撒切尔夫人——香港将变得比现在更繁荣 …………… 167
5. 第一位访华美国总统尼克松——我们在这里所做的事能
   改变世界 ………………………………………………………………… 170

第六章　开启青年心智的谆谆教诲
——校园讲话

1. 德国古典唯心主义的集大成者黑格尔——哲学史开讲辞 ………… 174
2. 印度近代文学的奠基人泰戈尔——你们要远离物质主义的毒害 … 177
3. 美国经济的"救星"罗斯福——在宾夕法尼亚大学的演说 ……… 184
4. "西点之父"麦克阿瑟——责任·荣誉·国家 …………………… 188
5. 世界首富比尔·盖茨——改变这个世界深刻的不平等 …………… 193
6. 惠普最成功的CEO菲奥莉娜——凝练的过程：抓住事物的本质 …… 202

7.苹果公司创始人乔布斯——保持求知欲,保持赤子心 ………… 209

第七章 直击人类心灵的豪言壮语
——励志讲话

1.马其顿帝国国王亚历山大——对马其顿士兵的演说 ………… 217
2.捍卫真理的殉道者布鲁诺——真理面前半步也不后退 ………… 222
3.北美印第安人部落首领洛根——洛根首领的哀词 ………… 225
4.法兰西第一帝国皇帝拿破仑——在米兰的演说 ………… 227
5.美国独立的巨人亚当斯——拔去狼的牙齿 ………… 230
6.南北战争领导者林肯——在葛底斯堡的演说 ………… 232
7."美国文学中的林肯"马克·吐温——我也是义和团 ………… 234
8.无产阶级艺术最杰出的代表高尔基——向文盲宣战 ………… 237
9.精神分析学派创始人弗洛伊德——升华,战胜命运的摆布 ………… 243
10.分析哲学创立人罗素——置人类于末日还是弃绝战争 ………… 246

第八章 离情别绪的喷薄而出
——离别讲话

1. 西方哲学的奠基者苏格拉底——临终辩词 ………… 251

2. 美国"国父"华盛顿——告别演说 ………… 255

3. 爱尔兰民主斗士伊墨刺多——名誉重于生命 ………… 262

4. 美国废奴运动领袖布朗——生命的最后一课 ………… 266

5. "友好情谊"大使费尔普斯——告别英伦 ………… 269

6. 军事家天才蒙哥马利——告别演讲 ………… 272

第一章 政治理想的慷慨陈词
——政见讲话

他们站在伟大的历史岔路口上,用自己高瞻远瞩的视界和思维,提前预言一个时代的真理,以渐进方式实现政治和社会改革,可谓未来时代的"先声"。在重要的历史关头,他们是如何写下了自己政治生涯中浓墨重彩的篇章呢?

1. 古希腊最伟大的雄辩家之一狄摩西尼——金冠辩

背景资料

狄摩西尼(前384–前322),古希腊最伟大的雄辩家之一。他幼年多病,有口吃、咬字不清等先天缺陷。7岁时,狄摩西尼的父亲去世,留下的巨额财产被监护人(其叔父)侵吞。成年之后,狄摩西尼决心向法庭提出控诉。通过持之以恒的苦心锻炼,他克服了先天缺陷,终于以流畅有力的言辞取得胜利。由于他长于辩论,不到30岁,就成为一个极有名望的律师、雄辩家。

公元前330年,雅典政治家泰西凡鉴于狄摩西尼对国家所做的贡献,建议授其金冠,政敌埃斯基涅斯诬告泰西凡此举违法,并抓住狄摩西尼的某些事情大做文章。狄摩西尼为了惩恶扬善公开与其展开政治辩论,发表了这篇《金冠辩》,结果泰西凡的建议得以通过,狄摩西尼赢得金冠。

讲话实录

埃斯基涅斯，我可以下断言，你是利用这件事来显示你的口才和嗓门，而不是为了惩恶扬善。但是，埃斯基涅斯，一个演说家的语言和声调的高低并没有什么价值。能够以人民的观点为自己的观点，以国家的爱憎为自己的爱憎，这才有意义。只有心里怀着这点的人才会以忠诚的心来说每一句话。要是对威胁共和国安全的人阿谀奉承，同人民离心离德，那自然无法指望与人民一道得到安全的保障了。但是——你看到了吗——我却得到了这种安全保障，因为我的目标与我的同胞一致，我关注的利益跟人民一致。你是否也是这样呢？这又怎么可能？尽管众所周知，你原来一直拒绝接受出使腓力的任务，战后你却立刻就到腓力那里做大使了，那时给我们国家带来大难的罪魁祸首正是你。

是谁欺骗了国家？当然是那个内心所想与口头所说不一的人。宣读公告的人该对谁公开诅咒？当然是上述那类人。对于一个演说家来说，还有比心口不一更大的罪名吗？你的品格却正是这样。你还胆敢说话，敢正视这些人！你以为他们没有认清你吗？你以为他们昏昏沉睡或如此健忘，已忘记你在会上的讲话？你在会上一面诅咒别人，一面发誓与腓力绝无关系，说我告发你是出于私怨，并无事实根据吗？等到战争的消息一传来，你就把这一切都忘记了，你发誓表示和腓力很友好，你们之间存在友谊——其实这是你卖身的新代名词。埃斯基涅斯，你只是鼓手格劳柯蒂亚的儿子，怎能够在什么平等和公正的借口下成为腓力的朋友或知交呢？我看是不可能的。不！绝不可能！你是受雇来破坏国人利益的。虽然你在公开叛变中被当场捉获，事后也受到了告发，却还以一些别的人都可能犯而我却不会犯的事来辱骂我，谴责我。

埃斯基涅斯，我们共和政体的许多伟大光荣的事业是由我完成的，国家没有忘记我的业绩。以下事例就是明证：选举由谁来发表葬礼后的演说时，有人提议你，可是，尽管你的声音动听，人民不选你；也不选狄美法斯，尽管他刚刚达成和平,也不选海吉门或你们一伙的任何人,却选了我。你和彼梭克列斯以粗暴而又可耻的态度(慈悲的上天啊!)列出你现在所举的这些罪状来谴责、辱骂我时,人民却更要选举我。原因你不是不知道,但我还是要告诉你,雅典人知道我处理他们的事务时的忠诚与热忱,正如他们知道你和你们一伙的不忠。共和国昌盛时你对某些事物发誓拒认,国家蒙受不幸时,你却承认了。

因此,对于那些以共和国灾难来取得政治安全的人,我们的人民认为远在他们如此做时已是人民的敌人,现在则更是公认的敌人。对于那向死者演说致敬、表扬烈士英勇精神的人,人民认为他不应和烈士为敌的人共处一室,同桌而食;他不该与杀人凶手一起开怀饮宴,并为希腊的大难唱欢乐之歌后,再来这里接受殊荣;他不该用声音来哀悼烈士的厄运而应以诚心吊唁他们。人民在我和他们自己身上体会得到这一点,却无法在你们任何人中寻得。

因此,他们选了我,不选你们,人民的想法如此,人民选出来主持葬礼的我同死者父兄的想法也一样。按照风俗,丧筵应该设在死者至亲家属中,但人民却命令将筵席设在我家。他们这样做有道理:因为单独来说,死者各自的家人与死者的亲属关系要比我更密切,可是,对全体死者而言,却没有人比我更亲了。更深切关心他们安危成就的人,对他们死难的哀痛也最深。

经典解读

这场政治辩论,主要围绕两个内容展开:第一部分是怒斥埃斯基涅斯的诬蔑和攻击,第二部分是狄摩西尼的自我辩护。在言辞中,狄摩西尼发挥其高超的思辩能力和出色的修辞才华,依法论证析理,逻辑体系严谨完整。

在这篇5000余字的政治辩护词中,运用了70处之多的设问、反问句式,有的用于假设推理,有的用于排比,有的单独使用。这是不多见的,不能说不是一大特色,而且这些句式恰到好处,为推理论证发挥了重要作用。整篇演讲读起来,有一种咄咄逼人、势不可挡之势,令人感到步步紧逼,环环相扣,增强了说服力度,

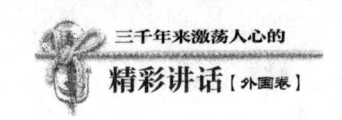

令人为之折服。它至今仍被公认是历史上最成功的雄辩艺术杰作。

名句赏析

但我还要告诉你,雅典人知道我处理他们的事务时的忠诚与热忱,正如他们知道你和你们一伙的不忠。共和国昌盛时你对某些事物发誓拒认,国家蒙受不幸时,你却承认了。

对比是最好的说理手段,反差越大,形象越鲜明,说服人的力量也越强。狄摩西尼把自己的正义崇高和原告的无耻卑下加以对比,说明雅典人民对埃斯基涅斯的蔑视和摒弃,对狄摩西尼的热爱、尊敬,视为亲人,从而强烈地感染着听众的判断和意向选择。

2.罗马最伟大的辩护者西塞罗——对威勒斯的控告

背景资料

马库斯·图留斯·西塞罗(前106—前43),出身于古罗马奴隶主骑士家庭,他先后学习了修辞学、法学和哲学,后成为罗马著名的政治家、演说家、雄辩家、法学家和哲学家。公元前81年发表诉讼演说,步入政治生涯。他以广博的知识和雄辩艺术,被誉为罗马最伟大的辩护者。

名作《对威勒斯的控告》是西塞罗于公元前70年对当时罗马官员普遍贪赃枉法的政治指控。威勒斯任西西里总督,更是其中较显著者。

讲话实录

各位元老,长时期以来,存在着这样的见解:有钱人犯了罪,不管怎样证据确凿,在公开的审判中还是安然无事。这种见解对你们的社会秩序十分有害,对国家十分不利。现在,驳斥这种见解的力量正掌握在你们手中。

在你们面前受审的是个有钱人,他指望以财富来开脱罪名;但是在一切公正无私的人心目中,他本身的生活方式和行为就足以给他定罪了。我说的这个人就是凯厄斯·威勒斯。假如今天他不受到罪有应得的惩处,那不是因为缺乏罪证,也不是因为没有检察官,而是因为司法官失职。

威勒斯青年时放荡无行,后就任财务官时,除为恶之外,又岂有其他?他虚耗国库;他欺骗并出卖一位执政官;他弃职逃离军队使之得不到补给;他劫掠某省;他践踏罗马民族的公民权和宗教信仰权!威勒斯在西西里任总督时,更是恶贯满盈,使他的劣迹遗臭万年。他在这期间的种种决策触犯了一切法律、一切判决先例和所有公理。他对劳苦人民的横征暴敛无法计算,他把我们最忠诚的盟邦当作仇敌对待,他把罗马公民像奴隶一样施以酷刑处死。许多杰出人士不经审讯就被宣布有罪而遭流放,暴戾的罪犯却用钱行贿得以赦免。

威勒斯,我现在要问你对这些控告还有什么辩解的话?不正是你这个暴君,胆敢在意大利海岸目力所及的西西里岛上,将无辜的不幸公民帕毕列阿斯·加弗斯·柯申纳斯钉在十字架上使他受辱而死吗?他犯了什么罪?他曾表示要向他国家的法官上诉,控告你的残酷迫害!他正要为此乘船归来时,就被捉拿到你面前,控以密探之罪,受到严刑拷打。虽然他宣称:"我是罗马公民,曾在卢西乌斯·普列蒂阿斯手下工作。他现刻在盘诺马斯,他将证明我无罪!"这个声明毫无用处,你对这些抗辩充耳不闻,你残忍已极嗜血成性,竟下令施此酷刑!"我是罗马公民!"这句神圣的话,即使在最僻远之地也还是安全的护身凭证。但柯申纳斯语音未绝,你就将他处死,钉在十字架上!

啊,自由,这曾是每个罗马人的悦耳乐音!啊,一度是神圣不容侵犯的神圣的罗马公民权,而今却横遭践踏!难道事情真已至此地步?难道一个低级的地方总督,他的全部权力来自罗马人民,竟可以在意大利目力所及的一个罗马省份里,

任意捆绑、鞭打、刑讯并处死一位罗马公民吗?难道无辜受害者的痛苦叫喊,旁观者的同情热泪,罗马共和国的威严以至畏惧国家法制的心理都不能制止那残忍的恶人吗?那人恃仗自己的财富,打击自由的根基,公然蔑视人类!难道这恶人可以逃脱惩罚吗?诸位元老一定不可以这样做啊!这样做了,你们就会挖去社会安全的基石,扼杀正义,给共和国招来混乱、杀戮和毁灭!

经典解读

《对威勒斯的控告》篇幅不长,但内容充实,以有力的论据和尖锐的反诘构成气势凌厉的抨击,犹如一篇战斗的檄文,突出威靳斯令人发指的罪行,无情地批判了罗马官员普遍贪赃枉法的可恶行径。

西塞罗认为演说主要是束缚对手、左右听众情绪,而不是诉诸理性判断,因此他在本篇中善用提问、直接向对方致词、讽刺等修辞手段,加之比喻的使用,更显得形象多趣,机智灵活。整篇言论铿锵有力,掷地有声,富有强烈的战斗性和说服力,不愧为经典之作。

名句赏析

难道无辜受害者的痛苦叫喊,旁观者的同情热泪,罗马共和国的威严以至畏惧国家法制的心理都不能制止那残忍的恶人吗?那人恃仗自己的财富,打击自由的根基,公然蔑视人类!难道这恶人可以逃脱惩罚吗?

这几句话词汇丰富,句法考究,在句尾特别注意音调的抑扬顿挫。西塞罗穷追猛打,巧妙地揭露威勒斯的罪恶和法庭的虚伪,使法官理屈词穷,充分表达了他维护正义的大无畏革命精神。

3.资本主义精神最完美的代表富兰克林
——我对这部宪法很满意

背景资料

18世纪末,资产阶级在全球诸多地区独领风骚一个多世纪后,用国家大法形式对资本主义社会中各阶层的利益、政体、权力与义务、利益与责任等问题予以明确和规定,成为势在必行的问题。美国是第一个接过这个课题的国家。

1787年,美国杰出的科学家、政治家和发明家,资本主义精神最完美的代表本杰明·富兰克林(1706-1790)作为美国制宪会议的代表,参与了世界上第一部成文宪法《美国宪法》的起草和制定。在"独立大会"上,齐集一堂的各州代表对《美国宪法》众说纷纭,莫衷一是。为了统一意见,使《美国宪法》得以通过,富兰克林做了这篇演说。

讲话实录

我得承认我对目前的宪法并不完全赞成;可是,诸位先生,我可不敢说我以后还会不赞成它。因为,我活得这么久,我经历过许多事,这些事都必需在以后借更好的资料或更周密的考虑,来改变甚至是不容易更改的意见,而这些意见我一度认为是对的,现在才发现它的错误。因此,我活得越久,就更易怀疑自己对别人的判断是否正确。说真的,大多数的人和大多数宗教教派一样,都认为自己才拥有全部真理,别人都跟他们大相迥异,简直是大错特错。

斯蒂尔,是位新教徒,他有一次在祝圣礼上对教众说,我们两个教会都各自相信自己教条的正确性,这两者意见的唯一的差别,是罗马教堂的教条是颠扑不

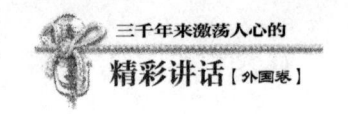

破的,还是英格兰的教条绝不会有错的。可是,虽则有许多人就跟相信自己的教派一样,认为自己是绝不会有错的,但是却没有人能够像一位法国小姐在与她姐姐有点小争执中,很自然地说出这句话:"除了我之外,我所交谈的人都认为他们是对的。"

如同我这样感触,各位先生,我得同意宪法是有其缺点的——假使这句话不错——因为我认为我们必需有个一般的政府,假使宪法能好好执行,它就会为公众带来福祉;而且我更相信,这个宪法可能会认真执行数年,而且当人民只需要专制政府而不需要别的政府时,它最后也会变成专制政府。同样地,我也怀疑我们所举办的任何大会是否能缔造出较好的宪法来;这是因为您得召集一些人,集思广益,可是不可避免地,您也集结了他们所有的成见,他们的私情,他们意见的谬误,他们地方的利益和他们自私的想法。像这样的一个大会,会产生出完美的结果么?

因此,先生们,我如果发现这部宪法接近完美,我将会大感惊异。我也认为这部宪法也会使我们的敌人大吃一惊。因为我们的敌人正乐于听到我们的国策顾问们也像建造巴贝尔城的人一样,因意见不同而内部混乱,他们也乐于见到我国濒于分裂,以便达到他们扼住我们命运的目的。

所以,先生们,我对这部宪法很满意,因为我们没有更好的了。同时也因为我确定不了它不是最好的,若有人指责它的错误,我也拿来贡献给国家。我绝不会把这些意见泄露出去的。它们生于斯,也应死于斯。假使我们每一个人能为关心这个宪法,而说出他们指责的意见,并尽力找出和您有同感的同志,我们可以阻止您的意见被广泛探知,以免在国外和在我们之间,由于我们的意见不一致,而失去了它对于国家利益的重大贡献。一个政府在追求和保障人民的幸福上,是否有成绩,是否有效率,大部分要依靠人民是否为政府着想,以及政府人员本身的才智和团结一致。因此,我希望,为了我们自己,作为一个民众的立场,也为了我们的繁荣,我们应该热诚一致,使宪法也能臻于我们影响力所及的地方,并要把

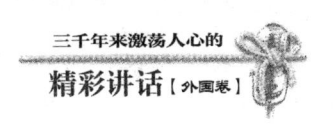

握将来的目标,努力去寻求能使宪法贯彻到底的方法。

总而言之,先生们,我总是希望与会的人士当中具有对宪法仍持反对意见的人,在这种情况下,他会跟我一样,怀疑我们的反对意见是否真的可以成立,而且为了表示我们的意见一致,我希望他也签他的大名于这个法定文件上。

经典解读

针对各州代表对美国第一部宪法的不同说法,富兰克林并没有争吵、辩驳、失望,而是开宗明义,故作惊人之语,"我对目前的宪法并不完全赞成",使听众为之感到震惊,产生聆听下文的兴趣。紧接着,他又提出"我可不敢说我以后还会不赞成它"的观点,并以自己思维认识的发展例子和宗教历史上的例证,阐释人们的看法与态度会随着时间的推移以及阅历的增长发生改变。然后,富兰克林话锋一转说"我对这部宪法很满意,因为我们没有更好的了,同时因为我确定不了它不是最好的",由满意到不满意,由批评到充分肯定,说出了自己的真实看法。

演讲见解深刻,分析深入,层层递进,又一波三折,大起大落,充满了风趣和哲理,很容易吸引听众的注意力。正是基于此,富兰克林有力地说服了各州代表,《独立宣言》得以通过并在全国实施。

名句赏析

一个政府在追求和保障人民的幸福上,是否有成绩,是否有效率,大部分要依靠人民是否为政府着想,以及政府人员本身的才智和团结一致。

这句话是对《美国宪法》的深刻阐述,"追求和保障人民的幸福"、"依靠人民是否为政府着想"、"政府人员本身的才智和团结一致",这些点明了政府和人民的关系,说明了《美国宪法》是一部资产阶级民主宪法,美利坚共和国将实行人民主权、有限政府的资产阶级民主原则。

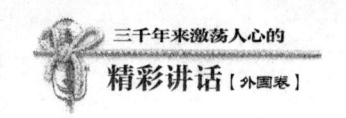

4."不可腐蚀者"罗伯斯庇尔——在立法会议上的演说

背景资料

马克西米连·罗伯斯庇尔(1758-1794),法国资产阶级革命家。年轻时,受启蒙思想家卢梭影响,提倡无神论和民主学说,抨击封建制度。1789年当选为三级会议代表,后成为雅各宾派专政时期的实际政府首脑。他支持男性公民普选权、支持赋予犹太人民权、呼吁废除奴隶制等,在全国赢得了极高声望,获得了"不可腐蚀者"的称号。

1789年7月14日巴黎人民起义后,以拉法耶特为首的斐扬派召开立法议会。罗伯斯庇尔在议会上发表了这篇著名的演说,主要驳斥了吉伦特派领袖布里索一味地鼓吹战争而不顾及人民的利益的观点。

讲话实录

如果战争是换取自由的必要代价,法兰西民族决不拒绝战争,但是,她拒绝一切旨在消灭自由和宪法的战争方案,即使它是在保卫法兰西民族的借口下提出来的。

爱国的立法委员,现在我来回答你,你提出了哪些预防措施来防止这些危险,反对这种同盟呢?可以说一项也没有。

爱国的立法委员,请不要恶意中伤持怀疑论者。不管你怎么说,他们是人民权利的捍卫者,他们对自由的深厚感情就像一个人唯恐失去爱情一样。

新的立法委员们,请想一想,要是你们的前任曾经感到需要这种美德,你们完成任务就会比现在容易多了。没有这种美德,你们也会注定成为最卑鄙、最腐败的家伙手中的玩物和牺牲品；为了拯救自由，在一切必要的品质中，这种美德是你们唯一所缺少的，你们应当为此感到担心。

今年7月份，人民在首都流了血，可凶手却没有受到制裁。这是谁下的命令？当然，有人民在。但是，你们，代表们，你们不也在吗？你们不去发现和挫败压迫者的计划，只会抛弃人民，让他们去行使起义的权利，那么，你们是干什么的？

不，祸害的策源地根本不在科布伦茨，而在你们中间，在你们内部。在向科布伦茨进军前，你们至少要能够打仗才行。现在怨声四起，却计划解除国民自卫军武装，将部队的指挥权交给面目可疑的军官，让部队没有指挥官，让部分边境不设防。难道在这种情况下，你们既不了解计划，又不了解进行远征的奥秘及其后果，就要投身到一场远征中去吗？

目前根本不应宣战，首先应立即在各地制造武器，必须武装人民，哪怕是用长矛武装起来也好；必须采取严厉的、不同于迄今已采取的措施，使大臣们不能对国家安全所需要的措施掉以轻心而不受惩罚，必须维护人民的尊严，保护他们被过分忽视的权利；必须监督财政开支的正确使用，而不能让国家的财力在一场冒失的战争中消耗殆尽，必须惩办犯法的大臣并坚持那个镇压叛乱僧侣的决议。

我们怎么能指望人民比受他们委托负责维护其利益的人警惕性更高，比应该为人民事业献身者更多地献身，比他们选出的贤明者更加明智呢？我们遇到了一个关系到我们革命的决定性危机；重大的事件将迅速地相继发生。那些在这种情况下不愿为解放祖国而抛弃他们的派性、他们的感情乃至偏见的人们该倒霉了！

经典解读

演讲一开始，罗伯斯庇尔就反驳吉伦特派发动战争是"旨在消灭自由和宪法的战争方案"，然后一针见血地指出，"祸害的策源地根本不在科布伦茨，在你们中间，在你们内部"，呼吁立法委员不应鼓动战争，应立即在各地制造武器，武装

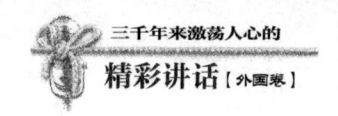

人民,惩办犯法的大臣。并告诫人们在复杂形势下,擦亮眼睛,保持理性。

罗伯斯庇尔时而循循善诱,时而愤怒谴责,时而嘲笑讽刺,论述痛快淋漓,节奏抑扬顿挫,极尽语言的表达功能。同时,他态度坚决,观点鲜明,抒发了自己鲜明的爱憎情感,充分体现出深刻、成熟的政治思想和坚定不移的斗争立场。

这篇充满了对祖国热爱的演说,打动了很多人的心弦,经常被一阵阵的掌声所打断。当时在场的布里索坐不安席,虽然要求第二天发言,"以便批驳罗伯斯庇尔先生的反对意见",但最终还是没有发表。

名句赏析

不管你怎么说,他们是人民权利的捍卫者,他们对自由的深厚感情就像一个人唯恐失去爱情一样。

罗伯斯庇尔运用比喻的修辞手段,使辩论声情并茂,文采飞扬。他将自由比喻为爱情,表达了人们对自由的热爱,驳斥了吉伦特派发动战争将对人民产生严重的危害,形象生动,有说服力。

5.美国女权运动先驱斯坦顿
——我们需要与男人同等的权利

背景资料

伊丽莎白·凯蒂·斯坦顿(1815-1902),出生于纽约州的约翰镇。19世纪中叶,女权运动的中心从欧洲转向美国,斯坦顿成为美国女权运动的先驱,她也是一位优秀的作家和演说家。

1848年,美国女权主义者要求制定妇女权利法案,并陈述了妇女受歧视的社会现状。7月,斯坦顿作为主要发起者在纽约州的赛尼福尔斯召开了美国第一次妇女权利大会。这标志着美国妇女运动的开始。

1854年2月,斯坦顿与另一位美国女权主义者苏珊·安东尼一起出席了纽约州立法会议。在会议上,斯坦顿发表了这篇重要讲话。

讲话实录

先生们,在共和制的美国,在19世纪,我们作为1776年革命英雄的女儿,要求你们洗雪我们的冤屈——修定你们的州宪法——制定一部新的法典。请允许我们尽可能简要地提请你们注意使我们吃尽苦头的所谓法律上的无资格。

第一点,请看看妇女作为女人的地位。依照法律,我们可以生存、呼吸,有权从我们法律上的保护人处索取生活必需品——为我们所犯的罪过受罚;但是,仅仅如此是不够的。我们是人,是本地人,生来就是自由民,是财产持有者,是付税人,可是,人们却拒不允许我们享有选举权。我们养活我们自己,而且还部分地负担了学校、大学、教会的费用,部分地负担了你们的贫民院、监狱、陆军、海军和整个国家机器的费用。但是,我们在你们的议会里却没有发言权。除了性别之外,我们完全符合宪法规定的合法投票人所必备的条件。我们讲道德,守贞节,聪明理智,在各个方面都与骄傲的白人男子不相上下。但你们的法律却把我们同白痴、疯子和黑人划归一类。尽管我们觉得这样一种地位并不会给我们带来任何荣耀,但是实际上,我们的法律地位比他们还要低。因为,如果黑人拥有250美元,便有权成为投票人;疯子可以在他理智清醒的瞬间投票;白痴,只要是男性,只要不是彻头彻尾的傻瓜,就也能投票。可是我们呢?我们领导了伟大的慈善运动,设立了慈善机构,编辑杂志,出版论述历史、经济和数理统计的著作;我们领导了国家、军队,出任教授,给当代的学者讲授哲学与数学;我们发现星球,驾驶船舶漂洋过海。可是,人们却拒不给予我们公民的最神圣的权利,其原因,就因为,天哪,我们来到这个共和国时未被赋予男人的尊严!难道说,在这个我们认为没有皇家血

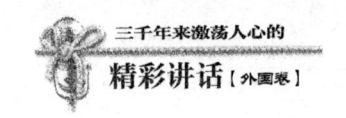

统,没有使徒后裔的地方,在这个宣称人人生而平等的地方,在这个宣称政府的正当权力来自被治理的人民的同意的地方,你们却一心要建立这样一种贵族制度,它将无知、粗俗的人置于有教养的、高雅的人士之上,将外人和苦力置于当代作家、诗人之上,将儿子置于生养了他们的母亲之上吗?

第二点,请看看妇女作为妻子的地位。婚姻事实上是建立在英国的古老习惯法之上的,是一个仅仅由于文明进步才得到一点改善的种种野蛮习俗的混合体。你们有关婚姻的法律公开违背了我们关于正义、关于我们本性中最神圣的感情的开明观念。如果你们对婚姻持最神圣的看法,视其为神圣的关系,是唯有爱情才能建立和满足的关系,那么,人类立法所能做的当然仅仅是承认这种关系。人既不能人为地系上也不能松开婚姻的约束,因为这个特权仅属于上帝,是上帝创造了男人与女人,以及将他们结合在一起的吸引法则。但是,如果你们视婚姻为民间契约,那么就让它服从制约所有其他契约的同样法则。不要把婚姻弄成一种半人半神的机制,一种你能建立但却不能管理的机制。你们不要为这种契约制定特殊的法令,从而将自己卷入最荒唐、最严重的矛盾之中。

根据你们的法律,凡是不满21岁的人不得签约购买马匹或土地,而且,如果签约中有欺骗行为,或签约人未完全履约,那么他还可以不受该契约的束缚。根据你们法律,所有民事契约的签约方,只要仍保留他们签约前的身份、能力和独立性,便有充分的权利以任何理由按他们自己的意愿和选择来解除合作关系和契约。那么,你们是根据什么民事法律原则,允许14岁的男孩与12岁的女孩违背一切自然法则地订立比任何其他契约都更具有巨大重要性的契约,并且,不论发生什么情况,即使他们感到失望,感到受骗上当,感到痛苦,他们也必须终生恪守这个契约呢?而且,签署这种契约意味着签约的一方立刻丧失其公民权利。仅仅在昨天还傲视跪地求婚者的女子,昨天在人类天平上的读数还高到足以与一位骄傲的撒克逊男子以同等条件签定契约的女子,今天便全无公民的权利,全无社会自由了。妻子不能继承财产,其法律地位与南方种植园里的奴隶毫无两样。

她什么也不能占有,什么也不能出售。她甚至连支配自己赚来的工资的权利都没有。她的身子,她的时间,她的劳动都是另一个人的财产。

第三点,请看看妇女作为寡妇的地位。每当我们试图指出法律对妻子的不公正时,那些总要我们相信法律已无法改善了的人便向我们指出寡妇的特权、权力和要求权。让我们稍微看看这些吧。瞧瞧法律的宽宏大量吧:它允许寡妇终生保留、享有地产的三分之一利息,享有丈夫个人财产的二分之一,而法律自己却占有了大部分的财富!如果妻子先于丈夫去世。那么房产和土地却仍将全部属于丈夫。没人胆敢干扰他家的清静,或骚扰他神圣的忧伤避难所。请问,如此区别对待男人与妇女,能叫作正义吗?

人们多次而且常常一本正经地问我们,"你们女人缺什么呢?你们的目的是什么呢?"许多人表现出一种值得称颂的好奇心。他们想知道,在共和制的美国,妻子和女儿有什么可抱怨的。她们的先生和儿子曾经那么英勇地为了自由而战,并且光荣地赢得了独立,将所有的暴政、偏执和等级制度统统踩在脚下,向企盼着的世界宣布了一条神圣的真理——人人生而平等。在这样的政府下,妇女能缺少什么呢?承认在性别上的根本差异,那么你就得要求获得不同的地位——有如水之于鱼,空气之于鸟雀一样。

人们无法使南方的种植园主相信他的奴隶同他一样有感觉,能思维。人们无法使他相信,对于他的奴隶来说,非正义与压迫就像对他一样痛苦。人们无法使他相信:他的奴隶也能像主人一样强烈地感受到按照他人意志生活的屈辱,感受到听凭他人癖性的支配,任凭他人情欲的摆布的奴役性。如果你能强迫他违心地看一幅黑人蒙受冤苦的写照,使他的灵魂一时受到震动,那么他的逻辑会立刻使他得到安慰。他会说,奴隶感觉不到我所感觉到的。先生,这就是我们困难之所在。当我们面对共和国的议员和学者,为我们的事业辩护时,他们无法接受男人和女人是相像的观点。只要这些人都处于这种错觉之中,那么公共舆论对于所揭示出的妇女地位的不公正和低下所表示的惊讶,将比不上对妇女终于觉醒,并且

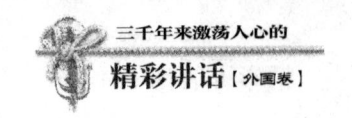

意识到这一不公正事实所表示出的惊讶。

但是，先生们，如果你们以男人与女人相像为由，进而认为你们是我们忠实的代表的话，那么，你们为什么要为妇女制定出这些特殊的法律呢？难道同一部法典不能满足所有类似的需要吗？基督的金科玉律胜过所有凡人才子能够设想出的特殊法令，"己所不欲，勿施于人"。先生兄弟们，这就是我们对你们的要求。我们要求的权利，仅仅是与你们为你们自己制定的相同的权利。我们需要的保障，仅仅是现行法律为你们提供的保障。

最后，让我们代表全州的妇女声明，我们所要求的，正是你们自从"五月花"号在普利茅斯港抛锚以来，在开发过程中你们为自己所要求得到的。理由很简单——每个人的权利都是相同的，彼此一样的。你们可能会说，本州的大部分妇女并未提出这个要求，提出要求的只是一些失望的、令人讨厌的老处女和没有子女的女人。

你们错了，广大妇女是通过我们来发言的。本州绝大部分妇女自食其力，而且还供养孩子，许多人还供养她们的丈夫。

那么，你们真的认为这些妇女不希望掌握她们挣来的工资，不希望拥有自己购买的土地和自己建起的房子吗？你们真的认为她们不希望将自己的孩子置于自己的支配之下，而不必遭受一位一钱不值、花天酒地的懒汉的没完没了的干涉和蹂躏吗？你们以为任何女人都是如此虔诚，以至于心甘情愿地终日缝纫，却仅仅挣得可怜的50美分吗？你们以为她们希望遵照你们的法律，享受那个为丈夫支付烟钱和酒钱的无法言喻的特权吗？试想想，一个十足畜生一样的酒鬼，他的妻子会同意与他分享她的家和她的床吗？如果法律和公共舆论允许她解除这种粗野的伴侣关系的话？很明显，她绝对不会不同意！

我们为所有的这些妇女说话，如果在这长长的单子上，你们再加上那些大声疾呼要求赔偿她们没完没了的劳动的妇女；再加上那些在我们的私立女子学校、高等学府和公立学校任教，却仅仅换来微薄收入的女子；再加上那些被无情课以税款的寡妇；再加上那些被关在感化院、贫民院和监狱里的不幸的妇女。那么，我们还有什么人不能代表呢？我们不能代表的只不过是一些时髦的轻浮女子，她们像蝴蝶一样，在短暂的夏日里，追逐阳光和花朵，但是秋季的凉风和冬天的白霜很快便会驱走阳光和花朵，那时，她们也将需要寻求保护。到那时，将轮到她们通过别人的嘴向你们提出争取正义与平等的要求了。

经典解读

"我们作为1776年革命英雄的女儿，要求你们洗雪我们的冤屈——修定你们的州宪法——制定一部新的法典。"斯坦顿开篇点题，提出了呼吁美国议会修改宪法和法律的请求。接着，她分析了妇女们在法律上不合理的无资格。用事实说话，夹叙夹议，清晰、通彻地讲述了妇女在法律上的不平等，引人深思。然后，她又针对"本州的大部分妇女并未提出这个要求"的怀疑，运用了一系列的反问句解除"妇女们到底要什么呢？"的疑问，增大了说服力度。

演讲思想深刻，观点突出，整体结构层次分明，语言切题而又准确。尖锐的提问、反问等都起到了震耳发聩的效果，充满了极强的感染力和激烈的斗争精神。这篇演讲给女权主义者树立了榜样，加速了妇女争取平等权利的进度。

名句赏析

我们要求的权利，仅仅是与你们为你们自己制定的相同的权利。我们需要的保障，仅仅是现行法律为你们提供的保障。

斯坦顿代表广大妇女表明了女权运动的目的——平等，无须为妇女制定特殊法律。理由很简单，美国在独立的时候宣告人人平等，每个人的权利都是相同的。"己所不欲，勿施于人"，这使妇女改革的要求有理有据、合情合理。

6."铁血首相"俾斯麦——我们的德国

背景资料

奥拉·冯·俾斯麦(1815—1898),德国近代史上杰出的政治家、外交家。出身于容克贵族家族,曾入柏林大学学习法津。1847年步入政界,历任德意志邦联议会议员以及驻俄国和法国大使,1862年出任德意志帝国宰相。他大力宣扬君权神授,坚决维护君主专制制度,对外则辅佐威廉一世屡屡与丹麦、奥地利及法国开战,最终完成了对德意志各邦的统一。被称为"铁血首相"。

1890年3月,俾斯麦被威廉二世解职,并被封为劳恩堡公爵。为了说服帝国国会通过自己所提出的一项军事议案,俾斯麦发表了此篇演说。

讲话实录

我本来不愿意说话,因为就现在的情况而言,一句不吉利的话都是意味着毁灭,而且多说话对于向我们同胞或外国人解释我们目前的情况都没有多大的用处。我真不愿意说话,但是我若保持沉默,恐怕民众对这一问题的失望、不安以及国内国外的动荡情况都会增大。大众会认为一个外交部长都不敢讨论的问题一定是很棘手、很严重。因此,我必须说。但是,老实说我是很勉强说出这些话来的。我所说的,可能会和一年前的昨天,在同样的地方所说的具有同样的论调。因为自那时起,情况一点也没有改变。

在这一年当中,俄国人比起法国人惹起我们的烦恼更是厉害,或者换句话说,今夏俄国和法国新闻界相互对抗的威胁、激动、谩骂和愤怒引发了今天的结果。但是我不相信今天的俄国情况有任何实质上的改变。

自1870年的大战结束后，我问你们，有没有哪一年可以不用担心战争会再度爆发？再让我们想一想，人们在70年代初期会说：下次战争是在什么时候？我们将在什么时候开始我们的雪耻之战？至少在最近的5年内吧！然后他们告诉我们说："我们是否要作战，我们是否有战胜的把握，今天是完全要看俄国人，也只有俄国才有资格决定。"

在这些日子里，我们必须尽可能保持强盛，假使我们愿意的话，我们会比这个世界上与我们有同样资源的国家都会更加强盛。我们不去使用我们的资源是有罪过的。假使我们不需要备战的话，我们也不要把代价看做是大问题，虽然我也不时地提起，但是这的确不很重要。而且当我说我们必须奋发图强以防备紧急状况的时候，我是说，因为我们的地理位置，我们得比别的强权要付出更大的心血才能达到同样的目标。我们是位在欧洲中部，别人至少有三个前线来攻击我们。法国容易遭受攻击的只有它的东部前线，而俄国是它的西部前线。也就是说，由于我们的地理位置，我们比较别的民族更易遭受外国的联合攻击，也许是因为我们德国人民所显示的同心协力，与别的民族比较起来，至目前为止，是太弱了。总而言之，上帝利用我们的邻居来防止我们怠惰和苟安于现状。

议案允许我们扩大防卫军——这种可能的增加，倘使我们用不到，就不用去召集，而应让人民回乡去。可是假使我们已有了兵器，就可使我们随时参战。这才是最首要的问题。我还记得1813年时，英国供应卡宾枪给我们的后备军，有了卡宾枪，我得以训练我们的后备军成为军人——士兵是不能没有武器的。当然我们可以突然拿起武器以应付紧急情况，但是假使我们随时有武器备用，那议案才算是真正增强了我们的和平力量，并把我们的和平部队的反击力增大至有如第四强权与70万名的部队结合起来的实力——战争上最伟大的力量。

我也认为这个强有力的反击部队可在我们同胞之间构成一股镇静力，多多少少也可减缓我们日渐改变的处境以及我们新闻界和舆论的鼓噪不安。我也希望他们都能清楚地了解，在签署和公开增援议案后，就会有士兵，那他们就可以

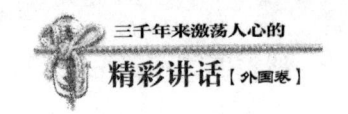

安心多了。可是我们需要武器，假使我们希望有常胜军，我们就必需提供最好的武器给我们最好的青年，给每个家庭中30岁出头的父亲。我们必须供给他们所会有过的最好的武器。

我决不是为了防卫才作战的人，而且假使战争得由我们先发动，那将不会有战争了。火得有人点燃才会燃烧，我们不会是点燃火的人，但也不是如我刚才所提出的，我们觉醒的实力和我们的信任盟邦，都可防止我们不再用我们惯有的热诚去继续我们为保持和平所注下的心血。我们不准使别人以为我们不好相处；我们也不对任何歧视屈服。

无疑地，我也知道别人对我们的威胁、侮辱、谩骂使我们觉察到别人对我们的深仇大恨。在德国，要唤起这些感觉比别国更不容易，因为德国人对别人加于他们的嫌恶感觉一点也不在乎。然而，我们要坚忍以软化仇恨，在将来，如同在过去一样，我们将会尽力和我们的邻邦和睦相处——特别是要与俄国人和睦相处。我说特别是与俄国和睦相处，意思就是说，法国并不保证我们心血的成果，我也没说法国不帮忙。我们绝不伺机争吵。我们决不攻击法国。我也不相信不安已迫在眉睫。因此我要求您们对这个未决的措施作一全盘考虑，要知道该项措施可使我们回复到上帝所赐予德国的最强大程度，假使我们需要的话，就得使用这股强大的力量，假使我们不需要，我们就让它呆在一边，我们将尽量避免使用它。我也知道要保持不用是不容易，尤其是当前外国报纸都充斥着挑战性的文章。此类文章若再继续，我可能会给外国人以最严重的抗议。他们是决不会得逞的，他们对我们的挑战并非由政府，而是在报章内——是愚不可及的，他们自以为像德国这个巨大而且令人敬畏的国家也会被印刷工在纸上编排的字所恫吓。假使他们不再刊登，我们就可与我们两个邻邦增进了解。每个国家最后总得对其报纸充斥着悲观负责的，有些国家有一天也会依照反应，作出最后的决策来的。我们很容易，也许是太容易因别人的友好和善意而忘了立场。但是我们不能拒绝接受挑战，决不！

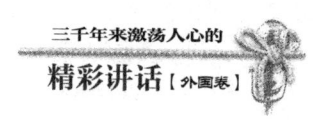

除了神以外,我们德国人什么也不怕!

就是因为我们害怕神,我们才会爱好和平和保持和平。那个无情地破坏和平的人,就会尝到1813年普鲁士帝国虽然是弱小国,却全民协力成为好战国的滋味了!他们也会了解到全德国民族所充斥着的爱国热诚。因此每一位想攻击德国的人就会发现德国已全副武装,每位战士也都在他们的心中存有上帝会和我们站在一起的永恒信心。

经典解读

俾斯麦不仅是一位精于呼风唤雨的政治家,也是擅长故弄玄虚的语言大师。他本来有一肚子的话想说,而且迫不急待地要说,可是却一直在说"我不愿说"、"不想说"、"不便说",到底是什么至关重要的话呢?听众的胃口被吊起来了,俾斯麦也开腔了。这真是欲擒故纵的绝妙范例。

为了将听众的思路诱导到自己的意图中,俾斯麦没有急于引出主题,而是问:"我问你们,有没有哪一年可以不用担心战争会再度爆发?"在当时动荡的社会环境下,人们无不担心战争。得到答案后,俾斯麦终于进入请"议案允许我们扩大防卫军"的正题。唯恐火候不到,俾斯麦继续使用心理技巧,正话反说"倘若我们用不到,就不用去召集,而应让人民回乡去。可是,假使我们已有了兵器,就可使我们随时参战"。有了前面的铺垫,这样的建议自然就能被听众所接受。

纵观整个演讲,俾斯麦运用语气、词语、理由、陈列以及抑扬顿挫等技巧,既如流水般通畅,又善于转换论述角度,将自己的意思神不知鬼不觉地强加给了议会。最终,俾斯麦不仅使提案获得了通过,还赢得了众人的顶礼膜拜。

名句赏析

我们很容易,也许是太容易因别人的友好和善意而忘了立场。但是我们不能拒绝接受挑战,决不!

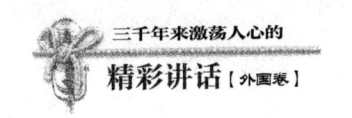

针对外国报纸充斥着对德国威胁、侮辱、谩骂等挑战性的文章,俾斯麦提醒大家虽然报纸舆论并不是硬性武器,但同样会对德国造成伤害。德国人不应该坚忍以软化仇恨,而要还以最严重的抗议。这段话既尖锐地揭示了外国军事主义的本质,又表明了俾斯麦强硬的政治主张。

7.美国劳工协会缔造者冈伯斯——工人要求什么

背景资料

1886年5月1日,美国2万多个企业的35万工人为争取8小时工作日举行总罢工,这场罢工斗争震惊了全世界。由于世界各国工人不断斗争,工人们最终赢得了8小时工作制。7月14日,在巴黎召开的第二次国际社会主义工人代表大会将每年5月1日定为"国际劳动节"。

1890年5月1日,为纪念"国际劳动节"一周年,美国工人们在肯塔基州的路易斯维尔举行了一次集会。美国劳工协会缔造者塞缪尔·冈伯斯(1850-1924)在集会上作了这篇题为《工人要求什么》的政论。

讲话实录

朋友们,我们今天在这里集会,为实行8小时工作日制度的要求呐喊。在国内,这一要求已促使路易斯维尔和新奥尔巴尼成千上万的工人们上街游行,激励了芝加哥的工人一批又一批地行动起来,激发了纽约工薪劳动大军的热忱,并使他们意识到这个问题的重要性。在国际上,这一要求鼓舞了英国、爱尔兰、德国、法国、意大利、西班牙和澳大利亚的劳动者,他们不顾世界上专制君主的禁令,宣布在1890年5月1日,全世界的工人将举行罢工,声援美国工人的斗争,要求实行 8 小时工作日制度,让工人有 8 小时睡眠、8 小时自由支配的时间。

有人一再指责说,要是我们有更多的闲暇时间,我们只会狂饮暴食,养成恶习,也就是说,我们会喝得烂醉。我想用下面的话来回敬这种指责:一般来说,社会上喝醉酒的人有两种:一种是钱太多游手好闲的人;另一种是失业无活可干的人,后一种人表面上看起来醉了。我认为在我们的社会中,最清醒的是这一阶层的人:他们能够靠一天合理的劳动时数争取合理的工资而又不过分劳累。每天劳动了 12、14 甚至 16 小时的人需要一些人为的刺激来使他们的身体从一天的疲劳中得到恢复。

我们应该能够在更高的水平上来讨论这个问题,我很高兴地说,我们所从事的运动将促使我们朝这一方向前进。他们对我们说无法实行 8 小时工作日制度,原因是这将妨碍工商业的发展。我认为我国在工商业方面的历史所表明的事实恰恰与此相反,这个问题不是经济问题而是社会问题,我们应该把它作为社会问题来讨论。要是他们把这个问题说成是经济问题,我愿意和他们辩论,如果这运动意味着使工商业停滞不前,我愿意回顾我为推动这一运动的发展所采取的每一个步骤。可是,事情不是这样,8 小时工作日运动将使工商业更加繁荣,使民族更加进步,使人民更加先进、聪明、高尚……

他们说他们担负不了减少工作时数所造成的损失。事情真是这样吗?让我们稍稍想一想,假如减少工作时数会导致工商业的衰退,那么很自然地可以由此得出结论,增加工作时数能促进工商业的繁荣。假如事情确实如此,那么在文明的排行榜上,英国和美国应该是最后一名。

在日工作时数为 8、9 或 10 小时的英国和美国,雇主和工人们工作效率更高,更富有成果,这难道不是事实吗?难道我们没有发现他们的产品售价更低吗?我们用不着让现代的说教家来告诉我们这些事情。在所有劳动时间长的工业中,人们会发现那里工人的发明创造力发挥得最差。哪里的劳动时间长,哪里的劳动力就便宜;哪里的劳动力价廉,哪里就不存在发明创造的必要性。我们怎能期望

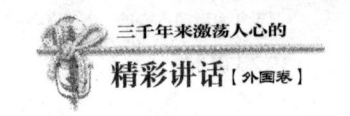

一个人在每天劳动 10-12 或 14 小时之后，还有精力发明机器或发现新规律或动力？他要是有幸拿起报纸阅读，也许连两三行都看不完就要睡着了。

当劳动时数减少时，比如说每天减少 1 小时，想一想这意味着什么。如果让原来每天工作 10 小时的人把日工作时数减少到 9 小时，或者让原来每天工作 9 小时的人把日工作时数减少到 8 小时，这意味着什么呢？这意味着有无数绝好的时刻与机会让人们思考。有的人也许会说，你们会去睡大觉。好吧，有的人也许一天能睡 16 个小时，一般的人可以试试看，他会发现无法长期这样做，他总得做些事情。晚上，他也许会去看看戏，听听音乐会，但是他也无法每天晚上都这样做。他也许会对某一方面的研究产生兴趣，那么他就会把减少体力劳动的时间花在脑力劳动上，他 1 小时脑力劳动所创造的财富将大大超过他 12 个小时体力劳动所创造的财富。

在工作时间较短的制度下，人们不仅有机会自我提高，而且有可能为他们的雇主带来更大的成功，我认为这是千真万确的。朋友们，西班牙、印度、俄国、意大利的情形又是如何呢？放眼看看世界，观察一下迫使大自然为人类生产必需品的工业，你们将会发现，哪里的工作时间最短，哪里的机器发明创造就发展得最快，人民的生活就最富裕。雇用廉价劳力是发展的最大阻碍，哪里的劳力便宜，哪里的发展就迟缓。正是由于我们伟大的劳工联合会的影响，我们富有理智的会员们才能够往前，往高处继续前进，我们的进步与改革运动正为世人所密切关注。

工作时间长的人，除了维持最低的生活水平以便能继续劳动外没有别的需求。他睡觉梦见干活，早上起床去上班，带着节俭的午餐去干活，回到家又躺在那勉强拼起的床上稍稍休息，以便能再去上班干活。他只不过是一台名副其实的机器，他活着是为了干活，而不是干活为了生活。

朋友们，除了生活必需品外，劳动人民需要的唯一的东西是时间。我们的生命随着时间开始亦随之结束。我们需要用于陶冶自身情操的时间，需要用于使我们的家庭充满欢乐的时间。时间把我们从最低级的原始社会带到最先进的文明

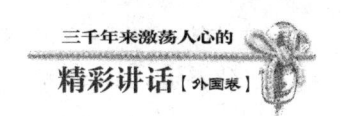

社会，我们需要时间来把我们推向更高级的社会。

朋友们，你们将会发现这一事实：已查明，我们有100多万的兄弟姐妹——身强力壮的男女——流落在街头、大路和偏僻的乡村小路旁，他们愿意工作却找不到活干。大家知道，我们政府的理论是我们可以随心所欲地决定要就业或要辞职，这只是理论而已，不是事实。我们确实可以辞职，如果我们要这么做，可是，只要还有100万失业的男女流落在街头寻找工作，我就不认为我们想就业就可以找到工作。可以随意就业或辞职的说法是骗局、圈套，是个弥天大谎。

我们要考虑的有：第一，使我们的职业更有保障；第二，使工资更加固定；第三，为穷人们提供就业的机会。劳动者一直被当做生产物品的机器，而在劳动这一现象后面还有人的灵魂、真正的目的和抱负。你们不能像政治经济学家和大学教授那样把劳动说成是可以买卖的商品。我们是继承了我们伟大先辈的传统的美国公民，我们的先辈为了事业牺牲了除荣誉之外的一切东西。我们的敌人希望看到劳工运动夭折，到寒冷的阴间去见阎王爷，他们希望在天气稍微暖和一些时看到这。可是，我要对大家说，劳工运动已经扎下根不走了。像《麦克白》中班柯的鬼魂一样，劳工运动永不消逝。劳工运动是既成的事实，它由于人们的需要而产生，虽然有些人希望它失败，可是它依然在人们心中牢牢地扎下了根。我们将继续努力直至取得胜利。

我们要求完全实行8小时工作日制度。有人谴责我们自私，说我们会得寸进尺提出更多的要求，说我们去年日薪提高了10美分，现在又要求更多一些。我们确实要求更多一些。人的欲望通常是无止境的。去问问流浪汉要些什么，假如他不要饮料，他会要一顿丰盛的饭菜；问一天挣两美元的工人要什么，他会要求把日薪提高10美分；要是问一天挣5美元的人，他会要求每天增加15美分；要是问年薪为5000美元的人，他会要求将年薪增加到6000美元，而拥有80万或90万美元的人会想再要10万美元凑成100万，而百万富翁还想拥有每一样能弄到手的东西，然后提高嗓门，反对想每天多挣10美分的穷光蛋。我们生活在财富成

百倍地增长的电力和蒸汽的时代，我们认为这些财富是劳动者的聪明才智和辛勤劳动的结晶，而当我们感到生产比以往更容易时，却发现生活越来越艰难。我们确实要求更多，而且当我们得到更多后，我们还要进一步要求更多。在我们得到我们应得的劳动成果之前，我们决不会停止要求更多一些……

经典解读

在演讲中，冈伯斯一开口就向成千上万的工人们报告一条消息：全世界的工人都齐集在1890年5月1日这一天举行罢工，声援美国工人要求8小时工作的斗争。这一事实，激励和鼓舞了工人们的士气，使他们看到了工人阶级的力量，也看到了希望。这也是先声夺人、争取民意的演讲技巧。

针对有人指责和怀疑工人有了更多时间狂饮暴食、养成恶习等说法，冈伯斯用幽默的语言作了回敬，指出有这种恶习的是有钱的、游手好闲的人，决非工人。针对怀疑实行8小时工作制会妨碍工商业发展的说法，冈伯斯以英国和美国举例，用了一连串的发问，议论结合，强调了这样一个道理：8小时工作制只会让工人们的效率变高，提高他们的创造力。之后，他把矛头指向政府，用激昂的语词强调"工人不是机器"，不是"为了干活而活着"。由于他站在工人的立场，道出了工人的心声，工人的激情被调动了起来，赢得了民意支持。他又进一步引导工人要为自己的自由和民主权力斗争，斗争的办法只有将劳工运动继续下去，直至胜利。这篇演讲极大地鼓舞了工人们，是劳工运动中一件无形但却锋利的武器，也是国际工人运动史上的重要文献。

通观全篇，演讲风格自然，意趣洋溢，层层说理，丝丝入扣，充满了激情，从中也可以悟出冈伯斯善于驾驭言辞、因势利导、鼓动听众的演讲技巧，这也是本篇演讲辞之所以能时过百年而不朽的根本所在。

名句赏析

时间把我们从最低级的原始社会带到最先进的文明社会,我们需要时间来把我们推向更高级的社会。

冈伯斯用激昂的语词,指出工人不是机器,在劳动现象后面还有灵魂、真正的目的和抱负。工人亦需要获得不断的发展,以适应文明的、更高级的社会。这是8小时工作制的要点,字字珠玑。

8.英国激进派领袖乔治———一张废纸

背景资料

大卫·劳伊德·乔治(1863-1945),出生于英国曼彻斯特乔尔顿,毕业于威尔大学,获法学博士学位。1890年当选自由党下院议员,并成为党内激进派的领袖。1905年出任英国贸易大臣。

1839年,英、法、普、俄等联合签署了保证比利时为永久中立地位的条约,但1914年第一次世界大战爆发后,比利时面临着尴尬的局面。德国希望撕毁保证比利时为中立地位的条约,进入比利时境内。

9月2日,英德两国进行谈判。针对德国首相提出的"你们(英国)是否要为一张废纸(指保证比利时中立条约)和我们开战?"问题,作为英国代表的劳伊德·乔治即席发表了这篇演说。

讲话实录

在座诸位没有人会比我更不情愿、更反感地看到我们被卷入一场大战的前

景了。在我的政治生涯中，我一直抱着上述的态度。没有人会比我更坚信，我们不可能既不使我国荣誉受到损害，又避免这场战争的发生。我完全看得清楚，一个国家只要卷入战争，就必然要乞灵于荣誉这个堂而皇之的名义。不少罪行都是在荣誉的名义下犯的，现在就有些犯罪活动正在进行。

然而，国家的荣誉毕竟是一个客观存在的现实，任何国家无视这个现实，都是注定要灭亡的。为什么这场战争牵涉到我国的荣誉问题？这是因为我们承担着光荣的责任，要保卫一个弱小邻国的独立、自由与领土完整。这国家很弱小，不可能强迫我们这样做。但是如果有人因债权人太穷，无力强迫他还债，便拒绝清偿债务，此人便是一个卑鄙的恶棍。

我们签订过一项保卫比利时的光荣条约，但是在条约上签字的不仅是我们。为什么奥地利和德国不履行他们应守的条约义务？有人提出说我国引用这项条约纯粹是借口，指我们施诡计、耍手腕，有意掩饰我们对更为文明发达的国家的妒忌心，而我国企图摧毁这个国家。我们对此的回答是我们在 1870 年的行动。当时我们也曾呼吁法国和普鲁士遵守这项条约。

那时比利时的最大威胁来自法国而不是德国。我们要求德、法两个交战大国同时声明他们无意侵占比利时领土。俾斯麦怎样回答呢？他说，既然有生效的条约，向普鲁士提出这样一个问题，便是多此一举。法国也作出了类似的回答。在布鲁赛尔市政府给维多利亚女王的一份著名文件中，比利时人民对我们干预此事表达了感谢。

1870 年，法国军队在比利时国境受到普鲁士炮火的严密封锁，断绝了一切突围的出路。唯一的办法是破坏比利时的中立，进入比利时国境。但当时法国人情愿灭亡与屈辱，也不愿破坏条约。当时法国皇帝和将军们以及成千上万英勇的法国人宁愿被俘，也不愿国家声誉受损。在撕毁条约有利于法国的时候，法国没有这样做。但今天，撕毁条约有利于德国，德国却这样做了。

她以一种侮慢的态度公开承认这一点，她说条约只是在有利于你时才对你有约束力。德国首相说,条约不就是一张废纸?你们身上有5镑的纸币吗?带有印刷精美的小张1镑纸币吗?要是有的话,烧了它吗?还不是几张废纸!它们是用什么造成的?残片碎布罢了!可是它们价值几何?等于不列颠帝国的全部信誉啊!几张废纸!这几个星期我一直在和几张废纸打交道。我们发现全世界的商业突然停顿下来,机器停止了运转。为什么?因为商业机构是由股票来推动运转的。我也见过一些股票,破破烂烂、皱皱巴巴,上面乱涂乱画、斑斑点点、肮脏不堪。但是这些废纸却开动了载满千万吨珍贵货物的巨大海轮,往返航行于世界各地。这些废纸后面的动力是商人的信誉。

条约是代表国际政治家信誉的钱币。德国商人和世界上任何其他国家的商人一样有着同样诚实正直的名誉。但是如果德国钱币贬值到和她的政治家的信誉一样的水平,那么从上海到瓦帕莱索,再也没有一个商人会对德国商人的签字看上一眼了。这就是所谓一张废纸的理论,这就是伯恩哈迪公开宣扬的理论:条约只在于有利一国时才有其约束力,这关系到一切公共法律的根本问题。这样走下去,就直通野蛮时代了。正如你嫌地球的磁极妨碍了一艘德国巡洋舰,便把它拿开一样,各个海洋的航行就会变得危险、困难,甚至不可能。如果在这次战争中,这种主张占上风,整个文明世界的运作便要土崩瓦解。我们正在跟野蛮作战,只有这个办法能扭转这种情况。如果有哪些国家说他们只在条约对他们有利时才守约,我们就不得不使局势变得只有守约才对他们有利。

经典解读

乔治的演讲纯属即兴,因兴即起,有感而发。义正辞严,反唇相讥,据理力争,是本篇演讲辞的重要特色。

对于德国人的发难,乔治首先声明英国人不想打仗,但又表示有些仗又非打不行,如果为了责任、荣誉、领土完整而战,英国将在所不辞。接着,乔治回顾了1970年法国人民牺牲自己,保护条约的事实,赞颂了法国遵守诺言、舍身取义的

高尚。同时，他又以"如果有人因债权人太穷，无力强迫他还债，便拒绝清偿债务，此人便是一个卑鄙的恶棍"等言辞评说德国背信弃义，撕毁条约的做法。正反对比，冷嘲热讽，将德国揭露得入木三分、体无完肤，也明确地表达了坚决与之为敌的决心。

在演讲中，乔治注重事实，没有丝毫偏执的语言，还运用了排比、比喻、反问等手法，一步步将主题思想向纵深推进。辩证之精彩，态度之坚决，气势之酣畅，大大提高了演讲本身的说服力。

名句赏析

德国首相说，条约不就是一张废纸？你们身上有5镑的纸币吗？带有印刷精美的小1镑纸币吗？要是有的话，烧了它吗？还不是几张废纸！它们是用什么造成的？残片碎布罢了！可是它们价值几何？等于不列颠帝国的全部信誉啊！

德国人将保证比利时中立的条约视为一张废纸，而英国却将其当做全部的信誉。"烧了它吗"、"残片碎布罢了"，乔治进行了这一系列的反驳，义正辞严，冷嘲热讽，充斥着自己对背信弃义者的鄙夷。

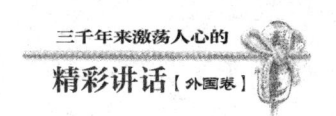

第二章　豪情万丈的自我推销
——竞选讲话

竞选讲话是一面镜子，可以折射出政坛的倾轧纷争与尖锋较量；它又是一个窗口，可以让我们一睹竞选者的风采及其驾驭语言的技巧。如何成功推销自己，左右他人思想，赢得认可和支持，这既是竞选者的工作，又是每个人需要必需的能力。

1.四任英国首相的格莱斯顿——英国的外交政策原则

背景资料

威廉·尤尔特·格莱斯顿（1809-1898），英国自由党领袖。历任贸易委员会副会长、会长，殖民地事务大臣、财政大臣等职，并四次出任英国首相。任内在内政上奉行改革主张，对外推行殖民扩张政策，期间政绩卓著。

本篇是格莱斯顿1879年竞选首相时在爱丁堡郡所作的竞选演说。

讲话实录

先生们：

我再次请你们与我一起看看海外的情况。同时，由于我想做到完全公正，我将告诉你们我所认为的正确的外交政策。

第一点就是：通过公正的立法和国内的经济使我们帝国的力量强大起来。由此

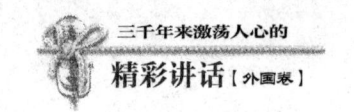

就产生了国力的两个基本的要素,即作为物质要素的财富和作为精神要素的团结和知足。同时,我们还需保存帝国的实力,保存实力以便在更重要、更值得的海外场合使用。这些就是我所主张的外交政策的第一条原则:在国内有个好的政府。

我的外交政策的第二条原则是:外交政策的目的应该是使世界上的国家,特别是信奉基督教的国家,享有和平的好处,以便我们在想起所拥有的基督徒这个神圣名称时问心无愧。

我的第三条原则是:如果我们想使自己成为和平的倡导者,但又认为自己比其他国家更有权就和平问题发表意见,并且把这种观点传播给别国人民,或者否认其他国家的权利,那么,很有可能我们就会破坏我们的全部信条的价值。在我看来,第三条正确的原则应该是:努力形成并尽可能长久地保持现在所说的欧洲合作,使欧洲主要国家保持联合。为什么要这样做呢?因为保持所有的国家的联合,你们即可抵消、束缚、抑制它们各自的自私目的。在这里,我不想奉承英国或欧洲任何一个国家。他们有自私的目的,不幸的是,我们也有,正如我们近年来已经可悲地表现出来的那样。但是他们的共同行动,却会压倒自私的目的;共同行动意味着共同的目标,而能够把欧洲各国联合在一起的唯一共同目标,是与他们所有国家的共同利益紧密相连的。先生们,这就是我的外交政策的第三条原则。

我的第四条原则是:你们应当回避那些没有必要、纠缠不休的义务。你们也许会因这些义务而自夸,你们也许会因它们而自大,你们也许会说你们正在为国家赢得尊敬。你们也许会说,英国人现在可以在别国面前高高地抬起头了。你们也许会说,英国人现在已不处于那个只考虑英镑、先令和便士的自由党内阁的控制之下了。但是先生们,这一切又能说明什么呢?它说明了:你们正在增加你们的义务而没有增长你们的国力;而如果你们只增加义务不增长国力,那就是在减少、削弱你们的国力,你们实际上使帝国衰弱了而不是变强了,你们使它今后承担义务的能力变弱了,你们使它传给后代的遗产显得不珍贵了。

我的第五条原则是：承认所有国家的平等权利。也许，你们给予某一国家的同情会多于另一国家的，不，在某种情况下，你们必然是对某一国家的同情多于对另一国家的。通常你们必然最同情那些在语言上、血统上、宗教上与你们关系最近的，或在当时情况下看上去最值得同情的国家。但是，从权利的角度来看，他们都是平等的，你们也无权建立一个体系，借以将其中某一国家置于道德怀疑或监视之下，或使之成为你们经常辱骂的对象。如果你们那样做，特别是如果你们自以为是地宣称自己比他们所有国家都优秀，那么我要说，你们若乐意就谈论你们的爱去吧，但你却是你们国家的一个判断失误的人，而且正在破坏别人对你们国家的新生与敬爱。因此，实际上你给了你们国家最严重的伤害。现在，先生们，我已告诉了你们五条外交政策的原则了。让我告诉你们第六条吧！

第六条原则是：在我看来，外交政策是受我前面所提到过的那些条件制约的，而英国的外交政策应当永远注入对自由的热爱，应该有一种对自由的赞同态度，一种给自由以发展机会的要求。当然，这并不是建立在不切实际的空想之上，而是建立在几代人在这个岛屿的海岸线之内长期积累的经验之上。那就是：你们依靠自己，可以奠定忠诚与秩序的最坚实的基础；奠定个人品性发展的最坚实的基础；做好使全国普遍幸福的最佳准备。在这个国家的外交政策上，坎宁的名字将始终被那些回想起比利时王国的建立，以及分裂的意大利各省统一的人们的尊重。在我看来，英国外交大臣生活和工作于其中的环境，不应对无秩序状态表示支持，相反，应该对秩序具有最深的感情。

我对女王陛下政府的外交政策提出一项指责，那就是：当他们使这个国家完全疏远了——让我们不要隐瞒事实——与那有着8000多万臣民的俄罗斯帝国的感情时，当他们千方百计地想要完全疏远与那个国家的感情时，他们已经增长了俄国的实力，他们是以两处方式增长俄国实力的，他们扩张了俄国的领土。在欧洲各国间的柏林会议之前，索尔兹伯里勋爵会见了舒瓦洛夫勋爵，答应如果他不能在柏林的公开会议上以他的论证使俄国信服，他就将支持把多瑙河北岸、现

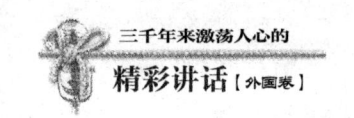

构成自由的罗马尼亚国家的地区归还给俄国的专制政权。为什么会这样?自由党政府曾经采取过什么行动?自由党政府真的是除了英镑、先令和便士之外什么也顾不上了吗?自由党政府迫使俄罗斯退出了多瑙河。在克里米亚战争前,俄国是个范围波及多瑙河的国家,但是在克里米亚战争中,俄罗斯失去了她在多瑙河的位置。而一直在煽动你们对俄国的怒火的保守党政府却在事先承诺在作出决定时把那个国家归还俄罗斯,从而增长了沙俄的国力。

在亚美尼亚,保守党政府又进一步地增长了俄国的国力。但是,若不是因为一种十分特殊的情况,我并不想评述那件事的。你们知道,战争以后,亚美尼亚有一个省划给了俄国。关于这点,我并没有多少反对的情绪。对于把多瑙河北岸的地区给沙俄,并把某一国处于自由状态的人口拉回到专制统治的状态之下,我是从一开始就以各种方式竭力反对的;但是,关于把亚美尼亚的一部分人口从土耳其政府的统治之下转移到俄国政府手中,我必须承认,对此我的反应平静得多了。我自己并不担心俄国在亚洲的领土扩张,丝毫也不担心。我想,这种担心是无益的,而且,我不想鼓励俄国在亚洲或其他任何地方的侵略趋势。但是我承认把亚美尼亚的一部分从土耳其转到俄国的控制之下,这种情况也许是有利的。

关于俄国,我观察到她有两种立场。俄国在中亚的立场,我相信,世界上公正的观点同样也认为,主要是一种不以她本身意愿为转移、不得已的立场。她被迫在中亚向南扩张她的边界,她扩张的原因从某种程度上可以说类似于通常驱使我们在印度扩张边界的原因。只不过,她的原因显然比我们的更为迫切、更不可避免,而我们则采用了一种更为重要的方式。先生们,我把这点大部分归功于先前政府的声望以及对克拉伦登勋爵和格兰维尔勋爵的尊重。在我们执政时,曾与俄国订立一个条约。在条约中,俄国答应不在阿富汗施加任何影响与干涉,而另一方面,我们也表明了自己的立场:阿富汗应该继续保持自由独立。在我们那届政府执政期间,两个国家都严格、忠实地履行了条约。但是,先生们,俄国还有它的另一种立场——对土耳其的立场。在这里,我要抱怨政府增长了俄国的国力。

经典解读

竞选演讲的主要目的是引起听众的兴趣,拉来选票。经过一番冷静分析,格莱斯顿选取了外交这个角度。此可谓明智之举。19世纪后半叶,自由资本主义开始向帝国主义过渡,列强之间的野心与争夺变得异常紧张,外交政策不仅一时成为国家政治中的头等大事,而且也成为多党派互相攻讦的把柄和借口。在这样的时候,以外交为切入点,必定会引起公众的兴趣与注意。

在演讲中,格莱斯顿更多的是以道德而不是地缘政治标准来评断外交决策,这与前任首相迪斯累里的观点有很大不同。无论是论证笼统的外交理念,还是阐释公正、和平、欧洲合作、回避不必要义务、平等和自由的六大外交原则时,格莱斯顿无不紧扣国家的立场。

演讲思想深邃,见解非常,直指时代的政治任务,充分表达了格莱斯顿的策略与豪情。尽管某些提法和思路具有欺骗性和目的性,但对一时无法检验其真实性的选民来说,其效果还是显而易见的。

名句赏析

为什么会这样?自由党政府曾经采取过什么行动?自由党政府真的是除了英镑、先令和便士之外什么也顾不上了吗?自由党政府迫使俄罗斯退出了多瑙河。

格莱斯顿用一问一答,彰显了自由党政府在外交上的显著功绩,斥责了保守党政府对自由党的诽谤、对沙俄卑躬屈膝的可恶嘴脸,为自由党争取到了民心。

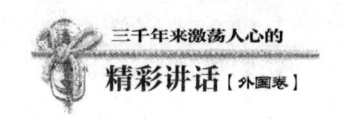

2.民主党和平民党领袖布赖恩
——不要把人类钉死在金十字架上

背景资料

威廉·布赖恩(1860-1925),美国政治家、外交家,民主党和平民党领袖。出生于美国伊利诺斯州,毕业于芝加哥联合法学院。1890年当选为国会众议员,1896年、1900年和1908年曾三次参加总统竞选,均未成功。内政上,布赖恩在促使美国采纳普选参议员、征收所得税、成立劳工部、禁酒以及妇女选举权等改革中起了重要作用。在外交上,他主张和平外交,反对美国轻言战争。

1896年,美国正经受着金融危机的煎熬,危机激化了各种矛盾,民主、共和两党围绕着通商、关税、币制改革等问题展开了激烈的争辩,甚至每个党派内部也是意见分歧、互不统一。1896年7月,布赖恩在于芝加哥举行的民主党推举总统大会上做了这篇竞选演讲。

讲话实录

大家已经听过许多名人雅士的发言。如果这只是个人能力的较量,我要与他们对垒实属斗胆冒昧。但这并不是个人之间的较量。全国各地最卑微的公民,一旦披上正义事业的甲胄,就比所有谬误之徒更强大。我来向你们讲话为的是捍卫一种事业。它像自由事业一样崇高,它就是人道的事业。

辩论结束后,将对赞扬或谴责本届政府的决议进行表决。我们反对把这个问题归结为个人问题。个人只不过是一颗原子;他们不断产生,运动,然后消亡;原则却会永存，而这次正是原则之争。

在我国历史上，从未有像我们刚刚经历过的那样激烈的交锋。在美国政治史上，任何重大问题也不曾像这个问题那样，须由一个伟大的政党的选民通过斗争才能解决。1893年3月14日，一批民主党人，其中大部分为国会议员，向全国民主党人发出了一份呼吁书。呼吁书坚称，货币问题是当前头等大事，而民主党多数派有权在这件大事上支配党的行动。呼吁书在结论部分号召党内信奉自由铸造银币的人组织起来，把民主党的政策掌握在自己手中。3月14日，银币派民主党人健全了自己的组织，公开地、勇敢地宣布了自己的信仰。他们宣布，如果能获得成功，他们将把自己的宣言写入政纲。斗争的帷幕随即拉开。银币派民主党人满腔热忱，犹如当年紧随彼得的十字军。他们从胜利走向胜利。

今天，他们已经聚集起来，不是要讨论，也不是要辩论早已由我国普通人提出的意见，而是要把这些意见写入政纲。在斗争过程中，兄弟反目，父子参商。爱情、亲情、友情等令人温馨的纽带被弃之不顾；老领袖被抛在一旁，因为他们拒不反映被领导者的呼声；新领袖脱颖而出，为这一维护真理的事业指明了方向。斗争就这样进行着。我们已经遵照命令在这里济济一堂；像以往任何时候人民代表都必须遵守的命令一样，这些命令是有约束力的，是十分庄严的。

我们不是作为个人到这里来的。如果作为个人，我们也许会愉快地向来自纽约的这位先生致敬。但我们知道，我们所代表的人民决不愿为他捧场，决不愿让他占据能够阻挠民主党意志的地位。我认为这不是个人问题，而是原则问题。而且，我的朋友们，我们发觉自己已经卷入了这一场冲突，另一方已经严阵以待，而且我认为，这件事并不是令人愉快的。

在我前面发言的那位先生谈到了马萨诸塞州。让我向他保证，本次大会的任何一位与会者，都不会对马萨诸塞州怀有一丝敌意。但是，我们站在这里代表的人民，在法律上与马萨诸塞州的最伟大的公民是平等的。你们来到我们面前，说我们将会妨碍你们的实业利益。我们的回答是：你们的行动方针一直在妨碍我们

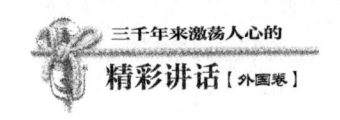

的实业利益。

我们要对你们说,你们把实业家的定义弄得太狭窄了。一个为工资而受雇的人,同他的雇主一样是实业家;一个乡间小镇的律师,同大都市里大公司的法律顾问一样是实业家;一个十字路口小店的商人,同纽约州大商人一样是实业家;一个从早忙到晚,从春忙到夏,用脑力和体力把农业资源变为财富的农民,同每天出没于商会并操纵粮价的人一样是实业家;一个入地千尺,或登山万丈,开采出珍贵金属并使之汇入贸易渠道的人,同少数策划于密室,屯积世界货币的金融巨头一样是实业家。我们来到这里,就是要为这个更广大的实业家阶层说话。

啊,我的朋友们,我们并没有反对大西洋沿岸的居民,我们对他们未置一词。但是,那些吃苦耐劳,历经艰险,披荆斩棘,使沙漠像玫瑰一样开花吐艳的开拓者们,那些遥远西部的开拓者们——他们在大自然的腹地生儿育女,把人间话语和鸟儿啼鸣交汇在一起,他们在那里为教育儿童建起校舍,为颂扬造物主建起教堂,为安息死者建起墓地。我们认为,这些人与我国任何其他人一样值得本党考虑。我们正是要为这些人说话。我们不是作为侵略者而来。我们的战争不是征服之战;我们是在为捍卫自己的家园而战,是在为捍卫自己的家庭和后代而战。我们请求过,但我们的请求被嗤之以鼻;我们恳求过,但我们的恳求被置之不理;我们乞求过,但灾难降临时,他们却对我们冷嘲热讽。我们不再乞求,不再恳求,也不再请求了。我们起来反抗他们了!

来自威斯康星州的那位先生说,他担心会出现罗伯斯比尔那样的人物。我的朋友们,在这片自由的土地上,你们不必担心会在人民中间出现暴君。我们需要的是一位安德鲁·杰克逊式的人物,并像杰克逊那样迎击富人团体的侵犯。

他们对我们说,制定这个政纲是为了拉选票。我们的回答是:条件的变化会产生新的问题,民主赖以为基础的原则像青山一样历久常新,但这些原则在新条件到来时必须得到应用。新条件已经出现,我们来到这里就是为了迎合这些条件。他们对我们说,所得税问题不应当带到会上来,因为这是个新问题。他们还就我们对联邦最高法院的批评提出反批评。我的朋友们,我们并没有批评;我们只是吁请你们注意早已家喻户晓的事实。如果你们想找到批评,读一读法庭上的反对意见吧,你们能从那里找到批评。他们说我们通过了一条违宪的法令;我们予以否认。所得税条款在通过时并不违宪;它在第一次提交给最高法院裁定时并不违宪;直到有一名法官改变了主意,它才变得违宪。但是,不能指望我们知道某位法官何时改变主意。征收所得税是正当的。它只是想把政府的负担公正地放在人民的肩上。我赞成征收所得税。凡不愿分挑政府负担的人,不配享有像我们这样的政府所给予的赐福。

他们说我们是在反对国家银行券;他们说对了。大家读一读托马斯·本顿说了些什么,就会发现他说过:查遍史册,他只能找到一个堪与安德鲁·杰克逊相媲美的历史人物,这个人就是西塞罗;西塞罗击败了卡提利那的阴谋,拯救了罗马,而杰克逊击败了银行的阴谋,拯救了美国;西塞罗对古罗马的贡献犹如杰克逊对美国的贡献。我们在政纲中言明,我们认为铸造和发行货币是政府的职权。我们深信此理。我们认为,这是主权的组成部分。杰斐逊先生曾被看做是民主的权威,他的意见似乎与刚才代表少数派发言的那位先生不同。持反对意见的人对我们说,发行货币的职责属于银行,政府不得干涉银行业务。我的立场与杰斐逊相同,我要像他那样对他们说:发行货币是政府的职责,银行不得干涉政府事务。他们还对这份反对终身任职的政纲怨气冲天。他们企图歪曲政纲,使它面目全非。我们这份政纲把矛头指向正在华盛顿愈演愈烈的终身制,因为终身制排斥社会地位较低的人,使他们无法担任官职。

现在,我的朋友们,让我谈谈最重要的问题。如果他们责问我们,为什么我们大谈货币问题而不是关税问题,我的回答是:如果说保护主义贸易打击了成百上千人,那么金本位制就打击了成千上万人。如果他们问我们,为什么我们不把一切信仰都写入政纲,我们的回答是:一旦恢复法定货币的地位,其他必要的改革就会迎刃而解,但在此之前,任何改革也不能完成。

为什么不到3个月,全国就发生了这么大的变化呢?3个月前,虽然人们信心十足地断言,党内金本位制的信奉者将确定党的政纲,并提名本党候选人,但甚至连金本位制的鼓吹者也不认为我们能赢得总统选举。他们的怀疑是有道理的,因为在今天,要求实行金本位制的州几乎都掌握在共和党的绝对控制之下。但是,请大家注意下列变化:麦金莱先生在圣路易斯得到了提名,他的政纲宣布,要维持金本位制,直到通过国际协议把它变为复本位制。麦金莱先生是最著名的共和党人。在共和党内,3个月前人人都预言他能当选。但今天的情况怎样了呢?哦,那个曾经兴高采烈地自以为长得像拿破仑的人——他记起了自己是在滑铁卢战役周年纪念日上得到提名的,他感到不寒而栗。不仅如此,当他侧耳细听时,他还会越来越清晰地听到圣赫勒拿海岸的凄凉的波涛声。

为什么会发生这个变化呢?啊,我的朋友们,凡是能正视这个问题的人,变化的原因不是很清楚吗?一个人无论有多么纯洁的品格,多么崇高的声望,如果他宣称要加强对我国实行金本位制,如果他甘愿牺牲自治政府的权利,把治理国事的法定权力交到外国统治者的手中,他就不能逃脱义愤填膺的人民的惩罚。

我们满怀信心地宣布:我们将赢得胜利!为什么?因为在这次竞选的最重要的问题上,我们的对手毫无立足之地,居然敢于向我们挑战。如果他们对我们说,金本位制是好东西,我们就可指着他们的政纲对他们说,他们的政纲保证要废除金本位制,而代之以复本位制。既然金本位制是好东西,为什么还要废除呢?我请大家注意一个事实:在今天的大会上,一些人告诫说我们应当宣布赞成国际复本位制——因此,金本位制是错误的,而复本位制是好的——但正是这些人,他们在4个月前却公开地、坚定地鼓吹金本位制,并告诉我们说,即便全世界都支持我们,我们也不可能同时把金币和银币作为法定货币。金本位制如果是好东西,我们就应当宣布赞成予以保留而不是废除;如果它是坏东西,为什么我们非要等到其他国家愿意提供帮助时才予以废除呢?在这条战线上,我们毫不在乎他们从哪个方面挑起战斗。我们已经严阵以待。如果他们对我们说,金本位制是一种文明的制度，我们就回答说，美利坚民族——地球上所有民族中最开明的民族，从未宣称要赞成金本位制，而今年两大政党都宣布反对金本位制。金本位制如果是文明的制度，那么，我的朋友们，我们难道不应当采纳吗？如果他们要在这个问题上与我们较量，我们可以摆出美利坚民族的历史。此外，我们还可以告诉他们，即使翻遍史册，也休想找到一丁点儿证据可以说明任何国家的普通群众宣称赞成金本位制。他们可以找到固定资产持有人赞成金本位制，却找不到任何人民群众赞成金本位制。

卡莱尔先生在1878年说过，这场斗争以"持有闲置资本的游手好闲者"为一方，以"创造财富并交纳国家税款的、正在斗争的人民大众"为一方。我的朋友们，我们必须决定的问题是：民主党将站在哪一方作战？是站在"持有闲置资本的游手好闲者"一方？还是站在"正在斗争的人民大众"一方？这是党必须首先回答的问题。然后每个党员都应当做出回答。民主党的政纲表明，它是支持正在斗争的人民大众的，而人民大众一直是民主党的基础。治理国家有两种观念。一些人认为，只要通过立法使富人兴旺发达，他们的兴旺就会向下传递给下层人士。而民主党人的观念一直是，如果让人民大众兴旺起来，他们的兴旺就会向上传递给依靠他们的每个阶级。

你们来到我们面前说，大城市都赞成金本位制；我们回答说，大城市的基础是我们的辽阔富饶的草原。烧掉你们的城市，留下我们的农场，你们的城市还会奇迹般地复兴；但是，毁掉我们的农场，这个国家的每一座城市的街道就会杂草丛生。

我的朋友们，我们宣布：这个国家有能力为本国人民制定法律，而无需等待地球上任何其他国家的援助或赞同；在这个问题上，我们期望联邦各州都能达成一致意见。我不想给马萨诸塞州或纽约州的公民抹黑，说什么他们在面对这个建议时，竟会宣称这个国家没有能力处理自己的事务。这是1776年问题的再现。我们的先辈在只有300万人口时，就已有勇气宣布在政治上独立于民族之林；我们

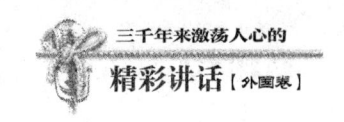

作为他们的后代已发展到7000万人口,我们难道要宣布我们的独立能力不如先辈吗?

不,我的朋友们,我国人民决不会作出那样的决断。因此,我们不在乎战斗会在哪条战线上打响。如果他们说复本位制好,但要等到其他国家帮助我们时才能实行,我们就回答说:与其因为英国实行金本位制,所以我们也实行金本位制,不如我们恢复复本位制,然后让英国也仿效美国实行复本位制。如果他们公然把金本位制作为一件好东西加以庇护,我们就同他们作殊死搏斗。我们的背后有全国和全世界从事生产的广大群众,我们得到各地商业界、劳工界和辛勤工作的人们的支持,所以,对于他们实行金本位制的要求,我们的回答将是:你们不要把这项荆冠强套在劳动人民的额头上,你们不要把人类钉死在金十字架上。

经典解读

在演讲中,布赖恩以金本位制这个众人关心的问题为切入点,提出了质疑与反驳。文中涉及到许多复杂的金融问题,以及与之相关联的系统的社会机制问题,敏感的政策问题和深刻的思想政治问题,但由于布赖恩提供了充足的理论根据和丰富的事实例证,使整个演讲听起来不冗长、不枯燥,逻辑严密,说理充足。

另外,布赖恩对一系列人物形象进行了大量的对比与排比,如受雇人与雇主、乡间律师与大公司的法律顾问、十字路口小店的商人与纽约州大商人、辛勤耕作的人与操纵粮价的人、开采珍贵金属的人与金融巨头等,既贴近听众、通俗易懂,又妙趣横生、激情飞扬,增强了文章的感染力。

虽然布赖恩从未在总统选举中获胜,但从布赖恩文采飞扬的滔滔雄辩,智者先哲的论辩思维中,我们完全可以领略到他优秀的演讲才能和敏捷的思维能力。本篇是美国竞选史上最著名的演讲辞之一。

名句赏析

你们不要把这顶荆冠强套在劳动人民的额头上，你们不要把人类钉死在金十字架上。

在这里，布赖恩把金本位制比作荆冠，喻为金十字架，十分形象。他要求放松货币政策，为挣扎在萧条的经济中的农民提高价格，由此我们可以看出他是一位激烈的平民主义者。"不要把人类钉死在金十字架上。"也成为家喻户晓的名言警句。

3."伟大的沟通者"里根——我的80年代的策略

背景资料

罗纳德·威尔逊·里根(1911-2004)，为鞋类销售员之子。1937年，进入好莱坞华纳兄弟电影公司开始影视演员的生涯，并两度担任电影演员工会主席，配合打击传闻存在于美国电影业中的共产党势力。主持电视节目通用电气剧场期间，又从自由派民主党人转变为共和党人。

1966年，里根以共和党身份当选加利福尼亚州州长。1968-1976年，他两次争取共和党总统候选人的提名，但均未成功，被选为共和党州长协会主席。1980年，他再度竞选美国第49任总统。

本篇是里根与第48任总统吉米·卡特的竞选演讲。演说风格高明而极具说服力，媒体誉之为"伟大的沟通者"。

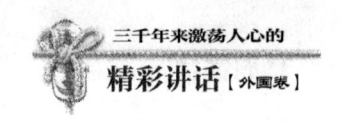

讲话实录

最近几个月来，美国经济确已显著恶化。卡特政府在3年半时间里所奉行的各种经济政策，事实上比任何人所预见的都更严重地破坏了我国的经济。利率和通货膨胀已经高得使人受不了。仅今年一年就有将近200万美国人失业。税款负担继续加重。

实质上，卡特先生在经济方面的种种失误是对几千万美国家庭所怀有的希望和理想的打击。

从本质上说，这些失误打击了美国每一个家庭、每一个工厂、每一个农场和每一个社区，是前所未闻的总统失职行为。

我们正在对付的是一种不仅夺走了人们的工资和储蓄存款，而且夺走了他们的希望和理想的前所未闻的危机。

那么他对这个悲剧的反应是什么？

言词，更多的言词。

我今天要对你们谈论关于领导工作的一种新的概念，它不仅有言词，而且有悦耳动听的音乐。它的基础在于对美国人民的信任、对美国经济的信心和务必使联邦政府重新对人民负起责任来的坚决保证。

这种概念根植于一种增长策略、一种计划，它如实看待美国的经济制度——一种巨大、复杂、强有力的制度，这种制度要求的不是联邦零敲碎打的措施，不是以抚慰性言词包裹起来的虔诚希望，而是艰苦的工作，和实际增长所需要的协调计划。

我们必须首先认识到，美国经济的症结在于臃肿无能的政府、完全不必要的限制、过重的税款和由印刷机提供的货币。我们不再需要卡特"稳定"或调整经济的八点或十点计划。在3年半中间，这些考虑得很不周到的行动不断使世界上最富有成效的经济制度大伤元气。

我们必须大胆、坚定、迅速地行动起来,控制住那不断增大的联邦开支,取消税务制度中那些限制经济的因素,并改革那种扼杀经济的管制网络。

我们必须制定,而且我也正在提出一种用于80年代的新策略,只有一系列计划周到、互相补充和加强经济的行动,才能重新推动我们的经济向前发展。

我们必须使政府开支的增长率保持在合理的、节俭的水平上。

我们必须有条不紊地、系统地降低个人所得税率,加速和简化折旧工作计划,以便消除对工作、储蓄、投资和生产力的限制。

我们必须审查那些影响经济的规定,加以修改,以支持经济增长。

我们必须确立一种稳定的、正确的、可预计的货币政策。

我们必须通过实施一种保持连续性的、不是逐月变更的国家经济政策来恢复信心。

我们必须使预算达到平衡,降低税率,并且恢复我们的国防力量。

这些是我们所面对的挑战。让我们来看看怎样才能迎接这种挑战。

我的经济计划中最重要的内容之一是控制政府开支。联邦机构和联邦计划中的浪费、挥霍和舞弊现象必须制止。每年通过几百项联邦计划浪费掉的纳税人的金钱达到几百亿美元,必须采取重大的、持久的行动来有效地反对这种做法。

按目前情况来预计,至1985年财政年度,联邦开支将每年增加9000亿美元以上。但是,通过全面地制止浪费及工作效率低下的状况,我深信,我们能够在1981年财政年度将预算削减2%,并逐渐提高削减的百分比,在1985年财政年度削减目前这种预计所匡算的金额的7%。这是以政府中若干小组所预计的金额为基础而提出的。实际上,我相信我们会做得更好。我的目标是在1984年财政年度使削减百分比达到10%。

对我的控制开支策略十分重要的一条是,任命一些经济观点与我相同的人担任政府高级职务。在我们即将拥有的政府里,高层领导说的话不会在官僚政治中消失或被隐匿。那声音将被人们听到,因为那是华盛顿长期以来没听到的声

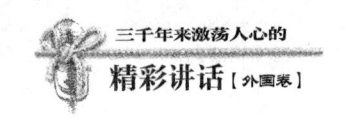

音——那是人民的声音。

我还将像我在加利福尼亚州做过的那样,建立公民专门调查委员会,严格检查所有的部门和机构。建立有效的政府的一个最好办法是,把政府的运作情况交给那些信守这种原则的公民进行认真审查。

我的经济计划的第二个重大内容是降低税率。它要求在3年内全面削减个人所得税——在1981、1982和1983年各减10%。我的目标是以系统的、有计划的方式实施三次减税。

高税率比任何东西都更严重地损害人们挣钱、储蓄和投资的动机,它破坏生产力,导致赤字财政和通货膨胀,并且造成失业。

建立公平合理的税收标准可以大大帮助恢复这个国家的经济繁荣。

但是,即使是实行了我所建议的广泛的减税措施,美国人民负担的税款仍然过重。在未来10年的后半部分,我们仍然需要,也必须采取其他的减税措施。

吉米·卡特说那是办不到的,其实他是说那是不应该做的。他主张保留目前这种令人难以承受的税款负担,因为那适合于他把政府视为美国经济生活中的决定力量的观点。

我们也需要对企业实行更快的、不那么复杂的折旧工作计划。过时的折旧工作计划阻碍着许多工业企业,尤其是钢铁工业和汽车工业,使它们不能实现工厂现代化。更快的折旧将允许这些企业从内部得到更多的资金,并在世界市场上变得更有竞争力。

这项策略的另一个重要部分涉及政府的管制。这个问题十分重要而复杂,需要另作讨论,我打算不久就此发表讲话。目前,让我只说下面这些。

政策管制,像火一样,可以是有用的仆人,但用之不当就会成灾。谁也不能怀疑这种管制的意图——改进卫生的安全状况,给予我们更洁净的空气和水——但是过多的管制就会损害,而不是保障人民的利益。当一般美国工人的实得工资逐步下降,当800万美国人失业,我们就必须重新审查我们的管制结构,评价这些管制工作对造成这种局面所起的作用达到什么程度。我的政府对影响经济的近千条联邦管制条例应该而且必将进行彻底的、系统的检查。

与控制开支、改革税制和撤销管制一起,一种正确的、稳定的、可预计的货币政策对于恢复经济繁荣也是必不可少的。联邦储备委员会独立于政府行政部门之外,它也应该如此。但总统应该提名进入联邦储备委员会的人选。我所任命的人将与我一起承担恢复美元的价值和稳定性的义务。

我的经济增长策略的一个根本部分是恢复信心。如果我们的企业想要投资并创造新的、报酬优厚的职位,它们就必须拥有一个不受政府专断行为干扰的未来。应该使它们相信,经济方面的各种法规不会突然地、变化无穷地更改。

我的政府将确立一种全国性的经济政策,并在最初 90 天内开始贯彻执行。

我心目中的经济策略包含许多内容——其中任何一项内容若是单独进行就会毫无结果,若是合在一起就一定能发挥作用。这个策略的成功最主要地取决于人民重新控制政府的意愿。

它取决于美国人民的工作能力。他们投身于这项活动的意志,他们的精力和想象力。

这个经济增长策略包括发展企业和工会之间的合作,而这种合作的基础又在于它们双方都认识到政府政策的目标是指向更多的职位,指向机会,指向发展的。

这里我们所谈的不是静止的、了无生气的计量经济学模式——我们所谈的是人类历史上最富有效益的经济制度。目前,给这种经济制度历史性地注入新的活力的,不是政府,而是免除了政府干预、不必要的管制、极其有害的通货膨胀、高额税款和失业的人民。

卡特先生是否真正相信美国人民不能重建我们的经济?如果他相信,那么除了他的政绩,这是另一条理由说明他不应成为总统。

在我的经济策略具体实施之后,我们国防方面的各种需要就能得到满足,因

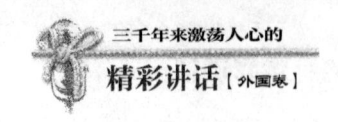

为美国人民的生产能力将为种种应该进行的工作提供其所需的资金。

所有这一切要求我们按照现实状况来看待政府和经济，不是把它们看做纸面上的词语，而是视为在我们关于发展、限制和有效行动的愿望和知识的指导下的机构和制度。

卡特先生刚刚上任时，在预算方面，他有着实现各种目标的充分余地。但是他抛弃了取得新的经济增长和加强国家安全的机会。现在，由于他的错误政策对经济所造成的损害，使得实现这些重要目标的工作更加困难得多。

然而，在这些目标面前，若是从其中任何一项退缩，都是我们国家所经受不住的。我们不能听任税款负担无节制地加重，不能坐视通货膨胀趋向严重，也不能允许我们的国防力量进一步削弱——那样必然会产生严重的后果。

这项任务是艰巨的，但我们对实现这些目标是乐观的——应该对它们抱乐观态度。取得成功需要时间，也需要我们的努力。

过去的 3 年又 8 个月可以用一句话来描述：那是一场美国悲剧。

这不仅是说卡特先生在 4 年时间中使联邦开支增加了 58%，也不仅是说他的 1981 年预算中的税款比 1976 年增加了一倍，以一般的四口之家来说，这相当于加重税款负担 5000 美元以上。

所以，这场悲剧存在于卡特先生没能办到的事中，也同样存在于他已办到的事中。

他没有进行领导。

卡特先生有过进行有效治理的机会。在他就职时有过一个坚实的经济基础，那时的通货膨胀率是 4.8%。

但是他失败了。他失败的根源在于他对政府的看法，在于他对美国人民的看法。

然而，他想把这种令人惊骇的看法再推行 4 年。

美国人民要求重新实现其理想的时机已经到来。形势不应该像现在这样。我们能够加以改变。我们必须加以改变。卡特先生造成的美国悲剧,必须也能够通过团结起来共同努力的美国人民的活力来加以克服、结束。

让我们使美国振作起来。

现在正是这样做的时候。

经典解读

演讲主题鲜明,里根一开始就从美国社会的现实问题谈起,数落了卡特政府的弊端,指出卡特的失职行为。切中要害,自然而随意,从而创造了良好的演讲氛围,激起听众继续听下去的兴趣,并新生希望。在此基础上,里根提出了新的施政纲领,即20世纪80年代的新策略,并指出"它的基础在于对美国人民的信任、对美国经济的信心和务必使联邦政府重新对人民负起责任来的坚决保证"。然后,里根对新策略的种种问题,如平衡预算、降低税率、恢复国防力量等问题给予了透彻剖析,显示了他严谨和周密的考虑。

这篇演讲有着深刻的政治理念和无可辩驳的逻辑力量。通过求真务实、细致入微的阐述,里根把这些理论讲得朴实亲切,让人易于接受。最终,里根以绝对优势取得竞选胜利,开始了美国历史上的"里根时代"。

名句赏析

美国人民要求重新实现其理想的时机已经到来。形势不应该像现在这样。我们能够加以改变。我们必须加以改变。

里根引导听众正视美国经济衰退、国力消弱的现实,呼吁民众承担起历史的责任,行动起来,用变革重振美国。诚挚的态度,恳切的语言,体现了他忧国忧民的情怀,也令人热血沸腾。

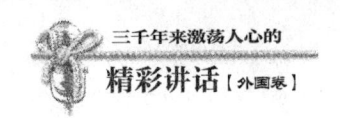

4.美国第42任副总统蒙代尔——向里根先生挑战

背景资料

沃尔特·蒙代尔(1928—),民主党人,美国第42任副总统,任期为1977-1981年。1980年竞选总统时败给里根,1984年挑战时任总统的里根,但仅赢得家乡明尼苏达州及首都华盛顿哥伦比亚特区的13张选举人票,创下选举人票最大差距纪录(525:13)。

本篇即蒙代尔1984年的总统竞选演讲。

讲话实录

谢谢你们。非常感谢你们。

民主党员们,美国同胞们:我接受你们的提名。

政治史上一场波澜壮阔的竞选运动现已成为支持我们的后盾。

它是喧闹的——但我们的声音却清晰可闻。它是持久的——但我们的耐力是经得住考验的。它是热烈的——但热烈的是激情,不是愤怒。它像游乐场的环滑车一样急转突变,但它已把我造就为一名更好的候选人,还将把我造就为一名更坚强的美国总统。

在未来的100天里,我们将通过所说的每一句话,通过所接触的每一个人,为美国的未来奋斗。

今晚我们带着一种新的现实态度来到你们面前:准备迎接未来,同时珍惜传统中的精华。

我们知道美国必须拥有强大的国防力量和更清醒的对苏联的看法。

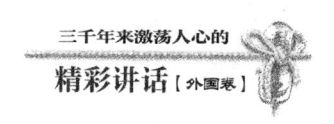

我们知道政府必须用心良好而又治理有方。

我们知道兴旺的、不断发展的私人经济是赢得未来的关键。

请看一看我们的政纲,其中没有削弱我国安全的国防开支压缩计划,没有削弱我国经济的企业税收政策,没有将财政部洗劫一空的项目清单。

我们更聪明、更坚强,我们把注意力集中于未来。如果里根先生想要像1980年那样进行竞选,那很好。让他们为过去奋斗吧。我们则为美国的未来奋斗——这就是我们将在竞选中获胜的原因。

最后一句话——对你们中间曾给里根先生投过票的人进一言。

我知道你们那时说了些什么,但我也知道你们那时没有说出来的话。

你们投票支持的,不是2000亿美元的赤字。

你们投票支持的,不是军备竞赛。

你们投票支持的,不是将天空变为战场。

你们不是为了破坏社会保障制度和老年保健医疗制度而投票的。

你们不是为了破坏家庭农场而投票的。

你们不是为了破坏公民权利而投票的。

你们不是为了毒化环境而投票的。

你们不是为了打击穷人、病人、残疾人而投票的。

你们不是为了用50美元购买一只50美分的灯泡而投票的。

4年以前——4年以前,你们中许多人给里根先生投了票,因为他承诺使你们的生活富裕起来。今天,富人的生活是更优裕了,而美国工人的生活却更贫困,中间阶层则正站在陷阱边上。

林肯曾经说过,我们的政府应该是人民所拥有,由人民进行管理,为人民谋福利的政府。但是我们今天所见到的却是一个富人所拥有,由富人进行管理,为富人谋福利的政府。我们将在11月份改变这种情况。

请看这样的记录:首先是里根先生的税收计划。这方面的实际情况是,他对

富人朋友实行减税，使他们中每一个人由此省下的钱足够购买罗尔斯·罗伊斯牌汽车——然后他要求你们的家庭为汽车的毂盖付款。

然后他们对不断上涨的公用事业费、电话费和医药费等巧取豪夺行径佯作不知。

然后他们限制着我们的未来。他们让我们在国际竞争中吃败仗。现在，报纸上招工栏内充满了招聘经理人员和洗碟工的广告——但对介予这二者之间的人的招聘广告却不多。

然后他们扔掉了我们的未来——把它扔给工人。他们鼓励经理人员投票支持自己获取巨额红利——同时运用金刚手段迫使工人领取香港工资。

里根先生——里根先生——里根先生相信，美国的天才人物存身于企业董事会的会议室和高级的乡村俱乐部内。我却相信伟大的业绩存在于建设我们国家的男男女女中，他们为国家工作，保卫着我们的自由。

现政府纵有争取美好未来的计划，也必对之秘而不宣。

因为关于未来的真相是这样的：我们是依靠借来的钱和借来的时间生活的。这样的亏欠抬高了利率，压垮了出口，阻碍了投资，扼杀了就业机会，损害了经济增长，欺骗了我们的孩子，压缩了我们未来的发展。

不论是谁在1月份就任总统，美国人民都得为里根先生还债。预算必须紧缩，税款还得加重。如果有谁说预算和税收的情况不至于如此，那么他就不是在对美国人民说实话。我会说到做到：在我第一任任期结束前，我将使里根政府的预算赤字降低2/3。让我们说实话，这是必须做到的。里根先生将提高税款，我也将提高税款。他不会把这点告诉你们，我却在刚才告诉了你们。

还有另一个差别。他在提高税款时，不会公平办事。他将再次把这种负担转嫁给那些收入一般的家庭，而不让它影响他的富人朋友。我不赞成他那样做，你们和美国人民都不赞成他那样做。

对于那些钻空子、不付税的公司和占便宜的人，我要宣布：你们的免费搭车已经结束了。对于国会，我要说：我们必须削减开支，并且实行现购现付办法。如果你们不实行这条路线，我会实行。总统否决权就是为此而设的。

这就是我减少赤字的计划。里根先生要把他的计划保密到大选以后。那不是领导人应有的作风，那是推销员的办法。我想美国人民是懂得这二者间的差别的。今晚我向里根先生挑战，把他的计划和我的计划一起放在桌上，然后通过电视在全国人民面前辩论。美国人需要听到关于他们未来的真话。他们有权听到真话：他们要求现在就听到真话——不是在大选以后听到。

当美国经济在世界上居于领先地位时，这里有充分的就业机会。这里一片富裕景象，这里有着孩子们的灿烂前程。但今天的情况全然不是如此。在美国历史上，这是贸易最不景气的年份。我们有300万个最佳职位流到了海外。里根先生对此束手无策。他拿不出使我们恢复竞争优势的办法，但我们拿得出。

我们将减少赤字，降低利率，使出口业务产生效益，使美国重新成为世界经济中的头号力量。

我们将发起一场振兴教育、科学和学术研究的运动。人才的浪费是件可怕的事。现在的年轻人必须成为美国历史上受到最好教育的一代，我将领导我们国家朝着前所未有的最好的体制前进。我们应该做到这一点。我们必须做到这一点。

现在美国应该进入取得卓越成就的时期。家长必须关掉电视机；学生必须做好家庭作业；老师必须教好书。美国必须投入竞争。如果我们实行这些规定，我们就将成为最强大的国家。让我们使美国重新顺应新潮流。

对那些把我们的最佳职位送往海外的大公司，我要说，国内需要那些职位。美国不会帮助你们开展业务——除非你们的业务有助于美国。

对那些向我们关闭市场的国家，我要说，我们不再听人摆布。我们将有一位保护美国工人、美国企业、美国农民和国际贸易的总统。

在我的成长过程中，人们要求我们想象未来，那时我们充满了理想。但是当我几个月前在得克萨斯州访问一所小学，我要求孩子们想象未来，他们竟对我谈

到了核战争。

最近,由于我们已接近大选,现政府就开始谈论一个更安全的世界。这里有着很大的差别:作为总统,我为和平所做的工作开始于就任的第一天,而不是开始于争取重新当选的活动的第一天。

作为总统,我将重申美国的各种价值观。我将努力要求在中美洲保护人权,要求从该地区撤出一切外国军队。在我就任的100天内,我将停止在尼加拉瓜进行的非法战争。

我们知道我们同苏联的深刻分歧。美国谴责他们对持不同政见者和犹太人的压制,对波兰团结工会的压制,对阿富汗的侵略和在世界各地进行的干预活动。

但事情的真相是我们同苏联都具有毁灭地球的能力。从当年使用原子弹以后,每一位总统都理解这一点,其他各位总统都同苏联人进行过军备控制的谈判,为什么现政府不进行这样的谈判?他们为什么不试一试?他们为什么对美国人和全人类要求清醒明智地控制这些可怕武器的呼声充耳不闻?为什么?为什么?

为什么我们不能至少每年一次地同苏联举行首脑会谈?为什么我们不能达成拯救这个地球的协议?实际上,我们是能做到这些的。

我和副总统费拉罗的第二任任期将在1989年开始。在下一个10年开始时——我要向孩子们询问他们的理想,我不会再听到关于核战争噩梦的话,一个字也听不到。

我将走进美国任何一个教室,同一些最聪明的教师和学生交谈,听到学生们告诉我:"我要成为一名教师。"

我将走进美国任何一家公立诊所,听到医生说:"今年我们没见到一个孩子挨饿。"

我将走进美国任何一家商店,随手拿起质量最好、价格最适宜的最佳产品,

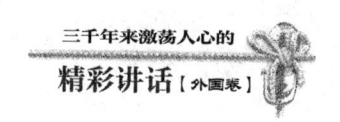

把它翻过来，读到"美国制造"的字样。

我将在美国任何地方都遇到非常成功的企业领导人，在他们中间看到像今晚这里一样多的妇女和少数民族成员。

我将指着最高法院说："司法权掌握在最正直的人手中。"

我将走向我的第二次就职典礼，举起右手，宣誓"保存、维护和捍卫包括平等权利修正案在内的宪法"。

朋友们，美国意味着每一代人都必须使之扩展的未来，意味着每一代人都必须将其敲开的大门，意味着每一代人都必须信守的诺言。

我在一生中都要同年轻人谈论他们的未来。不论他们的种族、宗教和性别如何，我要听到他们中的一些人像我今晚这样欣喜而郑重地说："我要成为美国总统。"

谢谢你们。

经典解读

第二次获得总统竞选提名，蒙代尔的心情是非常激动的，他抛弃了那些冗长和华而不实的语句，一开始便直奔主题，围绕着竞选紧密展开。演讲句式虽短，但坚定果断，不容置疑，蒙代尔用自己饱满的热情和坚定的信念表明了"我要成为美国总统"的心愿。演讲中，一些排比句和呼告的运用，更是加强了演讲的气势。

虽然蒙代尔未能入主白宫，但演讲无情地鞭笞了里根政府的种种弊端，为美国人民建构了一个没有种族歧视、没有核战争、人民安居乐业的理想社会，在一定程度上指导着美国人民的奋斗思想。

名句赏析

朋友们，美国意味着每一代人都必须使之扩展的未来，意味着每一代人都必须将其敲开的大门，意味着每一代人都必须信守的诺言。

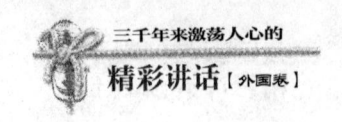

这样的表述充满了蒙代尔对美国未来的深切关怀,显示出一种政治上的智慧与理性,令人深省。

5.亚洲第一位女总统阿基诺——胜利属于我们

背景资料

科拉松·阿基诺(1933-2009),1954年与菲律宾自由党总书记、参议员贝尼格诺·阿基诺结成伉俪。1983年贝尼格诺·阿基诺遭枪杀后,她积极投身并领导了反对马科斯政权的政治运动。

1986年2月,阿基诺以反对党领导人的身份力排众议,参加总统大选,以《胜利属于我们》为题的竞选演讲击败了强大的对手弗迪南德·马科斯,赢得了竞选胜利,成为菲律宾和亚洲国家历史上第一位女总统,开始了菲律宾的阿基诺时代。

讲话实录

今天,我们即将结束我们奋斗历程的第一阶段。这一历程始于1983年在马尼拉国际机场跑道上发生的那一幕卑鄙的暗杀事件。从那个黑暗时刻起,我们就看到了一个新菲律宾的黎明。人民现在可以说以前不敢说的话了。

我们已经胜利了,因为我们赢得了人民。在这场争论中,我们是胜利者。所以,当那位老独裁者带着他那为寻求安慰而伪造的军功章和他那些日益没落的亲友一起躲藏在马拉卡南宫的黑暗角落时,我警告他说:马科斯先生,不要在星期五这天欺骗人民了。20年后的今天,你最终发现自己必须尊重人民的判决。现在,已经有报道揭露说,你又要重施故伎,玩弄恫吓和欺骗并用的诡计。这一招儿

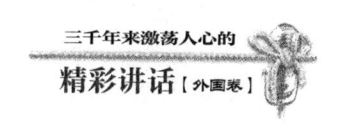

在以往曾保护你在那奢侈的马拉卡南宫度过了漫长的岁月。但是，不要再来这一套了，马科斯先生！因为这一次你是不能干了坏事而逃脱的。

如果你企图再骗人，你将给自己和你的国家带来耻辱。这个国家现在已经看到自己生活水平的跌落。对此，除去你的那帮亲友，谁会认为现在的生活水平要比5年前更好？我们的儿童食不果腹，面临饥饿的威胁；我们的国家赖以生存的基础已经到了崩溃的边缘；我们的财富已被国家领导人占为己有并存放在美国银行他们的账户上；我们的军队士气低落，军纪败坏；我们一度为之骄傲的国家已陷入一场内乱；而我们的民众却一直在一个暴虐政权的恐吓和威胁下生活。

现在，菲律宾人民已经觉醒，甚至可以说已完全清醒了。今天，要想成功地否定人民的胜利，那得有一个比现在疾病缠身的马科斯先生更为拼命、更加强壮的先生！

所有支持我的菲律宾选民们，现在我向你们呼吁：保护你们的选票，胜利必定属于我们。可以肯定，我们将进行一次自由和公正的总统选举，而且一个崭新的菲律宾必将在全国和平与和解的气氛中诞生。

在我竞选的过程中，我已走遍我们国家的天涯海角，亲眼看到人民所蒙受的苦难和他们对未来寄予的希望。我知道现在自己必须做什么。我坚定地做好了一切准备，决心为我们可爱的全体人民创造一个自由、公正和福利一体的新菲律宾而进行长期不懈的斗争。

星期五，我们的国家将从20年苛政的灰烬中走出来，而且将有一个美好的开端，我将把他们的选票看做是对我的一种神圣不可侵犯的信任。你们已经给我以充分的信任，而我将努力证明你们这样做是值得的。

经典解读

阿基诺在演讲中首先宣布"我们即将结束我们奋斗历程的第一阶段"，继之谴责了枪杀贝尼格诺·阿基诺的罪行，同时讴歌了新菲律宾的黎明，表示"人民现

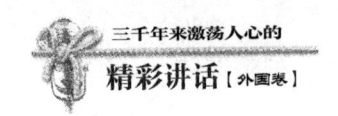

在可以说以前不敢说的话了"、"我们已经胜利了,因为我们赢得了人民"。接着,阿基诺将矛头指向了竞争对手马科斯,斥责对方重施故伎,玩弄恫吓和欺骗并用的诡计,强烈地表明了自己爱憎分明的情感,并呼吁民众给予自己信任。

阿基诺的演讲观点鲜明,立意深刻,表达直接痛快,铿锵有力,很有激情。那些充满了判断和结论式的语言,类似通报、声明性质或广泛动员的性质,令人振奋,又令人深省,有效地激发了民众的情感共鸣。

名句赏析

我坚定地做好了一切准备,决心为我们可爱的全体人民创造一个自由、公正和福利一体的新菲律宾而进行长期不懈的斗争。

阿基诺表明了自己的思想立场:"做好了一切准备"、"自由、公正和福利一体的新菲律宾"、"进行长期不懈的斗争",其恳切的态度,诚挚的服务意识,坚定的自信心,充分展示了一位伟大领袖的风采。

6.美国首任黑人总统奥巴马——是的,我们能

背景资料

美国共和党小布什政府执政 7 年来,经济不振,财政巨额亏空,美元贬值,物价飞涨。随着次贷危机引发的世界性的金融危机,美国人民生活日趋艰难,没有医疗保险的人数更是高达 5000 万。

2008 年美国举行第 44 任总统选举活动,民主党人巴拉克·奥巴马(1961—)因对社会底层,围绕着能源、医疗、教育等一系列人民最关心的问题提出了切实可行的政策措施,迅速赢得人民支持,以绝对性的优势击败共和党候选人约翰·

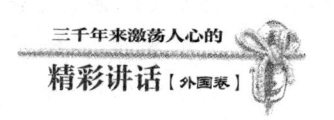

麦凯恩,正式当选为总统。

奥巴马是美国历史上第一位黑人总统。由于种族问题一直以来是美国的敏感问题,再加上当时世界处在全球经济危机的大背景下,因此,奥巴马的当选对美国、对世界都有着深刻而非凡的影响。本篇是奥巴马竞选获胜时所做的演说。

讲话实录

芝加哥,你好!

如果有人怀疑美国是个一切皆有可能的地方,怀疑美国奠基者的梦想在我们这个时代依然燃烧,怀疑我们民主的力量,那么今晚这些疑问都有了答案。

学校和教堂门外的长龙便是答案。排队的人数之多,在美国历史上前所未有。为了投票,他们排队长达三四个小时。许多人一生中第一次投票,因为他们认为这一次大选结果必须不同以往,而他们手中的一票可能决定胜负。

无论年龄,无论贫富,无论民主党人或共和党人,无论黑人、白人,无论拉美裔、亚裔、印地安人,无论同性恋、异性恋,无论残障人、健全人,所有的人,他们向全世界喊出了同一个声音:我们并不隶属"红州"与"蓝州"的对立阵营,我们属于美利坚合众国,现在如此,永远如此!

长久以来,很多人说:我们对自己的能量应该冷漠,应该恐惧,应该怀疑。但是,历史之轮如今已在我们手中,我们又一次将历史之轮转往更美好的未来。

漫漫征程,今宵终于来临。特殊的一天,特殊的一次大选,特殊的决定性时刻,美国迎来了变革。

刚才,麦凯恩参议员很有风度地给我打了个电话。在这次竞选中,他的努力持久而艰巨。为了这个他挚爱的国家,他的努力更持久、更艰巨。他为美国的奉献超出绝大多数人的想象。他是一位勇敢无私的领袖,有了他的奉献,我们的生活才更美好。我对他和佩林州长的成绩表示祝贺。同时,我也期待着与他们共同努力,再续美国辉煌。

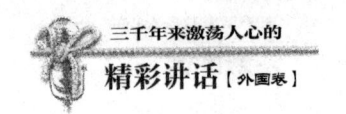

我要感谢我的竞选搭档——当选副总统的乔·拜登。为了与他一起在斯克兰顿市街头长大、一起坐火车返回特拉华州的人,拜登全心全意地竞选,他代表了这些普通人的声音。

我要感谢下一位第一夫人米歇尔·奥巴马。她是我家的中流砥柱,是我生命中的最爱。没有她在过去16年来的坚定支持,今晚我就不可能站在这里。我要感谢两个女儿萨沙和玛丽娅,我太爱你们两个了,你们将得到一只新的小狗,它将与我们一起入住白宫。我还要感谢已去世的外婆,我知道此刻她正在天上注视着我。她与我的家人一起造就了今天的我。今夜我思念他们,他们对我的恩情比山高、比海深。

我要感谢我的竞选经理大卫·普鲁夫,感谢首席策划师大卫·阿克塞罗德以及整个竞选团队,他们是政治史上最优秀的竞选团队。你们成就了今夜,我永远感谢你们为今夜所付出的一切。

但最重要的是,我将永远不会忘记这场胜利真正属于谁——是你们!

我从来不是最有希望的候选人。起初,我们的资金不多,赞助人也不多。我们的竞选并非始于华盛顿的华丽大厅,而是起于德莫奈地区某家的后院、康科德地区的某家客厅、查尔斯顿地区的某家前廊。

劳动大众从自己的微薄积蓄中掏出5美元、10美元、20美元,拿来捐助我们的事业。年轻人证明了他们绝非所谓"冷漠的一代"。他们远离家乡和亲人,拿着微薄的报酬,起早摸黑地助选。上了年纪的人也顶着严寒酷暑,敲开陌生人的家门助选。无数美国人自愿组织起来,充当志愿者。正是这些人壮大了我们的声势。他们的行动证明了在200多年以后,民有、民治、民享的政府并未从地球上消失。这是你们的胜利。

你们这样做,并不只是为了赢得一场大选,更不是为了我个人。你们这样做,是因为你们清楚未来的任务有多么艰巨。今晚我们在欢庆,明天我们就将面对一生之中最为严峻的挑战——两场战争、一个充满危险的星球,还有百年一遇的金融危机。今晚我们在这里庆祝,但我们知道在伊拉克的沙漠里,在阿富汗的群山中,许许多多勇敢的美国人醒来后就将为了我们而面临生命危险。许许多多的父母会在孩子熟睡后仍难以入眠,他们正在为月供、医药费、孩子今后的大学费用而发愁。我们需要开发新能源,创造就业机会,建造新学校,迎接挑战和威胁,并修复与盟国的关系。

前方道路还很漫长,任务艰巨。一年之内,甚至一届总统任期之内,我们可能都无法完成这些任务。但我从未像今晚这样对美国满怀希望,我相信我们会实现这个目标。我向你们承诺——我们美利坚民族将实现这一目标!

我们会遇到挫折,会出师不利,会有许多人不认同我的某一项决定或政策。政府并不能解决所有问题,但我会向你们坦陈我们所面临的挑战。我会聆听你们的意见,尤其是在我们意见相左之时。最重要的是,我会让你们一起重建这个国家。用自己的双手,从一砖一瓦做起。这是美国立国221年以来的前进方式,也是唯一的方式。

21个月前那个隆冬所开始的一切,绝不应在这一个秋夜结束。我们所寻求的变革并不只是赢得大选,这只是给变革提供了一个机会。假如我们照老路子办事,就没有变革;没有你们,就没有变革。

让我们重新发扬爱国精神,树立崭新的服务意识、责任感,每个人下定决心,一起努力工作,彼此关爱;让我们牢记这场金融危机带来的教训:不能允许商业街挣扎的同时却让华尔街繁荣。在这个国家,我们作为同一个民族,同生死共存亡。

党派之争、琐碎幼稚,长期以来这些东西荼毒了我们的政坛。让我们牢记,当来自伊利诺伊州的一位先生首次将共和党大旗扛进白宫时,伴随着他的是自强自立、个人自由、国家统一的共和党建党理念。这也是我们所有人都珍视的理念。虽然民主党今晚大胜,但我们态度谦卑,并决心弥合阻碍我们进步的分歧。

当年,林肯面对的是一个远比目前更为分裂的国家。他说:"我们不是敌人,而是朋友。虽然激情可能不再,但是我们的感情纽带不会割断。"对于那些现在并

不支持我的美国人,我想说,虽然我没有赢得你们的选票,但我听到了你们的声音,我需要你们的帮助,我也将是你们的总统。

对于关注今夜结果的国际人士,不管他们是在国会、皇宫关注,还是在荒僻地带收听电台,我们的态度是:我们美国人的经历各有不同,但我们的命运相关,新的美国领袖诞生了。对于想毁灭这个世界的人们,我们必将击败你们。对于追求和平和安全的人们,我们将支持你们。对于怀疑美国这盏灯塔是否依然明亮的人们,今天晚上我们已再次证明:美国的真正力量来源并非军事威力或财富规模,而是我们理想的恒久力量:民主、自由、机会和不屈的希望。

美国能够变革,这才是美国真正的精髓。我们的联邦会不断完善。我们已经取得的成就,将为我们将来能够并且必须取得的成就增添希望。

这次大选创造了多项"第一",诞生了很多将流芳后世的故事,但今晚令我最为难忘的却是一位在亚特兰大投票的妇女:安妮·库波尔。她和无数排队等候投票的选民没有什么差别,唯一的不同是她高龄106岁。

在她出生的那个时代,黑奴制刚刚废除。那时路上没有汽车,天上没有飞机。当时像她这样的人由于两个原因不能投票——第一因为她是女性,第二个原因是她的肤色。

今天晚上,我想到了安妮在美国过去100年间的种种经历:心痛和希望,挣扎和进步,那些我们被告知我们办不到的年代,以及我们现在这个年代。现在,我们坚信美国式信念——是的,我们能!

在那个年代,妇女的声音被压制,她们的希望被剥夺。但安妮活到了今天,看到妇女们站起来了,可以大声发表意见了,有选举权了。是的,我们能。

安妮经历了上世纪30年代的大萧条。农田荒芜,绝望笼罩美国大地。她看到了美国以新政、新的就业机会以及崭新的共同追求战胜了恐慌。是的,我们能。

"二战"时期,炸弹袭击我们的海港,全世界受到独裁专制威胁,安妮见证了一代美国人的英雄本色,他们捍卫了民主。是的,我们能。

安妮经历了蒙哥马利公交车事件、伯明翰黑人暴动事件、塞尔马血腥周末事件。来自亚特兰大的一位牧师告诉人们：我们终将胜利。是的，我们能。

人类登上了月球、柏林墙倒下了，科学和想象把世界连成了一块。今年，在这次选举中，安妮的手指轻触电子屏幕，投下自己的一票。她在美国生活了106年，其间有最美好的时光，也有最黑暗的时刻，她知道美国能够变革。是的，我们能。

美利坚，我们已经一路走来，我们已经看到了那么多变化，但我们仍有很多事情要做。今夜，让我们问自己这样一个问题：假如我们的孩子能够活到下一个世纪，假如我的女儿有幸与安妮一样长寿，她们将会看到怎样的改变？我们又取得了怎样的进步？

现在，我们获得了回答这个问题的机会。这是我们的时刻，我们的时代。让我们的人民重新就业，为我们的孩子打开机会的大门；恢复繁荣，促进和平；让美国梦重放光芒，再证这一根本性真理，那就是：团结一致，众志成城；一息尚存，希望就在；倘若有人嘲讽和怀疑，说我们不能，我们就以这一永恒信条回应，因为它凝聚了整个民族的精神——是的，我们能！

谢谢大家！愿上帝保佑你们，保佑美利坚合众国。

经典解读

持续疲软的经济走势，让趾高气昂的美国民众心情跌落谷底，怀疑、失望、迷茫的情绪打压着他们的坚强，他们倾向于把奥巴马当选看成当前经济衰退后的历史转折。俨然，奥巴马所面对的是一场民族精神战。

在演讲中，奥巴马没有一味地谈胜选的意义，他先是以平民姿态叙述了麦凯恩、家庭、外婆的去世等生活琐事，拉近了与美国民众的情感距离。接着，他将眼前方方面面的难题剖露给听众，如经济困顿、党派之争，让国民了解到变革的必要性和重要性。当然，在这个特殊时刻，凝聚起全体民众的力量，突出信心才是关键。奥巴马巧妙地借用高龄106岁的安妮·库波尔所经历的一生，唤起美国人对

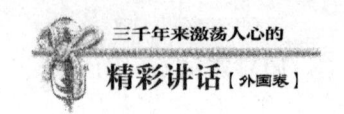

历代名族英雄的回忆。接着,连用6个"是的,我们能"的排比,使演讲更有激情,更有力量,极具感染力,不由得令人心潮澎湃、热血奔腾。

"是的,我们能!"奥巴马狂热与激情的竞选口号,为演讲注入了强大的精神力量,让失意恒久的美国人重拾久违的信心。这篇演讲语气坚定、字字铿锵,读后让人回味,是值得称赞和学习的竞选范例。

名句赏析

现在,我们获得了回答这个问题的机会。这是我们的时刻,我们的时代。

当奥巴马喊出这两句满是慑服力的句子时,这既是他自信的外在表现,又让美国民众幡然醒悟——我们的救世主到来了。无疑,在当时他给美国选民传达了梦想和信念,也给世界传达了希望与信心。

第三章　气吞山河的施政纲领
——就职讲话

　　作为民族与国家的象征,他们在各自所属的民族和时代里,是真正的风云人物。展现在这里的,便是风云人物们发出的第一次震耳欲聋的声音,我们既可以见识到其各具特色的雄才大略和美好期望,又能领略和感受他们十足的个人魅力。

1.美国开国总统华盛顿——美国人民的实验

背景资料

　　乔治·华盛顿(1732—1799),出生于美国弗吉尼亚州。1775年,波士顿倾茶事件爆发,他积极投入到反对英国对北美殖民统治的斗争中。同年5月10日,在费城举行的第二届大陆会议上,华盛顿被任命为大陆军总司令。1787年,被推举为制宪会议主席。

　　1788年5月4日,第一届国会在纽约开幕,选举团全票选举华盛顿为美利坚合众国第一任总统。随后,华盛顿发表了这篇就任总统的演说词。作为美国开国总统,华盛顿开了总统就职演说之先河。

讲话实录

参议院和众议院的同胞们，本月14日收到根据两院指示送达给我的通知。阅悉之余，深感惶恐。我一生饱经忧患，唯过去所经历的任何焦虑均不如今日之甚。一方面，因祖国的召唤，要我再度出山，对祖国的号令，我不能不肃然景从。然而，退居林下，系我一心向往并已选定的归宿。我曾满怀奢望，也曾下定决心，在退隐之地度过晚年。对此退隐的居所，除喜爱之外，已经习惯；看到自己的健康，因长期操劳，随着时光的流逝而日益衰退之时，对之更感需要和亲切。另一方面，祖国委我以重托，其艰巨与繁剧，即使国内最有才智和最有阅历的人士，亦将自感难以胜任，何况我资质鲁钝，又从未担任过政府行政职务，更感德薄能鲜，难当重任。

虽然处于此种思想矛盾中，但我一直认真致力于正确估量可能影响我执行任务的每一种情况，以确定我的职责，这是我所敢断言的。我执行任务时，如因往事留有良好的记忆而使我深受其影响，或因我的当选使我深感同胞对我高度信任，并为此种感情所左右，以致对自己从未担负过的重任过少考虑自己能力的微薄及缺乏兴趣，我希望，我的动机将减轻我的错误，国人在判断错误的后果时，也会适当考虑所以产生此种偏颇的根源。

既然这就是我在响应公众召唤就任现职时所抱有的想法，在此举行就职仪式之际，如不虔诚地祈求上帝的帮助就极欠允当，因为上帝统治着全宇宙，主宰世界各国，神助能弥补凡人的任何缺陷。愿上帝赐福，保佑美国民众的自由与幸福，及为此目的而组成的政府，并保佑他们的政府在行政管理中顺利完成其应尽的职责，在向公众和个人幸福的伟大缔造者谢恩之际，我确信我所表述之意愿同样是诸位及全国同胞的意愿。美国民众尤应向冥冥之中掌管人间一切的神力感恩和致敬。美国民众在取得独立国家地位的过程中，每前进一步，似乎都有天佑的征象。联邦政府制度的重要改革甫告完成；虽然性质不同的集团为数众多，但均能心平气和，互谅互让，经过讨论，卒底于成。若非我们虔诚的感恩得到回报，若非过去似乎已经呈现出预兆，使我们可以预期将来的赐福，这种方式是无法与大多数国家组建政府时采取的方式相比的。在目前这一紧急关头，产生这些想法，确系深有所感而不能自已。我相信你们与我会有同感，即没有任何一个政府像我们这个新的自由政府这样，从一开始就诸事顺利。

根据设立行政机构条款的规定，总统有责"将他认为必要和有益的措施提请你们考虑"。现在和你们会见的这一场合，我无法详细谈论这个问题，我只想提一提我国的伟大宪法，我们就是根据宪法的规定举行这次会议的。宪法为诸位规定了权力范围，也指出了诸位应该注意的目标。在今天这次大会上，我将不向诸位提出某些具体的建议，而是颂扬被选出来考虑和采纳这部宪法的代表们的才能、正直和爱国热忱。这样才更适合这次会议的气氛，我的感情也驱使我这样做。

我从诸位这些高尚品德中，看到了最可靠的保证，一方面是地方偏见或感情以及党派的分歧，都不能转移我们统观全局和一视同仁的视线。我们的视线是理应照顾各方面的大联合和各方面的利益的。另一方面，我们国家的政策在纯正不移的个人道德原则的基础上，这个自由政府将以它能博得公民的热爱与全世界的尊重等特点而显示出它的优越性。

我对祖国的热爱激励我以满怀愉悦的心情展望未来。这是因为，在我国的体制和发展趋势中，出现了又有道德又有幸福，又尽义务又享利益；又有公正和宽仁的方针政策作为切实准则，又有社会繁荣昌盛作为丰硕成果的不可分割的统一。这已是无可争辩的事实。这也因为，我们已充分认识，上帝决不会将幸福赐给那些把他所规定的秩序和权利的永恒准则弃之如粪土的国家。这还因为，人们已将维护神圣的自由火炬和维护共和政体命运的希望，理所当然地、意义深远地、也许是最后一次地，寄托于美国民众所进行的这一实验上。

经典解读

接受总统职务，心情应该是振奋和激昂的，然而华盛顿在演讲中流露出的却是一种沉重的任重道远的责任感和交织着信念与焦虑的复杂心情。

华盛顿在演说中阐释了许多对国家和社会的重大看法，这些问题中也是当时人们关注的焦点。如联邦政府制度的重要改革、宪法规定的权利和义务。很显然，这些看法都倾注着他长期花费心血的思索，包含着极大的热情和责任感。同时，也表明了他对政府的基本立场和政治理想，显示出一个新生国家和时代的政治高度。

本篇就职演说词语言朴素平实，但情感真实，思想深刻，见解高远，加上华盛顿在美国民众中的崇高威望，其演讲必然对民众产生极大的感染力和震撼力，使民众从中得到极大的鼓舞和感动。

名句赏析

我们已充分认识，上帝决不会将幸福赐给那些把他所规定的秩序和权利的永恒准则弃之如粪土的国家。

在这里，华盛顿强调的是宪法。他之所以将宪法摆在至关重要的位置，是因为一个国家能不能真正维护好自己的宪法，关系到它的前途和命运。"上帝决不会将幸福赐给那些把他所规定的秩序和权利的永恒准则弃之如粪土的国家"，这种依法行事的坚定信念给予听众无限的信心。

2. "民主巨擎"杰佛逊——不负民众的瞩望

背景资料

托马斯·杰佛逊(1743-1826),资产阶级启蒙思想家,民主共和党的创始人,被称为"民主巨擎"。1769年当选弗吉尼亚议会议员,1773年投身于反殖民主义的民族独立斗争。1775年受第二届大陆会议委托,参加了《独立宣言》的起草。1800年当选美国第3任总统,并于1805年获总统连任。

在第一次总统任职期内,杰佛逊躬亲勤政,进行了一系列顺应时代潮流的改革,诸如扩大工农、手工业者、工匠等劳动者的权力,扩大资产阶级民主的措施,取得了不斐的政绩。1805年获总统连任、第二次入主白宫时,杰佛逊知道这既是民众对自己前期成绩的肯定,同时也对自己提出了更高的期望。所以,他立刻开始了自己的施政演讲,为的是不负人们的热望。

讲话实录

公民们:

在即将又一次负起大家授予我的重任,并得到宪法规定的那种资格以前,我有责任表示:我深深感受到公民们对我的再度信任,我的内心充满激情,它鼓舞我竭尽全力来满足大家的瞩望。

我在上次就职典礼时宣布过几条原则,并认为我的职责就是依照这些原则来治理联邦事务。我的良心告诉我,我已经处处依照这些原则的本意和每个正直人士的理解,履行了自己的诺言。

在处理外交事务方面,我们力图同各国,特别是同我们有着极其重要关系的

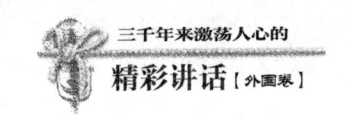

国家建立友谊，我们处处公平对待这些国家，合法时便给予优惠，根据公正、平等的原则，增进了双方的利益和往来。我们坚信，而且我们以此作为行动准则：国与国之间的交往如同人与人之间的交往，我们深思熟虑的利益总是同我们的道义责任分不开的，而且历史证明，当正义的国家不得不诉诸武力和战争来抗御别的国家时，它的话是令人信服的。

公民们，在内政方面，你们最了解我们工作的好坏。我们裁减了不必要的官职，压缩了无用的机构和开支，使我们得以中止了一些国内税项。这些税项曾使税务官遍及全国各地，大家一开门便受其侵扰，这已经开始给每户人家带来了烦恼，因为他们一旦登堂入室，就不太可能被阻止征收这个税或那个税。在停征的税项中，如果说包括了某些并未给人民带来不便的小项，那是因为其税额还不足以支付税务官的费用，如果它们有任何价值，各州政府可以予以采纳，以取代人民不甚赞同的其他税项。

其余岁入则来自外国消费品税，主要由那些有能力享用外国奢侈品的人来缴纳，并且只在沿海和边境地区征收，与我国商人的交易结合起来。一个美国人也许会高兴而自豪地问，农民、工人和劳动者对合众国的税务官有什么看法呢？这些税收使我们能维持政府的现行开支，履行与外国签订的契约，废除国境内的天赋土地权，扩大我国的疆界，并得以把盈余部分用于偿还各种即期公债。而一旦实现了还清公债的目标，从而增进了岁入，这笔款项便可以经由各州公正地重新分配，并通过相应的宪法修正案，在和平时期用于各州的河流、公路、艺术、制造业和教育等重大项目。在战争时期，如果因我们自己或他人的不公正而必然引起战争，税收将依靠人口和消费的增加而同样增加，加之为了战争危机而保留的其他岁入来源，这笔款项可望支付该年度的一切费用，而不致于让后代背上旧债而危及其权利。那样，战争就只不过是各项有益工作的暂时中断，是为了恢复和平状态，是为了重反改善的进程。

公民们，我已经说过，保留的收益使我们得以扩展我们的疆界，不过，这种扩展在需要我们付出代价之前,很可能已支付了其本身的代价,而且同时降低了自然增加的利息;无论如何,它会取代我们拨给的贷款。我知道某些人不赞成获取路易斯安那,他们坦率地认为,疆域的扩大将危及美国的统一。但是,谁能够限制联邦原则发挥其效用的范围呢?我们的联合范围越广,就越不会被地区感情所动摇;无论如何,由我们的同胞和后裔在密西西比河对岸定居,难道不比其他国家的陌生人好吗?我们与谁最有可能和睦相处、友好交往呢?

至于宗教,我考虑到宪法已载明宗教自由和不受政府权力的约束。因此,我从未规定哪些是合适的宗教活动,而是如同宪法所说,让教会或若干宗教团体认可的州一级机构来管理和指导这些活动。

我很同情一些地区的土著居民,他们的历史激起了我的同情。他们具有人类的能力和权利,酷爱自由和独立,他们别无他求地居住在一片不受干扰的土地上,但其他地区的过剩人口接踵而至;这些土著居民没有改变这股潮流的能力,也没有与之竞争的习性,以致遭到这股潮流的吞没或驱逐;如今,他们的居处已缩减至很小的范围,不可能再维持游牧状态,我们出于人道乃教其务农和持家之道;我们鼓励他们从事工业,唯有如此才能使他们维持生存之地,为及时进入这个社会做好准备,使他们不但享受舒适,还要增进智力与道德。因此,我们慷慨地供给他们农具和家具;我们派人指导他们最急需的技术,使他们处于法律的保护之下,抵抗我们中间的狂妄之徒。

但是,启发他们认识命运并走上当今的生活道路,诱导他们运用理智、遵照理智的指示并随遇而安,这需要克服强大的阻力,诸如他们的习俗、偏见、无知、傲慢,和他们当中某些利欲熏心、诡计多端的人的影响,这些人自以为在现存秩序下是重要人物,他们担心在其他秩序下将变得无足轻重。这些人伪善地反复宣扬要尊奉先祖的习俗,宣扬他们过去的所作所为应永远进行下去,宣扬理性使人误入歧途,而根据他们的物质、道德或政治环境,以理性指引前程乃是危险的创新;宣扬他们的责任就是维持造物主的创造,认为无知便是安全,而知识则充满

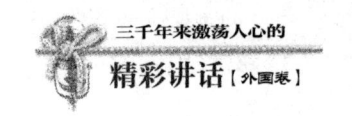

危险。简言之，我的朋友们，在他们之中也可以见到清醒的头脑与偏执之间的冲突，他们也有自己的哲学家，这些人热衷于维持现状、害怕改革、竭力维持习俗的优势，抵制增进理智和服从理智的责任。

公民们，我列举了这些要点并不是想以功臣自居。功劳应首先归于全国公民的善于思索的性格，他们通过舆论力量影响并加强了政府的措施。功劳应归于他们的慎思明辨，选出了可以委以立法大任的人。功劳应归于当选者的热诚和智慧，他们把大众的幸福建立在健全的法律基础之上，而唯独把执法工作留给别人；功劳应归于许多得力和忠实的助手，爱国心使他们与我携手合作，共同执政。

在本届任期中，出版界的炮口已经对准我们，它们为了扰乱本届政府，无所不为，无所不敢，因而受到了人们的指责。我们的政府机构对自由和科学来说是十分重要的，因此，遭到这些诬蔑感到非常遗憾，因为这些诬蔑会削弱其效益和破坏其稳定性。确实，根据若干州保留的、惩治捏造和诽谤罪的法律，本来可以通过有益的惩罚予以纠正，但是，在担任公仆期间执行公务更为重要，因此，让诬蔑者受到公众义愤的惩罚吧。

我们应该公平而充分地进行实验，这对世界来说也并非没有意义。自由讨论而不用权势，是否就不足以传播和捍卫真理呢？一个满腔热诚，不折不扣按其宪法真谛行事的政府，不做任何它不愿意让全世界见到它做的事情，是否就留下错误和诽谤的记载呢？实验已经做过了；你们也已经看到这个形势，我们的公民们沉着镇定地注视着；他们看到了这些违法行为的潜在根源，他们聚集在各级政府周围，当宪法要求他们用投票作出决定时，他们宣布了自己的裁决，这项裁决对为他们服务过的人来说是一种光荣，对相信人类能够被信任而管理自己的事务的人来说，则是一种安慰。

我在这里不是要推论说，我们不必执行各州为了抵制不实和诽谤性出版物而制定的法律；凡是有时间的人都能为维护公德和社会安宁作出贡献并运用有益的法律强制手段革除这些弊端；但是，我们提到的实验证明，既然真理和理性已经守住阵地,并同错误的意见和错误的事实展开了斗争,那么受真理限制的出版界也就不需要采用其他法律予以约束;在充分听取各方意见后,公众的判断将会纠正错误的推论和错误的意见;在极为珍贵的出版自由与混淆视听之间,无法划出其明确的界线。如果仍然有这项法则无法约束的不当行为,那么我们就必须通过民意调查来寻求补充办法。

想到目前举国一致的情绪,想到这预示着未来的道路充满着和谐与欢乐,我向我们的国家献上诚挚的祝福。至于有些人虽然尚未与我们站到同一立场,但这种意向正在加强。事实正在揭开蒙住他们的面纱,而且,这些心存疑虑的弟兄们终将懂得,他们虽然还无法决定在何种原则和程度上与大多数公民携手,但两者的想法和愿望却是一致的;我们和他们的愿望都是:公众的努力可以因势利导,并诚实地为公共利益服务,必须促进和平,不得侵犯公民自由和信仰自由,必须维护法律和秩序,坚持权利平等,以及保护个人的勤劳所得或祖传的财产状况而不论平等与否。如果他们确信这些观点,那么,他们不予以赞成和不予以支持便是违背人性。同时,让我们以坚韧的情怀期待他们,让我们在各种利益竞争中公正地对待他们,而且还不止是公正对待。我们无需怀疑,真理、理性和他们自身的利益终将占上风,使他们聚集在国家的怀抱里,使意见完全达到统一,并保佑民族的和谐与强盛。

现在,我即将开始履行同胞们再度授予我的职责,并以大家赞同的原则精神来办事。我并不惧怕任何涉及利益的动机会使我误入歧途;我不会冲昏头脑以致不辨正道,但是,人性的弱点和本人认识的局限性,有时会使我作出错误的判断而有损你们的利益。因此,我需要选民们一如既往地加以涵容;这种需要肯定不会因为执政年月的增加而减少。我还需要上帝的恩泽,我们生存在它的照拂之下,它引导我们的祖先,即从前的上帝选民离开故土,把他们安置在应有尽有、充满安逸的国土上;它以其远见卓识护佑我们度过摇篮时期,又以其智慧和力量护佑我们步入韶华岁月。我请你们与我一同祈求它的仁慈,祈求它启迪你们的公仆

的心灵,指导他们进行议事,并使他人的各项措施奏效,使他们所做的一切都会给大家带来福利,确保和平、友谊和赢得所有国家的欢迎。

经典解读

杰佛逊的就职演讲真诚、朴素、谦虚、坦白,同时具有政治家的胸有成竹,充满资产阶级民主思想。在演讲中,无论是对过去工作的总结,还是对今后施政的设想,杰佛逊都抱着一种真诚的态度,既不讳言第一任期间国家在外交、内政等方面所取得的成绩,又不沾沾自喜、居功自傲。他以一种脚踏实地的态度,直面下一个任期内重要解决的问题,表示将一如既往"给大家带来福利,确保和平、友谊和赢得所有国家的欢迎"。

可以说,这是一份就职演说,也是一篇施政纲领。作为前者,它以一种顺畅、流动的整体感,让听众领略了演讲者的全部思想。作为后者,它则用一种平实直白的语言、明了清晰的方式,让公众了解了美国下一步将往何处发展。

在那样的时刻,那样的场合,以杰佛逊那样的身份,做了一篇这样的演说,无疑是既得体又得人心的。

名句赏析

我们无需怀疑,真理、理性和他们自身的利益终将占上风,使他们聚集在国家的怀抱里,使意见完全达到统一,并保佑民族的和谐与强盛。

杰佛逊坚持真理、理性,注意维护民主自主的权威性,以力保每一个人的自身利益得到保护。这些符合时代潮流的原则在和谐社会建设、国家昌盛发展的过程中具有非比寻常的意义。

3. "伟大的解放者"林肯——联邦是不容分裂的

背景资料

亚伯拉罕·林肯(1809—1865),出身于肯塔基州一个农民家庭。1850年,他在伊利诺斯州发表了第一次政治演说,开始走上仕途。1854年被选为该州的州议员,1844年成功当选为国会议员。1854年加入共和党,并很快成为该党领袖。

1860年,林肯当选为美国总统。由于他在竞选纲领中提出坚决反对奴隶制的主张,还没等他宣誓就职,南方7州就发动了叛乱,宣布脱离联邦,内战不可避免。在首任总统仪式上,林肯发表了这篇就职演说,主要针对废除奴隶制以及南北战争进行了论辩。

讲话实录

合众国国民们:

按照一个与政府本身同时产生的惯例,我来到你们面前发表简短的讲话,并遵照合众国宪法对总统在"就职前"必须宣誓的规定,当着你们的面宣誓。

我想,我现在不必讨论那些并不特别令人忧虑或激动的行政问题。

南方各州人民似乎担心,共和党一旦执政,将会危及他们的财产、和平与个人安全。这种担心从来就没有什么合理的根据。实际上,足以说明相反事实的充分证据却一直存在着,并且随时可以进行检查。这种证据在现在向你们讲话的这个人的几乎所有发表过的演说中都可以找到。我只引述其中的一篇,我曾宣布——

"我无意直接或间接地干涉各蓄奴州的奴隶制度。我认为我没有那样做的合

法权利,而且也没有那样做的意向。"

提名并选举我的那些人完全知道我作过这一声明和许多类似的声明,而且我从未宣布撤回这些声明。不仅如此,他们还把一个鲜明有力的决议列入竞选政纲,并为我所接受,作为彼此都应遵守的准则,我现在读一读这个决议:

维护各州的各种权利不受侵犯,特别是每一个州完全根据自己的判断决定并管理其内部机构的权利不受侵犯,这对我们政治结构的完善与持久所依赖的权力平衡是必不可少的,我们谴责非法使用武力侵犯任何一个州或准州的领土,不论其凭借何种借口,都是最严重的非行。

我现在重申这些看法,我这样做只是提请公众注意有关这一情况的最确实的证据。即任何地区的财产、和平与安全都不会受到即将掌权的政府的危害。我还要补充一下,所有各州如果合法提出要求,政府都乐于给予符合宪法和法律的保护,而不论其出于什么原因——不分地区都一样愉快地对待。

关于从劳务或劳役中逃亡出来的人的引渡问题,人们有着许多争论。我现在要读的这个条款和宪法其他条款一样清楚:

"凡依一州法律应在该州服劳务或劳役者逃往他州时,不得依后者任何法律或法规解除该项劳务或劳役,而应依享有该项劳务或劳役的当事人的要求予以引渡。"

毫无疑问,制定这一条款的那些人的意图在于要求归还我们所说的逃奴;而立法者的意图就成了法律。所有国会议员都宣誓拥护全部宪法——包括这一条款和其他任何条款。对于把符合该条款所列条件的奴隶"予以引渡"的主张,他们的誓言是一致的。那么,如果他们能心平气和地进行努力,难道就不能以几乎同样的一致来草拟并通过一项法律,以便使那个一致的誓言同样有效吗?

关于这一条款究竟应由联邦政府抑或由州政府来执行,现在存在某些分歧。如果奴隶要被遣还,那么该由谁来办理遣还事宜,这对该奴隶或其他人来说并没有什么差别。难道会有人仅因在履行誓言的方式上存在无关紧要的争议就愿意违背誓言吗?

应该不应该把文明的、人道的法学中保证自由的所有规定都列入与这个问题有关的任何法律,以便使一个自由人在任何情况下都不会沦为奴隶?与此同时,可以不可以通过法律使宪法中关于保证"每州公民在其他各州均应享有公民的一切特权和豁免权"的条款得以实施?

我今天正式宣誓时,并没有保留意见,也无意以任何苛刻的标准来解释宪法和法律;尽管我不想具体指明国会通过的哪些法案是适合施行的,但我确实要建议,所有的人,不论处于官方还是私人的地位,都得遵守那些未被废止的法令,这比泰然认为其中某个法案是违背宪法的而去触犯它,要稳当得多。

自从第一任总统根据我国宪法就职以来已经72年了。在此期间,有15位十分杰出的公民相继主持了政府的行政部门。他们在许多艰难险阻中履行职责,大致说来都很成功。然而,虽有这样的先例,我现在开始担任这个按宪法规定任期只有短暂4年的同一职务时,却处在巨大而特殊的困难之下。联邦的分裂,在此以前只是一种威胁,现在却已成为可怕的行动。

从一般法律和宪法角度来考虑,我认为由各州组成的联邦是永久性的。在各国政府的根本法中,永久性即使没有明确规定,也是不言而喻的。我们有把握说,从来没有哪个正规政府在自己的组织法中列入一项要结束自己执政的条款。继续执行我国宪法明文规定的条款,联邦就将永远存在,毁灭联邦是办不到的,除非采取宪法本身未予规定的某种行动。

再者,假如合众国不是名副其实的政府,而只是具有契约性质的各州的联盟,那么,作为一种契约,这个联盟能够毫无争议地由缔约各方中的少数加以取消吗?缔约的一方可以违约——也可以说毁约——但是,合法地废止契约难道不需要缔约各方全都同意吗?

从这些一般原则往下推,我们认为,从法律上来说,联邦是永久性的这一主张已经为联邦本身的历史所证实。联邦的历史比宪法长久得多。事实上,它在

1774年就根据《联合条款》组成了。1776年,《独立宣言》使它臻于成熟并持续下来。1778年,《邦联条款》使联邦日趋成熟,当时的13个州都信誓旦旦地明确保证联邦应该永存。最后,1787年制定宪法时所宣布的目标之一就是"建设更完善的联邦"。

但是,如果联邦竟能由一个州或几个州按照法律加以取消的话,那么联邦就远不如制宪前完善了,因为它丧失了永久性这个重要因素。

根据这些观点,任何一个州都不能只凭自己的决议就能合法地脱离联邦;凡为此目的而作出的决议和法令在法律上都是无效的,任何一个州或几个州反对合众国当局的暴力行动都应根据情况视为叛乱或革命。

因此,我认为,根据宪法和法律,联邦是不容分裂的,我将按宪法本身明确授予我的权限,就自己能力所及,使联邦法律得以在各州忠实执行。我认为这仅仅是我分内的职责,我将以可行的方法去完成,除非我的合法主人——美国人民,不给予我必要的手段,或以权威的方式作出相反的指示。我相信大家不会把这看做是一种威胁,而只看做是联邦已宣布过的目标:它一定要按照宪法保卫和维护它自身。

进行这项工作不需要流血或诉诸暴力,除非强加于国家当局,流血和暴力绝不会发生。委托给我的权力将被用来保持、占有和掌握属于政府的财产和土地,征以普通税和关税;但是,除了为达到这些目的所必需进行的工作外,将不会对人民有任何侵犯,不会对任何地方的人民或在他们之间使用武力。在国内任何地方,如果对联邦的敌意非常强烈而普遍,致使有能力的当地公民不能担任联邦公职,在那种地方就不要企图强使引起反感的外地人去担任那些职务。尽管政府握有强制履行这些职责的合法权利,但那样做会激怒大众,它几乎是行不通的,所以我认为目前还是放弃履行这些职责为好。

邮件,除非被人拒收,将继续投递至联邦各地。我们要尽力使各地人民获得最有助于冷静思考和反省的充分的安全感。这里表明的方针必将得到贯彻,除非当前的一些事件和经验表明需要我们作适当的修正或改变。对任何事件和变故，我都将根据实际存在的情况，抱着和平解决国家困难并恢复兄弟般同情与友爱的观点和希望，以最慎重的态度加以处理。某些地区有人企图破坏联邦，并且爱用各种借口去实现这一点，对此我既不肯定也不否认；但若真有这样的人，对他们我什么话都不必讲。然而，对于真心热爱联邦的那些人，我能不说点什么吗？

在开始讨论关系到我国的政体、它所带来的一切利益、美好的往事以及未来的希望都面临着毁灭这样一个严重问题之前，先弄清我们究竟为什么要这样做，难道不是一种明智的做法吗？当你想要逃避的灾难可能并不真正存在时，你还会不顾一切地去冒险吗？你如果是走向一个比你所躲避的灾难更大的不幸，你还甘愿冒风险去犯这么大的错误吗？

大家都声称，如果宪法所规定的各项权利都能得到保证，就愿意留在联邦内。那么，宪法明文规定的权利是否真有哪一项被否定了呢？我认为没有。幸运得很，人脑的构造使得任何一方都不敢那样做。你们能找出一个例子来说明宪法中明文规定的条款有哪一条曾被否定掉吗？如果多数人只靠数目上的力量就去剥夺少数人应该享受的任何一项明文规定的宪法权利，就道德观点而言，这就可以证明进行革命是有理的；如果那是一项重要的权利，当然应该进行革命。但是我们的情况并非如此。少数人和个人的一切重要权利都得到宪法中所列的各种肯定和否定、保证和禁止的明确保障，在这方面从未引起过任何争议。但是，任何组织法都不能在制定时就针对实际行政工作中可能出现的每一个问题都提出专门适用的条款。对于一切可能发生的问题，没有那样的先见之明，也没有任何篇幅适当的文献容得下那么多明文规定。逃避劳役的人应由联邦政府抑或由州政府遣还？宪法未作明确规定。国会可以禁止各个准州的奴隶制吗？宪法未作明确规定。国会应保护各个准州的奴隶制吗？宪法未作明确规定。

从这类问题中产生了我们有关宪法的各种争议，由于这些争议我们分成了多数派和少数派。如果少数派不能默然同意多数派，多数派就得默然同意少数

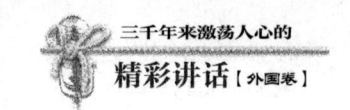

派，否则政府就不能存在下去。别无其他选择，因为要使政府能继续存在，就必须有这一方或那一方默然同意对方。在这种情况下，如果少数派宁愿退出联邦而不肯默然同意多数派，他们就创立了一个导致自我分裂和毁灭的先例，因为他们本身也有多数少数之分，一旦多数派拒绝接受少数派的控制，他们自己的少数派便会退出。举例来说，正如我们现在这个联邦的某些部分目前要求退出一样，一个新联盟的任何部分一两年后为什么就不可以任意退出呢？一切怀有分裂情绪的人正在接受着这样的熏陶。

在想要组成一个新联盟的各个州之间，是否有着完全一致的利益，足以使它们和睦相处而不会重新发生退出联盟的事呢？很明显，退出联邦的中心思想实质上是无政府主义。一个接受宪法所规定的检查和限制，并经常按照公众舆论和情绪的审慎变化而转变的多数派，乃是自由人民的唯一真正的统治者。凡拒绝接受它的人，必然走向无政府主义或者专制主义。完全一致的意见是不可能有的。由少数人实行统治，并作为一种永久的办法，是完全不能接受的；因此，如果否定少数服从多数这条原则，那么剩下的就只有某种形式的无政府主义或专制主义了。

我没有忘记某些人认为各种有关宪法的问题应由最高法院进行裁决的主张，我也不否认这样的裁决在任何案例中对诉讼各方以至诉讼的目的都具有约束力，同时它们在所有类似案例中也值得受到政府其他各部门的高度尊重与考虑。尽管在某一特定案例中，这样的裁决可能明显有误，但随之而来的不良后果却只限于这个案例，且有被驳回的可能，而决不会成为其他案例可借鉴的先例，因而同采取其他措施所产生的后果相比，这还是比较可以接受的。与此同时，诚实的公民必须承认：如果政府在那些影响到全体人民的重大问题上的政策也得由最高法院的裁决来确定的话，那么，个人之间的普通诉讼案件一经裁定，人民就不再享有自主权，因为到了那种程度，人民实际上已经将政府交给了那个显赫的法庭。上述看法不是对法院和法官的攻讦。他们无可推卸的责任便是裁定以正当方式提交给他们的案件，如果别人想把他们的裁决转用于政治目的，那绝不是他们的过错。

我国一部分地区认为奴隶制是正确的,应该得到扩展,而另一部分地区认为它是错误的,不应得到扩展。这就是唯一的实质性争论。在人民的道德观念并不完全支持法律的社会里,宪法中有关逃亡奴隶的条款和禁止贩卖外籍奴隶的法律都得和其他任何法律一样严格执行。人民中的大多数能够遵行这两项枯燥的法律义务,但每一项都被少数人触犯。我认为这是无法完全纠正的。这两种情况在上述两种地区分离之后还会更糟。如外籍奴隶贩卖,现在没有完全遭到禁止,最终会在一个地区不受限制地恢复起来;而逃亡奴隶,另一地区现在只是部分地遣返,那时就根本不会遣返。

以自然条件而言,我们是不能分开的。我们无法把各地区彼此挪开,也无法在彼此之间筑起一堵无法逾越的墙垣。夫妻可以离婚,不再见面,互不接触,但是我们国家的各地区就不可能那样做。它们仍得面对面地相处,它们之间还得有或者友好或者敌对的交往。那么,分开之后的交往是否可能比分开之前更有好处,更令人满意呢?外人之间订立条约难道还比朋友之间制定法律容易吗?外人之间执行条约难道还比朋友之间执行法律忠实?限定你们进行战争,你们不可能永远打下去;在双方损失惨重,任何一方都得不到好处之后,你们就会停止战斗,那时你们还会遇到诸如交往条件之类的老问题。

这个国家及其机构,属于居住在这个国家里的人民。一旦他们对现存政府感到不能容忍,就可以行使他们的宪法权利去改组政府,或者行使革命权利去解散或推翻政府。我当然知道许多可贵的、爱国的公民渴望宪法能得到修改。尽管我未提出修改宪法的建议,但我完全承认人民对整个这一问题所具有的合法权利,他们可以施行宪法本身所有的两种方式中的任何一种;在目前情况下,我应该赞同而不是反对公平地为人民提供对此采取行动的机会。我愿大胆补充说明:在我看来,采取会议的形式是可行的,因为它可以让人民自己提出修正案,而不是只让人民去采纳或反对别人所提出的某些方案,那些人不是专为这一目的而被推选出来的,那些方案也并非恰恰就是人民想要接受或拒绝的。我知道,国会已经通过一项宪法修正案——但我尚未看到那项修正案,其大意是:联邦政府永远不得干涉各州的内部制度,包括对应服劳役者规定的制度。为了避免对我所说的话产生误解,我放弃不谈某些特定修正案的打算,而只是提出:鉴于这样一项条款现在已意味着属于宪法中的条款,我不反对使它成为明确的、不可改变的规定。

总统的一切权力来自人民,但人民没有授权给他为各州的分离制造条件。如果人民有此意愿,那他们可以这样做,而作为总统来说,则不可能这样做。他的责任是管理交给他的这一届政府,并将它完整地移交给他的继任者。

为什么我们不能对人民所具有的最高的公正抱有坚韧的信念呢?世界上还有比这更好或一样好的希望吗?在我们目前的分歧中,难道各方都缺乏相信自己正确的信心吗?如果万能的主将以其永恒的真理和正义支持你北方这一边,或者支持你南方这一边,那么,那种真理和那种正义必将通过美国人民这个伟大法庭的裁决而取得胜利。

就是这些美国人民,通过我们现有的政府结构,明智地只给他们的公仆很小的权力,使他们不能为害作恶,并且同样明智地每隔很短的时间就把那小小的权力收回到自己手中。只要人民保持美德和警惕,无论怎样作恶和愚蠢的执政人员都不能在短短4年的任期内十分严重地损害政府。

我的同胞们,大家平静而认真地思考整个这一问题吧。任何宝贵的东西都不会因为从容对待而丧失。假使有一个目标火急地催促你们随便哪一位采取一个措施,而你绝不能不慌不忙,那么那个目标会因从容对待而落空;但是,任何好的目标是不会因为从容对待而落空的。你们现在感到不满意的人仍然有着原来的、完好无损的宪法,而且,在敏感问题上,你们有着自己根据这部宪法制定的各项法律;而新的一届政府即使想改变这两种情况,也没有直接的权力那样做。那些不满意的人在这场争论中即使被承认是站在正确的一边,也没有一点正当理由采取鲁莽的行动。理智、爱国精神、基督教义以及对从不抛弃这片幸福土地的上

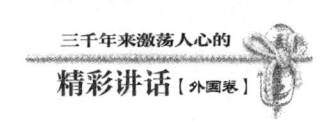

帝的信仰，这些仍然能以最好的方式来解决我们目前的一切困难。

不满意的同胞们，内战这个重大问题的关键掌握在我手中。政府不会对你们发动攻击。你们不当挑衅者，就不会面临冲突。你们没有对天发誓要毁灭政府，而我却要立下最庄严的誓言："坚守、维护和捍卫合众国宪法。"

我不愿意就此结束演说。我们不是敌人，而是朋友。我们一定不要成为敌人。尽管情绪紧张，也决不应割断我们之间的感情纽带。记忆的神秘琴弦，从每一个战场和爱国志士的坟墓伸向这片广阔土地上的每一颗跳动的心和家庭，必将再度被我们奏响！

经典解读

这篇演讲关系到国家的存亡，主题无比沉重。

演讲中，林肯首先明确地表明了自己的立场——"我们是不能分开的，我们无法把各地区彼此挪开，也无法在彼此之间筑起一堵无法逾越的墙垣。"然后，他反复说理，从多个方面论证战争是不可取的，以和平方式"坚守、维护和捍卫合众国宪法"才是解决问题的正确途径。

这篇演讲强烈地表达了希望和平的愿望，真切深沉，倾注着林肯对民族、国家和人民的感情，因此深深地打动了在场的所有听众。虽然林肯最终没能阻止南北战争的爆发，但林肯本人和他的演说深深为美国人民所赞誉和钦佩。

名句赏析

如果万能的主将以其永恒的真理和正义支持你北方这一边，或者支持你南方这一边，那么，那种真理和那种正义必将通过美国人民这个伟大法庭的裁决而取得胜利。

在关键的历史时期，林肯阐明了国家政府与人民的关系，指出人民没有授权给他（总统）为各州的分离制造条件，人民有改组或推翻政府的绝对权利。总统只

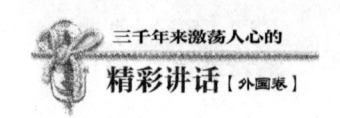

是将按宪法本身明确授予的权限，就自己能力所及使联邦法律得以在各州忠实执行。这深刻地体现了自由和民主精神，必将赢得民众的支持。

4.女权运动代言人卡丽——反对对妇女的性别偏见

背景资料

由于19世纪中期女权运动的影响，美国妇女的社会政治地位逐步上升。20世纪初，美国女权运动掀起新高潮，斗争的核心是争取选举权和参政权。特别是第一次世界大战中，美国妇女承担起了国内大量艰苦的工作，也因此赢得了社会的尊重。于是，美国妇女全力争取妇女选举权。

作为美国女权运动的领袖人物，卡丽·查普曼·卡特（1859-1947）曾主持过全美选民联盟，为争取妇女选举权而奔走。1902年2月，卡丽当选为全美妇女参政协会主席，在就职仪式上，她发表了这篇演说，一举成为女权运动代言人。

讲话实录

妇女参政是个简单明了的问题。这一要求带着尊严、有礼有节、顺理成章。战胜保守派，获得男子普选权虽然是一大胜利，但将来获得女子普选权的胜利则是不可估量的。攻克了许许多多被认为不可攻破的传统思想的堡垒后，男子才争取到选举权。然而，与妇女选举权面前一排排强大的反对势力相比，那些堡垒充其量不过是堂吉诃德的风车。

妇女选举权面临的正是男子选举权曾面对的所有反对势力。可除此之外，妇女选举权还得与性别偏见作斗争。这种性别偏见是人类最古老、最无理、最顽固的偏执症。何谓偏见？那就是一种毫无理由的观点，一种听不到论证，就作出的判断，一种不知来处的莫名其妙的情绪。性别偏见是剥夺妇女权益、剥夺妇女自由、剥夺妇女机会的一种先验判断，毫无根据地认为妇女没有能力从事她们从未做过的事。女权运动迅速发展到今天，其道路上的最大障碍就是性别偏见。这种偏见至今仍然是个巨大的障碍。

至少在美国，我们不需再为妇女与有识之士一道投票时有关智力、道德及身体方面的合格性作辩解。我们当中最佳公民的道理早已得到证实，我们论点的正确性也已得到公认，但我们还远远没有战胜性别偏见。

当一个大教堂主持暴躁地宣布说，妇女的要求不再那么有节制时，男人可能重操旧业，溺死女婴。当一个名声赫赫的参议员宣布说，没有人能为妇女的选举权找到理由时，当他以个人的地位和影响来反对时，当一个著名女作家将女权运动的代言人说成"尖声呼叫的女性"时，当一个政治头面人物说，"反对妇女选举权就是否定独立宣言"，而他自己却希望妇女得不到选举权时，问题已经完全超越理智范围，而回到性别偏见的领域，逻辑与常识都无法打开的领域。

有四大原因导致妇女处于受支配的地位。按照男人是一个种族的唯一组成单位的理论，每个原因都是合乎逻辑的推断。这四大原因是：服从，愚昧，否定个人自由，否定财产和报酬的享有权。这四种因素共起作用，使男人养成自私、霸道的习性，使妇女养成逆来顺受的习惯。

为了使这些不利条件牢牢地套住妇女，世人的推理是男人代表整个种族，女人只是男人的附属品，这样他们的行为便合乎逻辑了。将妇女永远作为附属品来监护等于剥夺了妇女思想与行动的全部自由，剥夺了妇女的发展动力，使妇女顺理成章地成为世人所希望看到的空虚的弱者。妇女的地位又进一步强化了有关妇女低能的流行观点。这世界不让妇女学会任何技巧，却说她们干的活一文不值，这世界不许妇女持有个人见解，却说妇女不善于思考，这世界不许妇女对公众演讲，却说女性中没有演说家，这世界不让妇女上学校，却说女性中没有天才，这世界剥夺了妇女的一切责任，却说女性软弱无能，这世界要让妇女明白她们的

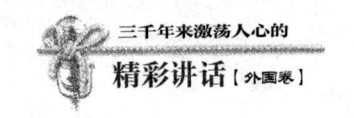

点滴快乐全是靠男人施舍的。当妇女按照人们所教的,涂脂抹粉,戴上精巧的羽饰,去寻求快活时,人们又说她们图虚荣。

这就是文学作品所祀奉的妇女形象,歌谣与传说使之不朽,骑士为之说尽发疯般的甜言蜜语。正如狄德罗说的,"当女性是主题时,笔头需浸满彩虹,而纸张需用蝴蝶翅膀来擦干"。人们让妇女罩上这种神秘的光环,让她们相信自己是受宠爱的。世人眼中理想的妇女形象是:漂亮、风流、多情、顺从、谨卑,时而柔弱,时而激动得暴跳,但从来是愚昧无知,软弱无能的。

当新的女性终于出现,高举真理的火炬,有理有节,带着尊严,要求分享这世上的教育、机会与责任时,难怪那些缺乏训练,软弱无能的妇女害怕地往后退,也难怪男人竟站出来为传统妇女说话,因为他们已习惯于自己所钟爱的女性。他们欣赏的正是妇女的软弱与依赖性。他们喜欢把妇女想象成柔软的攀缘藤,而把自己看做粗壮的橡树。男人打从骑士时代起,就有崇拜女性的理想,似乎她们是女神,但却一直控制她们,似乎女人又是白痴。男人根本没有意识到,自己的这两重地位是如何不协调,而错以为这种关系正符合上帝的旨意。

妇女运动的全部目的就是要推翻妇女有必要服服帖帖的观念,就是要教会妇女获得自尊,使她们不听命于人,教会男人充分理解平等,使他们不强求妇女服服帖帖。正如约翰·斯图亚特·穆勒谈到男子获得选举权之前的情况所说的,"高贵者在社会阶梯上一步步往下走,普通人一步步往上攀,每过50年,他们就彼此更加靠近"。因此我们也可以说,在过去100年里,男性作为世界的主导力量一直往下降,女性一直往上攀,每过10年,他们都彼此更加靠近。反对妇女争取选举权是理论的最后一道防线。这种理论认为,只有男性才是种族的创造者,因此女性必须服服帖帖。

过去,妇女运动的全部努力在于推翻女性在家庭中的隶属地位。这一目的已基本达到。一般受过教育的女子,在父亲家中、在丈夫家中、在儿子家中,都享有个人自由的权利。一个女子不必再顺从一个男子。在家里以及在社会中,女子都享有自主权。现在的问题是：作为整体的女性是否应顺从作为整体的男性？能否允许在生活的各个部门享有自治权的女子，在国家政治生活中也享有自治权？一个男子支配一个女子是不对的，整个男性支配整个女性也同样不对。一个男子支配其他男子是不对的，男性支配女性也同样是不对的。

经典解读

卡丽认为，消除性别偏见是妇女争取参政权的关键性。演讲一开始，她就对性别偏见作了深刻的剖析，指出性别偏见是一种很难改变的旧习惯势力，剥夺了妇女的权益、自由和参政机会。接着，她分析了造成这种深刻偏见有四大原因——服从、愚昧、否定个人自由、否定财产和报酬的享有权。原因剖析完了之后，她又正面歌颂了高举真理、有尊严的新女性，呼吁女性们要为争取选举权而斗争。

在演讲中，卡丽或运用直言陈述激发听众情感，或采用概括的方法来加深听众印象，或运用问答形式引起听众的注意，增强了演说的效果。加之论述干脆有力、有理有据，说出了女性的心声，因此这篇演讲引起了强烈的反响，增强了妇女们为权利斗争的决心，推动了女权运动的进行。

名句赏析

这世界不让妇女学会任何技巧，却说她们干的活一文不值，这世界不许妇女持有个人见解，却说妇女不善于思考，这世界不许妇女对公众演讲，却说女性中没有演说家，这世界不让妇女上学校，却说女性中没有天才，这世界剥夺了妇女的一切责任，却说女性软弱无能，这世界要让妇女明白她们的点滴快乐全是靠男人施舍的。当妇女按照人们所教的，涂脂抹粉，戴上精巧的羽饰，去寻求快活时，人们又说她们图虚荣。

卡丽用一组严厉而具有讽刺意味的反语阐述了妇女受到束缚，使得可以做的事情不能做，却又因此被说成是"一文不值"、"不善于思考"、"软弱无能"、"图

虚荣",强烈地表明了世界对妇女的不公,必然使被问者瞠目结舌。

5.战时内阁首相丘吉尔——出任首相后的首次演说

背景资料

温斯顿·丘吉尔(1874-1965),英国前首相,资产阶级政治家。出生于英格兰的牛津郡,毕业于圣赫斯特皇家军事学院。1895年步入军旅,后升任海军大臣。1940年出任英国首相,成为反法西斯联盟派的核心人物。

丘吉尔真可谓受任于危难之中。因为上任首相张伯伦对德国法西斯采取绥靖政策,造成了英军在二战初期的被动与失利,留下了德军对英国咄咄逼人之势的烂摊子。丘吉尔在万众瞩目之中开始了他的施政演说。

讲话实录

上星期五晚上,我接受了英王陛下的委托,组织新政府。这次组阁,应包括所有的政党,既有支持上届政府的政党,也有上届政府的反对党,显而易见,这是议会和国家的希望与意愿。我已完成了此项任务中最重要的部分。战时内阁业已成立,由5位阁员组成,其中包括反对党的自由主义者,代表了举国一致的团结。三党领袖已经同意加入战时内阁,或者担任国家高级行政职务。三军指挥机构已加以充实。由于事态发展的极端紧迫感和严重性,仅仅用一天时间完成此项任务,是完全必要的。其他许多重要职位已在昨天任命。我将在今天晚上向英王陛下呈递补充名单,并希望于明天完成对政府主要大臣的任命。其他一些大臣的任命,虽然通常需要更多一点的时间,但是,我相信议会再次开会时,我的这项任务将告完成,而且本届政府在各方面都将是完整无缺的。

我认为，向下院建议在今天开会是符合公众利益的。议长先生同意这个建议，并根据下院决议所授予他的权力，采取了必要的步骤。今天议程结束时，建议下院休会到5月2日星期二。当然，还要附加规定，如果需要的话，可以提前复会。下周会议所要考虑的议题，将尽早通知全体议员。现在，我请求下院，根据以我的名义提出决议案，批准已采取的各项步骤，将它记录在案，并宣布对新政府的信任。

组成一届具有这种规模和复杂性的政府，本身就是一项严肃的任务，但是大家一定要记住，我们正处在历史上一次最伟大的战争的初期阶级，我们正在挪威和荷兰的许多地方进行战斗，我们必须在地中海地区做好准备，空战仍在继续，众多的战备工作必须在国内完成。在这危急存亡之际，如果我今天没有向下院做长篇演说，我希望能够得到你们的宽恕。我还希望，因为这次政府改组而受到影响的任何朋友和同事，或者以前的同事，会对礼节上的不周之处予以充分谅解，这种礼节上的欠缺，到目前为止是在所难免的。正如我曾对参加现届政府的成员所说的那样，我要向下院说："我没什么可以奉献，有的只是热血、辛劳、眼泪和汗水。"

摆在我们面前的，是一场极为痛苦的严峻的考验，在我们面前，有许多许多漫长的斗争和苦难的岁月。你们问：我们的政策是什么？我要说，我们的政策就是用我们全部能力，用上帝所给予我们的全部力量，在海上、陆地和空中进行战争，同一个在人类黑暗悲惨的罪恶史上所从未有过的穷凶极恶的暴政进行战争。这就是我们的政策。你们问：我们的目标是什么？我可以用一个词来回答：胜利——不惜一切代价，去赢得胜利；无论多么可怕，也要赢得胜利。无论道路多么遥远和艰难，也要赢得胜利。因为没有胜利，就不能生存。大家必须认识到这一点：没有胜利，就没有英帝国的存在，就没有英帝国所代表的一切，就没有促使人类朝着自己目标奋勇前进这一世代相因的强烈欲望和动力。但是当我挑起这个担子的时候，我是心情愉快、满怀希望的。我深信，人们不会听任我们的事业遭受失败。

此时此刻,我觉得我有权利要求大家的支持,我要说:"来吧,让我们同心协力,一道前进。"

经典解读

积极任事,情真意切是丘吉尔在本次演讲中表现的姿态。演讲一开始,他即用一种大事记的方式,对自己任职前的所作所为向议会和民众作了简明扼要的汇报,使听众在紧凑、详细、真实的步骤中,对新首相和英国的命运充满了信心。同时,丘吉尔也指出了下一步形势的严峻与关键,"摆在我们面前的,是一场极为痛苦的严峻的考验,在我们面前,有许多许多漫长的斗争和苦难的岁月",但他也提醒大家无论等待英国的是什么,都要抱定争取胜利的信念。在表明政治立场后,丘吉尔满怀深情地表达了自己新任为国家宰相的荣誉感和责任感,"我是心情愉快,满怀希望的"、"我没什么可以奉献,有的只是热血、辛劳、眼泪和汗水",并召唤着整个英国,"来吧,让我们同心协力,一道前进"。

全篇演讲主旨鲜明,逻辑清晰,情感真实而饱满,不仅帮助丘吉尔赢得了在场听众的信任,而且让陷于混乱和痛苦的法国人心头重新燃起希望之火,鼓舞了全体英国人民行动起来抗击法西斯德国的坚定信念。

名句赏析

你们问:我们的目标是什么?我可以用一个词来回答:胜利——不惜一切代价,去赢得胜利;无论多么可怕,也要赢得胜利。无论道路多么遥远和艰难,也要赢得胜利。因为没有胜利,就不能生存。大家必须认识到这一点:没有胜利,就没有英帝国的存在,就没有英帝国所代表的一切,就没有促使人类朝着自己目标奋勇前进这一世代相因的强烈欲望和动力。

丘吉尔不仅是一位驰名世界的政治家,也是出色的演讲者、宣传鼓动家。为突出与强调与德、意法西斯血战到底的斗志与决心,他不厌重复地重复"胜利"的意义。一唱三和,收到了动人心弦的演讲效果。

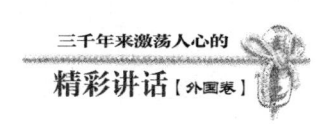

6.日本首位国会推选首相片山哲——共度危机

背景资料

1945年,在全世界反法西斯力量的打击下,第二次世界大战的发动者之一日本被迫接受《波茨坦公告》,宣布无条件投降。战后,日本也尝到战争的恶果,国内满目疮痍、民不聊生,还要面对国际社会对其法西斯罪行的种种谴责。

片山哲(1887-1978)作为日本战后第一位根据新宪法由国会推选的首相,此时上任可谓"受命于危难之际"。在就职仪式上,他发表了这篇演讲。

讲话实录

在按新宪法组建的首届国会上,我能代表政府发表施政演说感到无比荣幸。自着手组阁以来就努力想建立一个举国一致的四党联合政府,虽未取得圆满的成功,但现已成立的三党联合内阁,仍然希望留在阁外的自由党人士通力合作,举国一致突破危机。

在日本历史上首届国会召开之际,谈谈政府对目前时局的信心和看法,希望得到诸位的合作。

政府对贯彻新宪法的信心。政府宣誓将严格遵守新宪法,忠实于新宪法的原则精神,特别要将新宪法中的民主主义伟大精神及和平主义的远大理想,作为一切政治行动的基本目标,并毫不含糊地付诸实施。也就是说,要自觉意识到政府是由国民代表组成的国会提名的,应尊重国会,根据宪法的条款处理政府和国会的关系,避免各种矛盾。尤其要关注司法权的独立、最高法院的构成以及根据宪法精神所产生的各种民主方法,尽快实现新宪法提出的各种远大理想和目标,尽

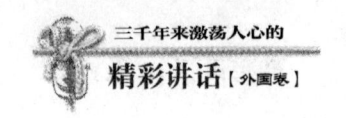

快准备向国会提出各种必要的法规。

政府的施政方针。根据目前形势，政府必须全面考虑发展理想的民主主义，建立高度民主的民主主义体制，使各个领域充满体现新时代精神的政治观念。本届内阁的最高指导思想是在各个方面都能自觉地贯彻高度民主。

毋庸说，政治上迫切需要彻底的民主。不仅如此，产业经济的各个方面也需要贯彻民主思想。产业经济的发展实际反映了组织民主化的程度。社会生活方面为发展健康的文化生活，必须改革社会领域，将民主引入人们的日常生活。生活方式的民主化是日本社会改革的当务之急。政治上实行民主，能彻底扫除封建的官僚机构；产业经济中贯彻民主，将推动产业的全面发展；在社会各领域推进民主，将提高全民的文化素养；在国际关系方面倡导民主，将会结出和平的硕果。

民主主义作为人类生活规律的政治原理，较 18 世纪有了更大发展，在几经周折，直至第一次与第二次世界大战后，才首次作为世界各国新生活的共同原理和准则。西方文明是希腊文明、基督教文明和现代科学的聚集。

今天我们所说的高度民主，既包括西方文明的内涵，又是以和平为基础的。没有民主，决不可能实现全面和平和世界和平。发展产业经济和提高人民生活水平的原则，也是以高度民主为基础的。

高度民主是一种人道主义、合理主义和社会民主主义。因此，在反对一切暴力的同时，严格遵循民主主义政治体制的议会政治原则，坚定地选择基于这一信念的施政方针，就是本届政府的基本政治纲领。

我国的特殊性质。鉴于目前的国际形势，必须向世界各国明确而坦率地说明我国的特殊性质，以便在谋求各国理解和援助的同时恢复国际信誉。新宪法明文规定主权在民、放弃战争和尊重人权，因而我国的性质将发生根本变化。一个崭新的日本将重现于世。我国明确宣布已不再是穷兵黩武或好战国家，并要从制度上肃清封建官僚机构，重建民主议会政治，以这些事实向全世界表明日本国民的努力和真挚的情感。

我们正在建设一个和平国家,它具有下列特征:一、保障宪法赋予国民的各种基本权利和自由;二、保障国民健康与文化生活;三、排斥暴力、非理性和非正义,铭记道德、仁爱、和平及维护正义;四、尊重劳动、科学、艺术和宗教;五、建立正确的教育制度,努力培养和平民主的一代新人。从这个意义上,我认为应该向全世界宣告,我们日本人民正在建设的是和平民主的新国家。

我国经济所面临的危机。因战争失败,诸般值得忧虑的现实问题摆在日本人民面前,如粮食匮乏、通货膨胀、企业萧条、失业增加、黑市猖獗,等等。政府组阁后立即提出这一问题,决心排除万难,克服危机,并提出了八项经济紧急对策,希望国民配合。

关于目前经济的困难程度及具体事实,在经济实况报告书中可见端倪。经济持续恶化的根本原因可归纳为下述几点:其一,我国因战败丧失了相当部分的经济资源,生产与运输设备因战争而破损老化,生产资料库存渐趋枯竭,劳动生产率也比战前低下;其二,生产能力如此低下,人口却呈增长趋势,消费需求随战时被压抑的欲望的解放而越来越大;其三,由于战争和商品供应无法保证而爆发的巨大购买力,引起了通货膨胀,导致了经济赤字,形成了工资与物价的恶性循环并逐渐加速。

这些原因不是孤立的,它们盘根错节,互为因果,将经济引向崩溃。面对这样的经济状态,更坚定了我们竭尽全力重建日本经济的决心,只要措施正确,万众一心共同努力,相信定能挽回持续恶化的经济局面,把经济纳入重建的轨道。

政府的当务之急。政府的当务之急首先是改革行政机构,刷新人事制度。改革的精神准备是打破官僚观念,政府官员无论到哪里都担负着为国民服务的职责,对自己承担的任务要有强烈的责任感,将正义、公平作为生命来捍卫。同时,要废除内务省,彻底改革地方自治制度,实行新的警察制度、官吏任免制度和服务纪律,坚决肃正官纪。从实现行政机构民主化的精神出发,迫切希望国民也积极参加建设自主新日本的国民运动。

国民运动决不仅是思想运动和表面文章。经常可以听到粮食问题比思想运动更重要的议论,然而,政府准备将突破粮食危机与这一国民运动作为不可分离的两个方面同时贯彻执行。政府公平而全面地要求国民过艰苦生活,前景是充满光明和希望的。

与国民运动密切相关的是恢复宪法精神的文教问题。目前,全面推广第92次议会通过的新教育制度,尤其是六三学制尚有种种困难,但政府将尽可能地实现这一目标。

关于媾和会议。召开媾和会议对日本人民是充满希望和光明的大事。政府与全国人民一样,都热切盼望能尽早举行。战后两年来,波茨坦宣言规定的我国非军事化和民主化的进程,在国民共同努力下已有了明显进展。今后,政府将更加努力和诚心诚意地忠实履行我们在宣言中承诺的义务,建设真正的和平民主国家,创造回归国际社会的条件。

经联合国军司令部的同意,决定8月15日起恢复民间贸易,我衷心祝愿并希望能顺利展开。日本人民应向世界各国显示自己坦荡的胸怀和不断革新的形象。我们希望国民生活安定,重建产业经济,维持永久世界和平,谋求联合国及各国的精神和经济援助。政府将注意制定相应政策,鼓励海外同胞奋发向上。

总之,时局困难,危机深刻,为克服经济危机,迎接媾和会议,重建祖国,全国人民必须艰苦奋斗和忍耐。作为按新宪法和国民自由意志选举的第一届民主的国民政府和人民的公仆,政府真正意识到目前正处在生死存亡关头,更坚定了迈步重建祖国的决心。无论如何,请诸位体谅并协助政府,举国一致共度危机。

我们的道路充满艰辛,但我们的前途充满了光明和希望。我坚信,如果突破这一危机,在联合国的仁慈帮助下,是能够立于国际社会之林,建设和平、民主和文明国家,并实现生活安定和提高民族文化素质的。为了拯救祖国,为了光明的明天,我衷心希望全国人民齐心协力。

经典解读

二战后日本亟待重建,而首先最需要的就是重建国民的信心和精神,片山哲深刻地意识到了这一点,他没有回避问题,亦不妄自菲薄,而是诚恳地承认现状,并让听众们对日本经济的具体情况有所了解。然后,他逐一分析问题,讲困难也讲有利条件,并提出了很多改革措施。

本篇演讲语言朴实,条理清楚,论述严谨,而且发表的极为及时。片山哲把自己重建日本的信心第一时间传递给大臣和国民,既安抚了动荡不安的民心,又增强了国民对政府的信任感和重建国家的信心。

名句赏析

我坚信,如果突破这一危机,在联合国的仁慈帮助下,是能够立于国际社会之林,建设和平、民主和文明国家,并实现生活安定和提高民族文化素质的。

在当时国内国际环境不容乐观的形势下,片山哲强调把日本建设成和平、民主的新国家。这既阐述了他的救国方略,亦向国际社会做出了承诺,有利于缓解国际社会对日本的忧虑和压力。

7. "铁胆将军"巴顿——战争会造就英雄豪杰

背景资料

乔治·史密斯·巴顿(1885-1945),美国著名军事家,陆军上将。自幼崇兵尚武,先后就读于西点军校和美国陆军军事学院。一战期间历任美国装甲坦克旅长、师长、军长。二战时期参与同盟国北非作战行动,并于1943年接任美军第七

集团军司令一职。

当时二战正处在白热化状态,无论是协约国,还是同盟国,都在经历着生与死、胜与败的最后较量。而巴顿就职司令后,很快就要率领第七集团军与英、法两国军队实施一项联合行动。

针对这种情况,巴顿就职时用自己身经百战的亲身体会,向他的兵士论证了自己的结论:"战争会造就英雄豪杰"。目的是激励起全军将士的勇气与信心、豪情与斗志,投身于即将到来的生死决战。

讲话实录

显然,你们大家知道战斗即将来临,但是,战争并不像你们许多人想象的那样。你们第45师的战士们必须面对这一现实,你们是要同久经沙场的老兵竞赛,但你们也不要发愁。他们也都打过第一仗,他们的第一仗是打胜了,而你们也会打胜第一仗。战争并不像那些从未打过仗的人想象的那么可怕。作家们夸夸其谈,说什么会思念你们的母亲、情人和妻子。这些作家们既没有听到过一声敌人的枪声,也从未耽误过一餐饭,他们不是按照战争的本来面目来描写战争,而是按他们的想象来描写。

战争是人类所能参加的最壮观的竞赛,战争会造就英雄豪杰,会荡涤一切污泥浊水。所有的人都害怕战争。然而,懦夫只是那些让自己的恐惧战胜了责任感的人,责任感是大丈夫气概的精华。美国人可以为他们都是好汉而感到自豪,他们的确是好汉。

要记住,敌人也和你们一样害怕,可能比你们更害怕。他们不是超人。我们已经消灭了敌人的精锐部队,我们在下次战斗中将要碰到的并不是他们的精华。此外,你们还要记住,无论是在肉搏中还是在战斗中,总是进攻者取胜。招架是不能打胜仗的。但是敌人不了解我们的意图,因而他们必然要招架的。

不让敌人进攻你的办法就是你去进攻他,不停地向他进攻。这样可以防止敌

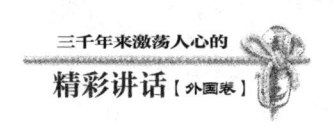

人重整旗鼓。战斗中的死亡是因为时间和敌方有效火力在起作用。你们应以自己的火力去压制住敌人的火力,以迅速的行动来缩短时间。

我们美国人是个喜欢竞争的民族,我们对任何事物都下赌注,我们好胜。在下一次战斗中,你们将参加一场有史以来最激烈的竞争。你们要同其他美国人和同盟国的军队竞争,去赢得最伟大的荣誉——那就是胜利。最先取得胜利,达到目标的人,也就是赢得荣誉的人。永远不要忘掉这一点。还要记住,上帝,无论你们用什么去思念他,他总是和我们在一起的。

经典解读

演讲中,巴顿喻战争为竞赛,淡化了战争的残酷性。接着,他紧扣"战争会造就英雄豪杰"这一命题,以军人的无畏和浪漫主义的情怀,对战争进行着豪迈的诠释:"战争是人类所能参加的最壮观的竞赛"。

巴顿没有唱高调,或不着边际地口出狂言,而是要求士兵们在接受炮火洗礼前夕,要清楚战争的一切危险和艰难,以勇猛压倒怯懦。他根据自己身经百战的亲身体会,把基本的作战原则传授给士兵。这既能够让士兵在有所准备的前提下减弱对战争的担忧与恐怖,又可以提高士兵的作战技能。

这篇演讲的语言简洁清晰,充分体现了巴顿的个性与风格。在大战前夕,无疑极大地激发了在场士兵的民族自尊心和强烈的荣誉感,促使他们在战斗中全力以赴、勇往直前。可谓起到了精战术、定军心的双重功效。

名句赏析

战争是人类所能参加的最壮观的竞赛,战争会造就英雄豪杰,会荡涤一切污泥浊水。所有的人都害怕战争。然而,懦夫只是那些让自己的恐惧战胜了责任感的人,责任感是大丈夫气概的精华。

巴顿将军认为,在竞赛中,人可以为所欲为。但在战斗中,有一个恒定不变的

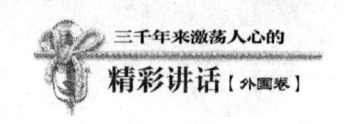

真理,即强者胜,弱者亡。一个人只有有责任感,战胜了对战争的恐惧感,才能成为英雄豪杰。否则,只会是懦夫。

8.美国现代史上的和平总统卡特——我绝不回避责任

背景资料

吉米·卡特(1924—),生于美国佐治亚州普兰斯。1941-1947年先后在佐治亚州西南大学、理工学院、马里兰州美国海军军官学校学习。1946-1953年在美国海军服役。1955-1962年任佐治亚州萨姆特县学校董事会董事长,1962-1966年任佐治亚州参议员。1970年竞选佐治亚州州长成功。1977年任美国第39任总统。

20世纪90年代时,随着佐治亚州农业、娱乐业、工业等各方面的进步,环境的质量因贪婪、自私、拖延和失职而受到破坏或毁弃,变革和发展是必要的。1971年1月12日,卡特宣誓就任该州第76任州长时,发表了这篇就职演说。

讲话实录

马多克斯州长和佐治亚州的其他朋友:

从普兰斯到亚特兰大是很长的一段路。4年半以前我起程旅行,经过4年的弯路,我终于赶到了。谢谢各位使我在这的确是我一生中最伟大的一天有可能到这里来。但是现在选举已经过去,我体会到考验一个人并不在于他竞选得多么出色,而在于他怎样能够有效地肩负一个职位的挑战和责任。

今天我只想花几分钟时间概括一下我对佐治亚州的一些感觉。本周晚些时候在给众议院和参议院的州情和预算咨文中,我将稍微详细地叙述我的方案。

海军学院乐队前来参加大会,我感激并感到荣幸,因为它像过去我还是一个海军学院学员任名誉教授时的情况一样,使我想起我们对祖国及其目标和理想的热爱。我们的国家是建立在政府不断地从独立自由的人们中吸取权力这一前提之上的。国家如果要生存,有信心和勇气的公民们就必须乐于为我们政府在历史的任何特殊时期所具有的品质承担责任。

这是一个需要真诚坦率的时刻。今后4年将不是轻松的几年,我们面临的问题不会自行解决,它们要求我们每个人鞠躬尽瘁、大公无私。但是,这也是一个成就伟大事业的时期。我们人民有决心以信心和勇气去克服过去的障碍,并迎接未来的机会。

我国人民是我们最宝贵的财富,我们不能把上帝授予任何一个佐治亚人的才能浪费掉。每一个成年文盲、每一个退学学生、每一个未经培养而智力迟钝的儿童,就是对我们所有人的一个控告。我们的州为这些人支付着一笔惊人的连续不断的人力和财力的代价,现在是制止这种浪费的时候了。既然瑞士、以色列和其他国家的人民都能消灭文盲,那我们也能做到,责任在于我们自己。作为州长,我决不回避这一责任。

在结束这次长期竞选后,我相信我也和其他任何人一样了解我们的人民了。根据对佐治亚北部和南部、农村和城市、自由派和保守派人士的认识,我很坦率地向各位说,种族歧视的时代已经过去了。我们的人民已经作出了这一重大和困难的决定,但是我们不能低估无数细小的尚待作出决定的挑战。我们天赋的人类之家和宗教信仰将受到重大考验,任何穷人、农民、弱者或黑人都不应永远忍受被剥夺受教育、就业或获得起码公道的机会。我们佐治亚人完全能够作出我们的判断,管理我们自己的事务。我们这些有势力的或居于领导地位的人必须认识,将来作出决定的责任在于我们。作为州长,我决不回避这一责任。

佐治亚州是一个具有非常美丽的自然风光和前途的州,但我们自然环境的质量却因贪婪、自私、拖延和失职而受到威胁。对我们人口的增长和我们农业、娱

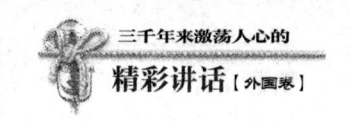

乐业、工业方面的进步来说，变革和发展是必要的，我们面临的挑战是确保不使这些活动破坏或毁弃我们的环境。应付这一挑战的责任在于我们自己。作为州长，我绝不回避这一责任。

在佐治亚州，我们决心实施法律。治安官员必须得到我们的彻底支持。如果我们没有一个秩序的社会，我们就不能教育儿童、建造公路、平衡税收负担，在我国人民之间创立和谐的关系或维护基本的人类自由。对于那些最不能保护自己的人们，犯罪和缺乏公平处理是特别残酷的。那些破坏我们法律的人们，必须得到迅速逮捕、审判和应有的惩罚。对我们同样重要的是，要尽一切努力将破坏法律的人改造成为社会上有用和有生产能力的成员。我们佐治亚州还没有达到这些目标，但现在我们必须做到。一个政府的主要职能是使人易于为善而难于作恶，这个责任在于我们自己，我绝不回避这一责任。

像佐治亚州成千上万的其他商人一样，我总是试图以诚实而有效的方式经营我的业务。像成千上万其他公民一样，我期望政府也是这样。

政府的职能应行使得使人有理由感到自信和自豪。征税应该是最低的和公平的。

城乡人民应该不费力地看出他们的目标和机会的相互关系。

我们应该按照仔细考虑的长远计划和优先次序，用智慧和判断来采取未来的行动。

最接近人民的各级政府应该得到加强，我们的地方、州和全国政府的工作都需要彻底地加以协调。

我们应该记住，只有通过一个强有力的和独立的州长，协同一个强有力的和独立的立法机关一起工作，才能最好地为我们的州服务。

政府是人类智慧创造出来而用来满足人类的一种机器，人们有权指望将由这一智慧来满足这些需要。

对一个政府的考验，并不在于它在少数有权有势的人中多么得人心，而在于

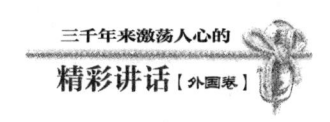

对待必须依靠它的多数人方面真心实意和公正到什么程度。

威廉·詹宁斯·布赖恩说过:"命运不是一个机会问题,它是一个选择问题。命运不是一件静待到来的事情,它是一件需要花力气做到的事情。"

这里坐在我周围的是佐治亚州立法机关的成员和州的其他公职人员。他们是一些具有献身精神和忠诚的男女人士,他们热爱这个州正如你们热爱这个州一样。但任何一个选举产生的公职人员集团,不论他们如何献身或开明,不能控制像本州这样一个伟大的州的命运。公职人员谁又能单独解决犯罪、福利、文盲、疾病、不公平、污染和浪费的问题呢?这一控制权操在你们——佐治亚州人民——的手中。

在一个民主国家中,没有任何政府能够比它的人民更坚强、更聪明或更公正了。大学生的理想、妇女的同情、商人的意识、一对退休夫妇的时间和经验以及政治领导人的远见都必须利用,使我们州的优秀分子能够发挥他们的全部作用。

像前几年我曾多次说过的,我决心使我们在本政府任期届满时能够在世界上任何地方——在纽约、在加利福尼亚或在佛罗里达——站起来说:"我是个佐治亚人。"并以此自豪。我对今后4年期间担任本州州长的挑战和机会表示欢迎,我答应你们我将尽力而为,我要求你们也尽力而为。

经典解读

演讲的开篇,卡特谦和坦诚地说"从普兰斯到亚特兰大是很长的一段路。4年半以前我起程旅行,经过4年的弯路,我终于赶到了。"短短的几句话就给人一种亲切感,形成了非常良好的演讲氛围。

演讲一直围绕为人民负责的核心。卡特坦诚地列举了佐治亚所面临的普及和提高教育、实现民族平等、改善生活环境、用法律来扬善惩恶等问题。接着,他论述了州长和政府的关系以及政府的工作目标,详细地讲解了税收、投资、协调关系等问题,务实精神和高远的政治目光在其中尽展无遗。在论述佐治亚州亟待

解决的问题时,卡特三次反复用同一句话:"作为州长,我决不回避这一责任。"态度坦诚,又透露着坚定的信念。不用再过多强调,听众就能感受到他干好州长的信心和决心。

这篇演讲的最大特点是主题鲜明、情真意切。卡特用优秀的演讲技巧,亲切的演讲风格赢得了广大听众的好感和支持。

名句赏析

政府是人类智慧创造出来而用来满足人类的一种机器,人们有权指望将由这一智慧来满足这些需要。

这是卡特对"政府"这一名称的解释。在他认为,政府是为了满足人民群众的公共需求,是制定、促进和保证政府工作的依据,体现了卡特准备恪守民主制度,更好地为州人民服务的决心。

9."星球大战"的始作俑者里根——第一次就职演说

背景资料

1980年,罗纳德·威尔逊·里根(1911-2004)被提名为共和党总统候选人。他选择前德克萨斯国会议员、联合国大使乔治·布什作为他的竞选搭档,与吉米·卡特展开了竞争,提出重振美国"进步发展和乐观"的竞选宣言。

当时,选举人深受通货膨胀的折磨,另有数名美国人在伊朗被作为人质扣押了一年。所有这些最终使之前的民主党政府落败,共和党在选举中获胜。里根以489票对49票击败吉米·卡特当选总统。后提出了瓦解苏联共产主义的"星球大战"军事防御计划。

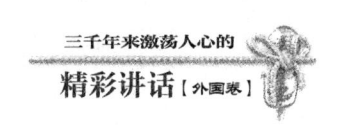

本篇是里根当选美国第40任总统后的就职演说。

讲话实录

哈特菲尔德参议员、首席法官先生、总统先生、布什副总统、荣代尔副总统、贝克参议员、奥尼尔议长,以及同胞们:

对于今天在场的一些人来说,这是一个庄严的、极其重要的时刻。然而,在我国历史上,这又是极平常的事情。

就像几乎两个世纪以来一样,美国总是根据《宪法》的要求照例有条不紊地移交权力,我们当中几乎没有谁去专门想一想,我们究竟有多么独特。在世界上许多人看来,我们认为是正常的事情的这种每4年一次的就职典礼完全是个奇迹。

总统先生,希望我的同胞们知道你为保持这一传统作了不少努力。你通过在权力交接过程中给予的合作已向注视着我们的世界表明,我们是一个团结一致的民族。这个民族决心保持一种比任何其他体制更能充分保证个人民主自由的政治制度。我感谢你和你的部下为保持连续性而给予的所有帮助,这种连续性是我们共和国的支柱。

我国的事业都是向前发展的。合众国面临着极大的经济困难,我们现在遭受的是我国历史上历时最久的通货膨胀,也是最严重的通货膨胀之一。这种通货膨胀使我们在经济方面的决定不能顺利执行,使储蓄的人反而受到惩罚,并且为之生活而挣扎的年轻人和靠固定收入为生的中年人都受到严重打击。它有可能使我国千百万人民的生活无法维持。

工厂停工使工人们失业,蒙受痛苦和失去个人尊严。那些的确有工作做的人的劳动无法得到公正的报偿,因为赋税制度使取得成就的受到惩罚,并使我们无法保持高度的生产力。

不过,尽管我们的赋税负担极为沉重,它仍然未有满足政府开支的需要。几

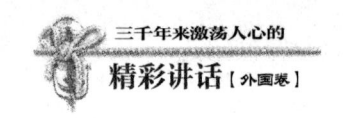

十年来，我们累积了大量的赤字，从而为了目前暂时的方便而把我们的未来以及我们子女的未来抵押进去。这种趋势要是长期继续下去，就一定会引起社会、文化、政治和经济方面的大动乱。

你们和我作为个人在入不敷出的情况下可以靠借贷，但只能维持一段有限的时期。难道我们不应该想一想，为什么我们聚合在一起，作为一个国家，就不受同样的限制束缚呢？

为了明天的生存，我们今天必须采取行动。请不要误解——我们今天就开始采取行动了。

我们的经济弊病已经困扰了我们好几十年了。这些经济弊病不可能在几天、几星期或者几个月中就消失，但是它们终将消失，它们之所以终将消失，是因为我们美国人现在一如我们过去一样有能力做需要做的一切事情，来保持这个最后的和最伟大的自由堡垒。

在目前这场危机中，靠政府解决不了我们的问题，政府却是我们的问题所在。

我们常常情不自禁地认为社会已经变得太复杂了，靠自治已经管理不了，认为由一批杰出人物组成的政府比民有、民治、民享的政府高明。但是，要是我们中间谁也管理不了自己，那么我们当中又有谁能管理别人呢？

我们大家——政府内外的人——必须承担这个责任。我们所谋求的解决办法必须是公平的，不单独让一个群体付出较大的代价。

我们常听到许多关于特殊利益集团的谈论，我们必须关心一个长期不受重视的特殊利益集团。这个集团没有地区上的边界，跨越人种和种族的区分以及政党的界限。它是由为我们种粮食、为我们巡逻街道、在我们的厂矿工作、教育我们的子女、管理我们的家庭和在我们患病时为我们组成的，他们是务业人员、企业家、店主、职员、出租汽车司机和卡车驾驶员。总而言之，他们就是"我们的人民"，就是美国人民。

我们的目标必须是建立一个健全的、生气蓬勃的、日益发展的经济,使所有的美国人都有均等的机会,不受偏见或歧视造成的障碍之害。使美国复兴意味着使所有美国人都有工作,结束通货膨胀意味着使所有美国人免除对势如脱缰之马的生活费用的恐怖。所有的人都必须投入这个"新开端"的生产劳动,所有的人都应当分享经济复兴的丰硕成果。我们力量的核心在于理想主义和公平对待的精神,有了这些,我们就能建立一个强大繁荣的美国,在国内和全世界都相安无事。

当我们向复兴美国开始迈步的时候,首先让我们看看我们的实际情况吧。我们这个国家有一个政府,而不是倒过来——政府有一个国家。这使得我们在世界各国中间处于特殊地位,除了人民赋予的权力之外,我们的政府没有什么权力。现在是制止和扭转政府机构和权力膨胀的时候了,因为有迹象表明,它已经膨胀得超过人民意愿的程度了。

我想要做的是限制联邦政府规模的影响,要重新明确给予联邦政府的权力和州或人民保留的权力之间的区别。必须提醒我们大家注意,各州并不是由联邦政府建立的,建立联邦政府的是各个州。

因此,不要有什么误解,我的意思并不是想不要政府,而想要它工作,同我们一起而不是超越在我们之上工作,要它和我们并肩站在一起而不是凌驾于我们肩上。政府能够而且必须提供机会而不是扼杀机会,促进生产而不是抑制生产。

如果我们要知道,为什么这么多年来,我们取得了这么大的成就,为什么我们的繁荣超过了世界其他的国家,那是因为,在这个国土上,我们比以往任何时候都在更大程度上发挥了人的潜力、个人的天才。在这里比在世界上任何其他地方,更容易得到、更可以保证个人的自由和尊严。取得这种自由的代价有时是很高的,但是我们从来没有不愿意付出这种代价。

我们目前的困难是与政府不必要地和过分地膨胀而造成的对我们生活的干预和侵犯同时而来的,这不是偶然的。

我们应该真正认识到我们是个非常伟大的国家,因此我们不能只限于小小

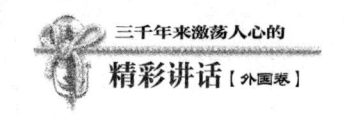

的理想。我们不像有些人要我相信的那样注定要不可避免地衰落。我不相信我们命该如此,不管我们做些什么都不能改变这种状况。我倒是相信,如果我们无所事事的话,我们将命该如此。

因此,让我们以我们拥有的一切创造性能力开拓一个国家复兴的时代。让我们重新下定决心,拿出我们的勇气和力量。让我们重新满怀信心和希望,我们完全有权利塑造崇高的理想。

有人说我们处在一个没有英雄的时代,这些人只是不知道到哪儿去找英雄,你们可以看到每天进出于工厂大门的英雄们。另外一些英雄人数虽很少,但生产的粮食却足够养活我们大家和我们以外的世界很大一部分地区的人民。

我们会在柜台前遇到英雄们——在柜台的内外都会遇到英雄们。有一些对自己抱有信心和有理想的企业家,他们创造新的职业、新的财富和机会。他们就是这样一些个人和家族,政府是靠他们缴纳的捐税来维持的,教会、慈善事业、文化、艺术和教育事业是靠他们的自愿捐献来维持的。他们的爱国主义精神是含而不露的,但是却是强烈的。他们创造的价值支撑着我们的国民生活。

我在谈到这些英雄时,用了"他们"和"他们的"这两个字眼,但也可以说"你们"和"你们的"。因为我是在向我所谈到的英雄们讲话——就是你们,这个上帝降福的国土上的公民们。你们的理想、你们的希望、你们的目标将是本届政府的理想、希望和目标,望上帝保佑我做到这一点。

我们将体现出在你们的禀性中占很大成分的同情心。我们不能有祖国而不爱自己同胞的现象出现。我们要爱他们。在他们摔倒时伸出手去扶他们,在他们患病时给他们治愈,并且提供机会使他们能自给自足,以使他们获得在事实上而不仅仅是口头上的平等。

我们能解决摆在我们面前的这些问题吗?回答是毫不含糊和断然的两个字:能够。借用温斯顿·丘吉尔的话说,我刚才宣誓并不是想要在我的领导下使这个世界最强大的经济瓦解。

在今后一些天中，我将建议消除一些使得我们经济发展缓慢和生产力下降的障碍，将采取一些旨在恢复各级政府之间保持平衡的步骤。进展也许是缓慢的，用英寸和英尺而不采用英里来衡量的，但是我们会前进。

现在应当是唤醒这个工业巨人的时候，使政府能够重新量入为出，减轻我们惩罚性的赋税负担。这些将是我们第一批的首要任务，在这些原则上绝不会妥协。

在我国为独立而斗争的前夕，有一个人曾对他的美国同胞说："我国现在处于危险之中但并没有绝望，美国的命运取决于你们。关系到尚未出生的千百万人的幸福和自由的一个重要问题是由你们来决定。你们的行动要无愧于你自己。"这个人就是马萨诸塞议会主席约瑟夫·沃伦博士，如果他当初没有在邦克山牺牲，他也许成为我国建国的先人中最伟大的人物之一。

我相信，我们当代的这些美国人是有采取无愧于我们自己的行动的准备的，是不会为伤害我们自己、我们的孩子和我们子孙后代的幸福和自由而必须进行工作的准备的。

当我们在我们自己的这块土地上世代相传时，全世界将看到，我们所具有的力量更加强大。我们将再度成为自由的典范，成为现在还没有获得自由的那些人的希望之光。

对于与我们有同样的自由理想的那些邻国和盟国，我们将加强我们之间传统性的联系，保证对它们予以支持，对它们履行应尽的义务，我们将以忠诚报答它们的忠诚。我们将努力争取建立互利的关系，我们不会利用这种友谊去影响它们的主权。因为我们自己的主权也是不能出卖的。

对于那些自由的敌人，对于那些潜在的对手，要提醒他们，和平是美国人民最高的愿望。我们将为和平而谈判，为和平而牺牲，我们绝不为和平而投降，现在不会，将来也永远不会。

对我们的忍让绝不应误解。不要把我们对冲突采取的克制态度误认为是意志不坚强。一旦需要采取行动保卫我们国家的安全，我们就采取行动。我们将保

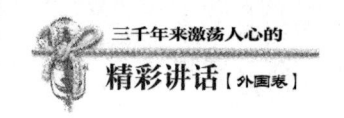

持足以在必要时取胜的力量。我们知道,如果我们这样做,我们将最有可能不必去动用这种力量。

我们尤其必须认识到,世界各地的军火库中的任何武器都比不上自由人们的意志和维护道义的勇气的力量。这是当今世界上我们的对手所没有的武器,这是我们作为美国人所拥有的武器。要让那些采取恐怖行动和掠夺自己邻国的人懂得这一点。

人家告诉我,今天举行的祈祷会成千成万,对此,我深为感激。我们是上帝保佑的国家,我相信,上帝希望我们得到自由。如果每一次就职典礼日都能成为祈祷日,那是适当的,是一件好事。

就职仪式在国会大厦西门举行,这在我国历史上是第一次。站在这里,宏伟壮丽的景色尽收眼底,可以看到华盛顿这座城市独特的美丽和独特的历史。在这条宽阔的林荫道的尽头矗立着我国历代伟大的纪念物。

在我的正前方是一位不朽人物的纪念碑。他就是我们的国父乔治·华盛顿。他禀性谦恭,出于时势所迫才做出伟大业绩。他领导美国取得革命胜利,进而建立一个新国家。

稍偏一些就是庄严雄伟的托马斯·杰斐逊纪念堂,独立宣言就闪耀着他雄辩的才华。

在映影池的那一边,矗立着由大圆柱组成的庄严肃穆的林肯纪念堂。任何想彻底了解美国真谛的人都会在亚伯拉罕·林肯的一生中得到答案。

过了这些英雄纪念碑和纪念堂就是波托马克河,河对岸是阿灵顿国家公墓,坡地上排着一行行刻着十字架和大卫王之星的朴实无华的白色墓碑,它们加在一起只不过是为了我们的自由所付出的代价的很小一部分。

这里的每一个墓碑都是对我在上面谈到的那些英雄的纪念。他们在一些叫做贝卢伍德、阿尔贡、奥马哈滩、萨莱诺的地方,在相隔半个地球之遥的瓜达卡纳尔、塔拉瓦、独排山、长津水岸,和一个叫做越南的有着许许多多稻田和丛林的地

方献出了他们的生命。

在这样的一块墓碑下埋葬着一个名叫马丁·特雷普托的年轻人，他于1917年离开了一座小镇里的理发馆，随同著名的彩虹师一道到了法国。在那里的西部战线上，他在猛烈的炮火下想从一个营向另一个营传递消息时被打死了。

我们知道，在他的遗体上发现了一本日记。在日记本的扉页上，他用《我的誓言》为标题写了这些话："美国必须打赢这场战争。因此，我要工作，我要节约，我要作出牺牲，我要忍耐，我要高高兴兴地战斗，竭尽我的全部力量，就好像这场战争全靠我一个人似的。"

我们今天面临的危机并不是要求我们作出像过去马丁·特雷普托和其他千千万万人那样的牺牲。然而，它确实要求我们作出最大的努力，要求我们努力工作，要求我们愿意相信自己，相信我们有能力干出伟大的事业。我们团结一致，在上帝的帮助下，能够并且一定会解决我们面临的种种问题。

我们为什么不应该相信这一点呢？毕竟，我们是美国人。

愿上帝祝福你们。

经典解读

演讲一开头，里根就运用对比手法，列举今与昔，很少人和很多人，纵横捭阖，从两个角度点出了美国大民主奇迹般的意义，流露出对民族、国家强烈的自豪感和优越感，从而创造了良好的演讲氛围，激起听众的热情。接着，里根借助就职仪式在国会大厦西侧举行的机会，借景抒情，历举眼前听众所熟悉的英雄及纪念物，并进一步宣扬他们的精神，由个别的伟人阐发自己对英雄的理解，赞美了他们平凡而伟大的英雄主义精神，反驳了有些人认为"我们正处在没有英雄的时代"的消极论调，由点到面。

统观演讲全篇，语言富于激情，生动活泼却论述宏大，切中要害，而且能够寓理于情，借景生情，情景交融，逻辑严密，林肯如流水般顺畅地指出目前政府面临

的问题和应该发挥的职能，指出每一个美国人应该为解决问题而努力。从中我们也可以悟出里根对美国英雄主义持久性价值的信念和决心重塑美国英雄主义形象的坚强决心。

名句赏析

美国必须打赢这场战争。因此，我要工作，我要节约，我要作出牺牲，我要忍耐，我要高高兴兴地战斗，竭尽我的全部力量，就好像这场战争全靠我一个人似的。

在这里，里根引述了一个名叫马丁·特雷普托的普通英雄的日记，利用其多重排比的句式，激发起了美国人民的热情，号召大家相信自己的能力，齐心协力解决面临的各种问题。这样的建议显得自然而随意，很容易被听众接受。

10.重振美国雄风的总统克林顿——美国复兴的新时代

背景资料

冷战结束后，美国经济陷入低谷，工厂破产，经济增长率下降，通货膨胀率和失业率均保持在高位。而时任总统老布什重视外交军事，漠视国内经济问题。很多美国人认为国家正在走向错误的方向，对未来持悲观态度。

在1992年11月的总统竞选活动中，威廉·杰斐逊·克林顿(1946–)提出"振兴美国"的口号，主张专注于国内事务，因此获得了绝大多数美国民众的支持，击败老布什，当选为美国第42任总统。

1993年1月20日，克林顿在美国国会大厦里的就职仪式上发表了这篇名为《美国复兴的新时代》的演说。他向世人庄严宣告，这是"一个伟大的开端"，他将实现"变革"诺言，重振美国雄风。

讲话实录

同胞们：

今天，我们庆祝美国振兴这件不可思议的事情。

这个仪式是在隆冬举行的，但是我们通过自己的言语和向世界展示的面容，促使春天提前来临。

春天又降临到世界上最古老的民主国家，它带来了重新创造美国的远见和勇气。

当我国的缔造者大胆地向世界宣布美国独立并向上帝宣布我们的目的时，他们知道，美国要世世代代存在下去，就必须变革。

不是为变革而变革，而是为了保持美国的理想——生活、自由、追求幸福——而变革。虽然我们是按时代的节奏前进的，但是我们的使命并不因时间而改变。

每一代美国人都必须明确作为一个美国人意味着什么。

我代表我们国家，向我的前任总统布什致敬，他为美国服务了半个世纪；我感谢千百万以其坚定性和牺牲精神战胜大萧条、法西斯和共产主义的男男女女。

今天，在冷战阴影下成长起来的一代人在世界上肩负着新的责任。这个世界虽然从自由的阳光得到温暖，但仍然受到新仇旧恨的威胁。

我们在举世无双的繁荣中成长，并继承了一个仍然是全世界最强大的经济，但是由于企业倒闭，工资增长停滞、不平等的程度加深以及我们人民的四分五裂，使得经济受到削弱。当乔治·华盛顿第一次发表我刚才发出的誓言时，那一消息是使用马匹来缓慢地向全国传递的，又用船只将其载过海洋。而现在，这个仪式的实况即刻向全世界几十亿人播放。

通信和商务是全球性的，投资是流动的，技术几乎是有魔力的，改善生活的强烈愿望现在遍及全球。今天我们通过与世界各地的人民和平竞争来谋生。

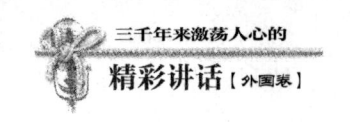

各种深沉而强大的力量正在动摇和重新塑造我们的世界；我们时代的紧迫问题是我们能否使变革成为我们的朋友，而不是成为我们的敌人。

这个新世界已经使得千百万人能够竞争并在竞争中取胜的美国人的生活丰富起来。但是，当多数人的工作增加而收入减少的时候，当其他人根本不能工作的时候，当医疗开支给家庭造成沉重负担并给我们的企业造成破产威胁的时候，当遵纪守法的公民因为惧怕犯罪活动而失去行动自由的时候，当千百万贫穷的儿童甚至无法想象我们呼唤他们过的那种生活的时候，我们则没有把变革作为朋友。

我们知道我们必须正视严酷的现实，并采取有力的步骤。但是我们没有这样做，而是放任自流，这种做法削弱了我们的力量，破坏了我们的经济，并动摇了我们的信心。

虽然我们的任务令人可畏，但是我们的力量也是令人可畏的。美国始终是一个永不满足、勇于追求和大有希望的民族。今天我们必须把我们前人的远见卓识和坚定意志注入我们的使命之中。

从独立战争到南北战争、从大萧条到民权运动，我们的人民始终具有从这些危机中建筑我们历史支柱的决心。

托马斯·杰斐逊认为，要保持我们国家坚实的基础，我们需要不时地作出激烈的变革。同胞们，这就是我们的时代。让我们拥抱它吧。

我们的民主制度必须不仅仅是世界羡慕的目标，而且是我们自由振兴的动力。美国没有任何错误的东西不能被正确的东西所纠正。

所以，今天我们保证结束这个僵持对峙和放任自流的时代———个美国振兴的新时期已经开始。

要振兴美国，我们就必须勇敢大胆。

我们必须做我们的前辈没有做过的事情。我们必须更多地投资于我们自己的人民，投资于他们的就业机会和他们的未来；同时减少我们的巨额债务。而且我们必须在这个机不可失的世界上这样做。

这将不是轻而易举的,它要求作出牺牲。但这是可以做到的并且可以做得相当好,不是为牺牲而牺牲,而是为我们自己而牺牲。我们必须像一个家庭抚育孩子那样抚养我们的国家。

我国的缔造者是从后人的眼睛里看到他们自己的。我们也更应该这样做。任何一个看过孩子合上眼睛睡觉的人都知道后世是什么。后世是即将来临的世界——我们对这一即将来临的世界抱有理想,我们向它借用我们的星球,并对它负有神圣的责任。

我们必须做美国做得最好的事情:向所有的人提供更多的机会,并要求所有的人承担更多的责任。

现在是破除不良习惯的时候了:不付出任何代价就指望我们的政府或彼此之间给予某种好处。让我们都负起更多的责任,不仅是为我们自己和我们的家庭,还要为我们的社会和我们的国家负责。

为了振兴美国,我们必须恢复我们民主制度的活力。

这个美丽的首都,与文明时代出现以来的每一个首都一样,常常是一个钩心斗角、尔虞我诈的地方。势力强大的人物争权夺利,终日提心吊胆担心政府官员的更迭和升降。他们忘记了正是那些含辛茹苦的劳动者把我们送到这里,并承担我们的费用。

美国人应该生活得更好。在今天的这个城市里,人们想把事情办得更好。所以,我要向参加这一就职仪式的诸位说,让我们决心改革我们的政治生活,从而使权力和特权不再压倒人民的呼声。让我们把个人的利益放在一边,这样我们才能体会到美国的痛苦,并看到它的希望。

让我们决心使我们的政府成为一个正如富兰克林·罗斯福所说的进行"大胆的持久试验"的地方,即一个为我们的未来服务而不是一个留恋我们的过去的政府。

让我们把这个首都还给它属于的人。

为了振兴美国,我们必须应付国内外的种种挑战。外国的东西和国内的东西之间再也没有明显的界限。世界经济、世界环境、世界艾滋病危机、世界军备竞赛——这一切都对我们产生影响。

今天,随着旧秩序的流逝,新世界更加自由,但更不稳定,随着苏联的解体引出了旧的敌意和新的危险。美国显然必须继续领导我们曾经作出巨大努力而创造的这个世界。

在美国国内进行重建的同时,我们不会面对这个新世界的挑战退缩不前,也不会错过这个新世界的机会。我们将同我们的朋友和盟国共同努力进行变革,以免变革将我们吞没。

当我们的根本利益受到挑战的时候,或者当国际社会的意志和良知遭到蔑视的时候,我们将采取行动——只要有可能,就进行和平外交活动,如果有必要,就使用武力。今天在波斯湾、索马里以及任何其他地方为我国效劳的美国勇士们,都证明了我们的决心。

但是,我们的最大实力是我们的思想的力量。我们的思想在许多国土上仍是陌生的。在世界各地,我们的思想被接受,我们为此欢欣鼓舞。我们的希望、我们的心、我们的双手同每一个大陆上创建民主和自由的人们连在一起。他们的事业也就是美国的事业。

美国人民唤起了我们今天庆祝的变革。你们异口同声毫不含糊提高了呼声。你们参加投票的人数前所未有。你们使国会、总统职务和政治进程本身的面貌焕然一新。

是的,同胞们,你们促使春天提前来临。

现在,我们必须去做这个季节需要我们做的工作。

现在我将全力以赴致力于这一工作。我请求国会同我密切合作。但是,任何总统、任何国会、任何政府都不可能单独完成这一使命。

同胞们,你们也必须在我们的振兴中尽到你们的责任。

我要求新一代的美国年轻人作出贡献,按照你们的理想主义行动起来,助贫困儿童一臂之力,同那些不幸者休戚与共,使我们四分五裂的社区恢复昔日的活力。因此,要做的事情很多,确实还应该使那些在精神上仍然年轻的数百万其他人也主动地作出贡献。

在作出贡献的时候,我们认识到一个简单而又重要的真理:我们相互需要,我们也必须相互关心。

今天,我们不仅仅是在欢庆,我们还在重新致力于美国的理想:

——一种在革命中诞生,经过两个世纪的挑战重新树立起来的理想;

——一种经受过磨炼的理想,我认识到,就命运而言,我们不论是幸运者还是不幸运者,过去都可能有过与对方相同的经历;

——一种由于这种信念的理想:美国漫长的英勇旅行一定能够永远继续下去。

同胞们,当我们即将跨入21世纪的时候,让我们以饱满的精力和满腔的希望、坚定的信心和严谨的作风,开始我们的工作。让我们努力工作,直到把工作完成。正如《圣经》所说:"我们应不厌其烦地行善,只要不气馁,到一定时候,当有所得。"

从这个充满欢庆气氛的山顶,我们听到山谷里传来的要我们为国效劳的召唤。我们听到了号角声。

我们已经换班。现在,我们必须以自己的方式在上帝的帮助下响应这一召唤。

经典解读

克林顿作为民主党人当选为总统,标志着共和党连续12年执政历史的结束。在这篇演讲中,他并没有详细阐述他振兴美国的政策和措施,也没提出如何

应付外交方面的挑战,只是定下了一个施政基调——变革与复兴。

克林顿开宗明义,提出变革的主题,并以历史为依据,说明变革是促使美国长盛不衰的动力。此后,克林顿引导听众注意技术变革的巨大力量,激发听众对变革的认同。同时,他还引导听众正视经济衰退、国力削弱的现实,呼吁民众承担起历史的责任,行动起来,用奉献促进变革,用奉献重振美国。

通篇演讲感情充沛,语调激昂,极为鼓舞人心,给被衰退笼罩的美国注入强大活力。同时,克林顿故意把时间压得很短(只有14分钟),让人听起来很轻松。这篇就职演说的发表,标志着美国进入克林顿时代。

名句赏析

在作出贡献的时候,我们认识到一个简单而又重要的真理:我们相互需要,我们也必须相互关心。

克林顿通过强调"相互需要"、"相互关心"的真理,破除了"不付出任何代价就指望我们的政府或彼此之间给予某种好处"的错误思想,有力地号召美国人民以饱满的精力和满腔的希望、坚定的信心和严谨的作风,积极地投入到国家建设之中。

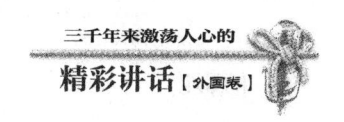

第四章　雷霆万钧的战争动员令
——战争讲话

待江山风云变色之日,当国家停滞不前之时,他们不辱使命,披荆斩棘,叱咤风云,用激情谱写青春,用生命践行承诺,可谓气势如虹,无可匹敌,他们就是王者,就是英雄。

1.开创雅典辉煌的伯里克利——我们是战无不胜的

背景资料

伯里克利(前495-前429),古希腊奴隶主民主政治的杰出代表。公元前466年前后,他追随雅典民主派的首领埃菲阿尔特斯,成为雅典民主派的重要代表人物。公元前445年埃菲阿尔特斯被刺杀后,他连续15年当选为雅典最重要的官职——首席将军,完全掌握了国家政权。

公元前451年,雅典与斯巴达的战争爆发,斯巴达大军侵入雅典境内。公元前432年,斯巴达对雅典发出最后通牒,强硬要求雅典放弃其贸易优势及提洛同盟的领导权。为此,雅典召开公民大会商议对策,但主战派与主和派意见相峙不下。为了激发起雅典同胞对斯巴达的愤恨,凛然赴战,伯里克利发表了这篇主战演讲。

讲话实录

雅典人，我的意见完全和过去一样：对伯罗奔尼撒人，我反对作任何让步，虽然我知道，说服人们参加战争时的热烈情绪到了战争开始行动的时候是不会保持得住的，并且人们的心理状态是随着事件的发展过程而变化的；但是我认为这时候我一定向你们提出和我过去所提出的完全相同的意见。我请求你们那些因我的言辞而被说服的人以全力支持我们现在正在一起所作出来的一些决议，我请求你们坚持这些决议，虽然在某些地方我们发现自己会遭遇着困难的；因为，如果不是这样做的话，在事情进行得顺利的时候，你们不能表现你们的智慧。事物发展的过程往往不会比人们的计划更来得有逻辑性些；正因为这样，所以当事物的发生出乎我们意料之外的时候，我们常常归咎于我们的命运。

很明显地，过去斯巴达是阴谋反对我们的；现在甚至更加明显了。和约上规定：我们之间的争执应当由仲裁来解决；在仲裁之前，双方应当维持现状。对于他们所抱怨的事情，他们宁愿以战争来解决，而不愿意以和平谈判的方式来解决；现在他们到这里来，不是提出抗议，而是向我们下命令。他们命令我们解除波提狄亚之围，给予厄基那以独立和撤销麦加拉法令。最后，他到我们这里来，宣称我们应当给予希腊人以自由。

如果我们拒绝撤销麦加拉法令的话，你们任何人不要以为我们不应该为这一点小事情而作战。这一点是我们特别坚持的。他们说，如果我们撤销这个法令的话，战争可以不发生；但是，如果我们真的作战的话，你们心中不要有一点怀疑，以为战争是为着一件小小事情的争执。对于你们来说，这点事情是保证，是你们决心的证据。如果你们让步的话，你们马上就会遇着一些更大的要求，因为他们会认为你们是怕他们而让步的。但是如果你们采取坚决态度的话，你们向他们很明显地表示他们应当以平等地位来对待你们。你们打算怎样做，你们现在就一定要下定决心——不要在他们还没有伤害你们的时候，就向他们屈服；就是如果我们将要战争的话,就下定决心,不管外表上的理由是大的或小的;无论怎样,我们不会屈服,也不会让我们的财产经常有受人干涉的威胁。在请求仲裁之前,处于平等地位的人向他们的邻人提出要求,而把这些要求当做命令的时候,向他们屈服,就是受他们的奴役,不论他们的要求是怎么大或怎么小。

至于战争以及双方所能利用的资源,我想要你们听听我的详细报告,认识到我们的势力不是较弱的一边。伯罗奔尼撒人自己耕种他们自己的土地;无论在个人方面或国家方面,他们没有金融财富;因此,他们没有在海外作战的经验,也没有长期战争的经验;因为他们彼此间所发生的战争,由于贫穷的缘故,都是短期的。这样的人民不能经常配备一个舰队的海员,也不能经常派遣陆军;因为这样,就会使他们离开自己的土地,花费自己的资金,何况我们还控制着海上。战争经费的支持依靠储金的积累,而不能依靠税收的突增。并且,那些耕种自己的土地的人在战争中,对他们的金钱比对他们的生命更为担心;他们有一种刻薄的观念,认为他们自己的生命是会安全地从危险中逃出的,但是他们的金钱在那时候是不是会完全被花光了,他们完全没有把握,特别是当战争出乎他们意料之外地延长的时候,战争很可能是会延长的。在单独一个战役中,伯罗奔尼撒人和他们的同盟者能够抵抗其他所有的希腊人;但是他们不能跟一个和他们完全不同的强国作战,他们没有一个慎重考虑的中央政权可以做出迅速果决的行动,因为他们都有平等的代表权,他们来自各个不同的国家,每个国家只关心它自己的利益——其结果,往往是一事无成,因为有些国家特别急于为它们自己报复一个敌人,而其他的国家并不那么焦急,以免自己受到损害。只经过很长的间隔时期后,他们才举行会议;就是在会议中,他们也只花费一小部分的时间来考虑他们的共同利益,大部分的时间都花费在处理他们个别的事件上。他们中间没有一个人想到一个国家的漠不关心会损害到全体的利益的。每个国家都认为它自己的前途是其他国家的责任;因为每个国家暗里都有这种思想,没有人注意到,这种情况使整个事业日趋衰微了。

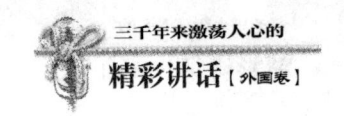

但是最重要的一点是这样的：金钱的缺乏会使他们处于不利的地位，在筹得金钱的过程中，所需要的时间会使他们迟延。但是在战争中，机会是不等待任何人的。

并且，对于他们的海军，我们一点也用不着害怕。对于他们将来在亚狄迦建筑要塞的事，我们也用不着吃惊。关于这一点，要建筑一个城市，有足够的力量控制另一个城市的话，就是在平时，也不是一件容易的事，而现在要在敌国的境内，面临着我们自己的要塞来建筑一个城市，那么，这就更加困难得多了，何况我们的要塞有足够的力量对付他们所能建筑的任何东西。如果他们，只建筑一些小的前哨据点的话，他们虽然能够从事劫掠，收容我们的逃亡者，给我们一部分土地带来一些灾祸，但是这绝对不能阻止我们利用我们的海军力量，航海到他们的领地上去，在那里建筑要塞，以资报复。因为我们从海军战役中所得到的陆战经验，远远地超过他们从陆地战役中所得到的海战经验。至于航海技术，他们会觉得这是他们所很难学得的一课。你们自从波斯战争以来，一直总是在这里学习的，至今还没有完全精通这一项技术。

那么，怎么能够认为他们在这方面有什么发展呢？他们是农民，而不是水手；并且他们也绝对没有学习的机会，因为我们将用强大的海军封锁他们的。对抗一个弱小的封锁军队时，他们可能由于愚昧无知，相信自己的人数众多，而准备冒险作战；但是如果他们面对着一个强大的舰队，他们不会冒险冲出的，所以训练的缺少会使他们对于航海技术更加不能熟练了，而技术的缺少会使他们更加不敢冒失了。航海技术，也和任何其他技术一样，是一门艺术。它不是什么只是偶尔作为闲暇时的职业的；当然，一个从事航海事业的人也不可能有闲暇去学习别的东西。

假如他们攫取奥林匹亚或特尔斐的金钱，而提供高的薪水以吸引我国海军中的外国水手，这时候，假如我们自己和住在我国的异邦人都在船舰上服务，还不是他们的敌手的话，这就是一件严重的事了。但事实上，我们总是能够对付他们的。还有一点也是很重要的,在我们自己的公民中间,所有的舵手和水手比希腊其他一切地区所有的舵手和水手总合起来还要多些。那么,我们的外国水手有多少人会为着几天的工资,不仅冒着被战败的危险,并且还冒着被他们自己的城市剥夺法律上的保护的危险,而去替对方作战呢?

对于伯罗奔尼撒人所处的地位,我认为我已经作了一个很公平的叙述。至于我们自己的地位,在我说到他们的缺点之中,我们一个也没有。至于其他方面,我们完全有自己的优点。如果他们从陆地上来进攻我国的话,我们一定从海上进攻他们的国家,结果,伯罗奔尼撒半岛一部分土地的破坏对于他们的影响,比整个亚狄迦的破坏对于我们的影响,更要厉害些;因为他们除了伯罗奔尼撒以外,非经过战争不能再得到土地,而我们在岛屿上和大陆上都有充足的土地。

海上势力是非常重要的。让我们从这方面看看。假如我们住在一个岛上的话,难道我们不是绝对安全,不受他人的攻击吗?事实上,我们一定要努力把我们自己看做岛上居民;我们必须放弃我们的土地和房屋,保卫海上的城市。我们一定不要因为丧失土地和房屋而愤怒,以致和远优于我们的伯罗奔尼撒陆军作战。如果我们胜利了,我们还是不得不用同样多的军队来和他们再战;如果我们战败了,我们会丧失我们的同盟国,同盟国是我们力量的基础,如果我们所剩下来的军队不够派出去镇压同盟国的话,它们马上会暴动的。我们所应当悲伤的不是房屋或土地的丧失,而是人民生命的丧失。人是第一重要的,其他一切都是人的劳动成果。假如我认为能够说服你们去做的话,我愿意劝你们往外去,并且亲手把你们的财产破坏,对伯罗奔尼撒人表示:你们是不会为了这些东西的缘故而向他们屈服的。

只要你们在战争进行中,下定决心,不再扩大你们的帝国,只要你们不自动地把自己牵入新的危险中去,我还可以举出许多理由来说明你们对于最后的胜利是应当有自信心的。我所怕的不是敌人的战略,而是我们自己的错误。但是这一点,我要在另一个机会,当我们实际作战的时候,才再说了。

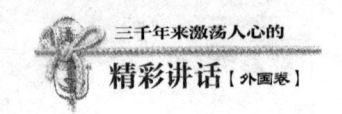

在目前，我建议送回斯巴达的代表，并给他们带回我们下面的答复：我们愿意允许麦加拉人应用我们的市场和港口，只要斯巴达也同时对我们和我们的同盟者停止执行它禁止外人入境的法令（因为和约中并没有条款禁止他们的法令，也没有禁止我们反对麦加拉人的法令）；我们愿意允许我们的同盟国独立，只要它们在订立和约的时候已经是独立了的，同时斯巴达人也要允许他们自己的同盟国独立，允许它们各自有它自己所愿意有的那种政府，而不是那种服从于斯巴达利益的政府。让我们又说：我们愿意，依照和约中明文的规定，提交仲裁；我们不会发动战争，但是我们将抵抗那些实际发动战争的人。这是一个正当的答复，同时也是我们这样一个城市所应当做的一个答复。

我们要知道，这个战争是强迫加在我们身上的，我们愈愿意接受挑战，敌人向我们进攻的欲望将愈少。我们也要知道，无论对于城市也好，对于个人也好，最大的光荣是从最大的危险中得来的。当我们的祖先反对波斯人的时候，他们还没有我们现在所有的这样的资源，就是他们所有的那一点资源，他们也放弃了，但是他们驱逐异族的入侵，把我们的城邦建成现在这个样子，这是由于他们的贤智，而不是由于他们的幸运；由于他们的勇敢，而不是由于他们的物质力量。我们要学他们的榜样：我们应当尽一切力量，抵抗我们的敌人，努力把与平常一样伟大的雅典遗传给我们的后代。

经典解读

一开篇，伯里克利便掷地有声地表明态度："雅典同胞们！我们绝不应该对斯巴达人再作任何让步了"。为了给自己的立场找到凭证，伯里克利接下来历述斯巴达人的种种不仁、不义和不该：他们从不要求公平解决，他们只希望用战争，而不是用条款来镇压我们的不服。他们一味横行霸道，居然命令我们为波提底亚城解围。他们训示我们要让爱琴纳独立，其最后的使节们也来命令我们……

为了彻底打消公众心目中的疑虑和犹豫，伯里克利不惜口舌，语重心长地解释道:"我希望诸位之中切莫有人以为我们是为了不废除有关麦加拉的条款这种鸡毛蒜皮的小事,才准备打仗的"。他反复解释并告诫雅典人,坚持麦加拉条款绝非"一件芝麻小事",因为若屈服于这些要求,对方便会变本加厉。若能坚持不从,则会得到平等的对待。

接下来,伯里克利开始缕析对手的诸多弱点:他们缺乏资金,缺少持久和海外作战的经验,他们没有顾问团,也没有有力的执行决策,他们种族各异,难于达成一致……在藐视对手的同时,他又不失时机地对自身的实力进行渲染,一反一正之间,将一份战胜的信心树立在了同胞的心中。

伯里克利的演讲充满激情,说理充分,颇具感染力和鼓动性。最终,雅典人作出了应战的决定,以破釜沉舟的决心迎击敌人。虽然在随后的伯罗奔尼撒之战中,伯里克利和他的雅典可以说全盘皆输,他本人也在这期间染疾丧命,但这并不影响这篇战前动员令的精彩与美妙。

名句赏析

无论对于城市也好,对于个人也好,最大的光荣是从最大的危险中得来的。当我们的祖先反对波斯人的时候,他们还没有我们现在所有的这样的资源,就是他们所有的那一点资源,他们也放弃了,但是他们驱逐异族的入侵,把我们的城邦建成现在这个样子,这是由于他们的贤智,而不是由于他们的幸运;由于他们的勇敢,而不是由于他们的物质力量。我们要学他们的榜样:我们应当尽一切力量,抵抗我们的敌人,努力把与平常一样伟大的雅典遗传给我们的后代。

"最大的荣誉来自最大的危险",过去是,现在也是,祖先如此,我们有义务"承继祖先的力量,毫不逊色地传于后代"。伯里克利通过这几句言论,将参加伯罗奔尼撒战争提升到了新的高度。虽然战争是残酷的,是人们本能希望逃避的,但雅典人已经别无选择,义不容辞了,这也就鼓舞了人们敢于、勇于战斗的信心。

2.迦太基统帅汉尼拔——要么胜利,要么死亡

背景资料

汉尼拔·巴卡(前247—前183),迦太基将领哈米尔卡·巴卡之子。汉尼拔时代正逢古罗马共和国势力的崛起,他幼年随父四处征战,耳濡目染,积累起丰富的作战经验。公元前221年,仅28岁的汉尼拔被任命为迦太基军事统帅。

第一次布匿战争结束后,罗马掌握了地中海西部的制海权。战败的迦太基受条款所限,无法建立能与其抗衡的海军。为了收复失地,汉尼拔制定了一个前所未有的进攻策略。公元前218年春,他率领3.8万步兵、8000骑兵,及37头战象从新迦太基出发,率军翻越比利牛斯山,穿过高卢人的领土,于9月渡过隆河,避开罗马派往高卢拦截的军队,翻越了一向被认为高不可攀的阿尔卑斯山。

顶住了生死的敌我较量后,汉尼拔最担心的是他的队伍会懈怠斗志,衰歇士气。于是,在准备向罗马出击时,他发表了这篇《要么胜利,要么死亡》的战前鼓动演说。

讲话实录

士兵们:

你们在考虑自己的命运时,如果能记住前不久在看到被我们征服的人溃败时的心情,那就好了;因为那不仅是一种壮观的场面,还可以说是你们的处境的某种写照。我不知道命运是否已给你们戴上了更沉重的锁链,使你们处于更紧迫的形势。你们在左面和右面都被大海封锁着,可用于逃遁的船只连一艘都没有。环绕着你们的是波河,它比罗纳河更宽,水流更急;后面包围着你们的则有阿尔卑斯山，那是你们在未经战斗消耗、精力充沛时，历尽艰辛才翻越过来的。

士兵们，你们已在这里同敌人初次交锋，你们必须战胜，否则便是死亡；命运使你们不得不投身战斗，它现在又站在你们面前。如果你们战胜，你们就能得到即使从永生的众神那儿都不敢指望得到的最大报酬。我们只要依靠勇敢去收复敌人从我们先辈手里强夺去的西西里和萨迪尼亚，我们就会得到足够的补偿；罗马人通过多次胜利的战斗所取得和积聚起来的财富，连同这些财富的主人，都将属于你们。在众神的庇护下，赶快拿起武器去赢得这笔丰厚的报酬吧。

你们在荒凉的卢西塔尼亚和塞尔蒂韦里亚群山中追逐敌人为时已久，历经如许艰辛危难却一无所获；你们跋山涉水，转战数国，长途劳顿，现在是打响夺取丰富收获的战役，为你们的劳苦求得巨大报酬的时候了。这里的命运允许你们结束辛苦的努力，这里她将赐予与你们的贡献相称的报酬。你们不要按照这场战争表面上的巨大规模，而担心难于取胜。敌对双方受藐视的一方往往坚持浴血抗争，而一些著名的国家和国王却常被人并不费力地征服。因为，撒开罗马徒有其表的显赫名声，它还有什么可与你们相比的？

默默地回顾你们20年来以勇敢和成功而著称的战绩吧，你们从赫拉克勒斯支柱，从大洋和世界最遥远的角落来到这里，一路上征服了高卢和西班牙的许多最凶悍的民族；如今你们将同一支缺乏经验的军队作战，它就在今年夏天曾被高卢人击败、征服和包围过，至今它的统帅还不熟悉他的军队，而军队也不知道它的统帅。

要把我同他作一比较吗？我的父亲是最杰出的指挥官，我在他营帐中出生、长大，我荡平了西班牙和高卢，我不仅征服了阿尔卑斯山诸国，还征服了阿尔卑斯山本身；而那个就任仅6个月的统帅是他的军队里的逃兵。如果把迦太基人和罗马人的军旗拿掉，我敢肯定他不知道自己是哪一支军队的指挥官。

你们中每一个人都看到了我的累累战功，同样地，我作为你们英雄气概的目击者，能列举每一个勇敢人作战的具体时间和地点。士兵们，我认为这一点很重

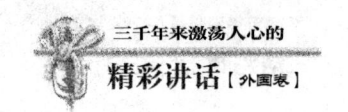

要。我在成为你们的指挥官以前是你们大家的学生,我将率领曾千百次地受过我表彰和犒赏的士兵,阵容威武地阔步迎击那支官兵互不熟悉的军队。

不论我把眼光转向何处,我看到的都是斗志旺盛、精神饱满的士兵,一支由各个最英勇的民族组成的久经沙场的步兵和骑兵——你们,我们最可靠、最勇敢的盟军,你们,迦太基人,即将为你们的国家并出于最正义的愤恨而出征。我们是战争中的攻击者,高举仇恨的旗帜进入意大利,将以远远超出敌方的胆量和勇气发起进攻,因为攻击者的信心和骁勇总是大于防卫者。此外,我们所受的痛苦、损伤和侮辱燃烧着我们的心:它们首先要求我、你们的领袖,其次要求曾围攻过萨贡塔姆的你们大家去惩罚敌人;如果我们畏缩怯战,它们将使我们受到最严厉的折磨。

那个最为残暴、狂妄的民族认为,一切都应归它所有,听它摆布;应当由它决定我们同谁交战、同谁媾和;它划定界限,以我们不得逾越的山脉河流把我们封锁起来,而它却不遵守自己规定的界限。它还说,不得越过伊比利亚半岛,不得干预萨贡廷人;萨贡塔姆在伊比利亚半岛,你们不得朝任何方向跨出一步!拿走我们最古老的省份——西西里和萨迪尼亚是件小事吗?你们还要拿走西班牙吗?让我从那里撤走,以便你们横渡大海进入阿非利加吗?

我说他们要横渡大海,是不是?他们已经派出本年度的两位执政官,一个派往阿非利加,一个派往西班牙。除了我们用武器保住的地方外,他们什么地方都没有给我们留下。有后路的人可能成为懦夫,他们可以通过安全的道路逃跑,回到自己的国土家园请求收容。但你们必须勇敢无畏。你们在胜利和覆灭之间绝无回旋余地,或者战胜,或者死亡。如果命运未卜,与其死于逃亡,毋宁死于沙场。如果这就是你们大家确实不变的决心,我再说一遍,你们就已经战胜了;这是永生的众神在人们夺取胜利时所赐予的最有力的鼓励。

经典解读

这篇演讲是战前鼓动演说中颇为成功的典范之作。演讲一开始,汉尼拔就明确指出当时的形势是背水一战,他沉静而坚定地陈述:"你们必须战胜,否则便是死亡;命运使你们不得不投身于战斗。"

胜利是大家想要的,胜利的取得则需要付出艰辛的努力。在摆出形势之严峻的同时,汉尼拔未忘激发将士胜利的决心与信心。他对敌我双方进行了鲜明的优劣比照,消除了将士们的担忧与顾忌。接着,他又以袍泽之情出发赞赏与表彰部将,极大地激发了将士们无畏的战斗精神和坚强的战斗力量。然后,又通过列举罗马人种种残暴与狂妄,将将士们一腔决战、必胜的豪情挥洒到极致。

整篇演讲显示出汉尼拔的深邃与善辩,环环紧扣,层次分明,其所起到的鼓动作用是不言而喻的。

名句赏析

萨贡塔姆在伊比利亚半岛,你们不得朝任何方向跨出一步!拿走我们最古老的省份——西西里和萨迪尼亚是件小事吗?你们还要拿走西班牙吗?让我从那里撤走,以便你们横渡大海进入阿非利加吗?

列举对手种种的残暴与狂妄后,汉尼拔并未住口,他知道,此时此刻他的部队还缺少一个将所有的豪情与斗志变成复仇的无比力量的借口。于是,他以这样一句反义疑问,终于填补了这最后的火候。

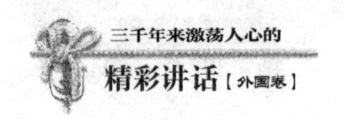

3.拉丁散文文学的鼻祖加图——为洛迪安人申辩

背景资料

马尔库斯·波尔基乌斯·加图(前234-前149),罗马早期的政治家、农学家、散文家。他一生博学多才,著述甚多,被称为拉丁散文文学的鼻祖。后来逐渐成为罗马贵族保守派的代表,历任执政官、财务官、监察官等职。

波斯战争时,波斯侵略罗马,罗马向洛迪安人求助,结果洛迪安人不仅拒绝,还反向倒戈。幸好的是,经过罗马人英勇奋战,取得了战争的胜利。战后,罗马人民强烈要求和洛迪安人断交,在此情况下加图作了这篇《为洛迪安人申辩》。

讲话实录

我知道多数人在取得胜利和成就的时刻都会得意洋洋、骄傲自大、目中无人。鉴于我们在上次战争中作战极其顺利,我深切希望我们不要因考虑欠周而犯错误,使我们辉煌的胜利黯然失色;我希望我们不要得意忘形。逆境使人头脑清醒,知道必须怎么办;顺境却容易令人得意忘形,偏离冷静思考和可靠判断的道路。正因上述理由,我敦促劝告你们,待过的兴奋消减,回复我们通常具备的自制能力时,再就这个问题作出决定。

我承认洛迪安人不愿看到我们战胜波斯王。不单洛迪安人如此,许多其他民族和国家均表达过相同的愿望。我颇相信洛迪安人在这场战争中的立场,并非有意冒犯我们,而是出现一种很自然的恐惧,害怕我们一旦在世界上无所忌惮,便会为所欲为。他们害怕很快就会像其他许多民族一样,成为我们帝国统治下的奴隶。他们与我们作战,只是为保持自由的愿望所驱使,即便如此,他们并未公开支

援波斯王。

请你们稍停片刻,想想我们关切自身的利益,远超过洛迪安人考虑他们的利益,假如我们任何一人预见自己的个人利益可能受损,他会竭尽命力去避免。然而洛迪安人虽然知道他们的利益可能受损,却一直耐心忍受。

我们现在是否立刻全部放弃同洛迪安人友好而得到的多样好处,并剥夺为他们带来的同样好处呢?那样一来,我们说洛迪安人想要做的事,事实上我们自己不是先就做了吗?

一个人说他打算做好事而事实上没有做,对这样的人加以尊敬当然是不恰当的。那么,洛迪安人并没有做错事,而只是有人说他们想做,难道竟能因此而对他们加以敌视吗?

……

"但是这些洛迪安人呀,可真骄傲。"他们说。这个谴责倒说中了我和我的孩子们。就算他们骄傲吧,那又和我们有什么相干呢?是不是因为有人比我们更骄傲,我们就该发脾气呢?

经典解读

胜利后,面对人民的强烈要求与洛迪安人断交的问题,加图开篇立义地表明自己的立场和态度:"我希望我们不要得意忘形"、"待过分的兴奋消减,回复我们通常具备的自制能力时,再就这个问题作出决定"。接着,他指出洛迪安人并非有意冒犯,而是考虑到自身的利益,害怕"成为我们帝国统治下的奴隶"。最后,加图强调没有必要"立刻全部放弃同洛迪安人友好而得到的多样好处"。

这篇演讲表面上是对洛迪安人进行辩护,实际上却利用娓娓辩词表达了对待敌人绝不能心慈手软的主张。与一般针锋相对、激扬澎湃的战争言论相比,这篇演讲中没有华丽的词藻和辛辣锋利的语言,但严谨周密,推理过程步步为营、层层深入,将观点诉诸情理,说服效果显而易见。

名句赏析

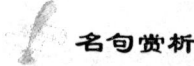

就算他们骄傲吧,那又和我们有什么相干呢?是不是因为有人比我们更骄傲,我们就该发脾气呢?

这个句子可以说是加图良好品质的一个具体体现。别人怎么样和自己没有什么关系,不要被别人的情绪和表现所感染。仔细揣摩,意味深长。

4.古罗马国王恺撒大帝——非战胜,决不离开战场

背景资料

恺撒(前100-前44),古罗马军事统帅、政治家,以军事才能和政治手腕著称于世。公元前59年,恺撒当选执政官,随后出任山南高卢总督,权势日重,集执政官、终身保民官、大将军等大权于一身,实行独裁统治。

公元前50年,元老院因不满恺撒独裁,和古罗马统帅庞培通过决议,拒绝延长恺撒担任总督的任期,令其遣散军队。恺撒拒不执行这一决定,率领军团跨过卢比孔河,进军罗马。庞培猝不及防,逃亡希腊。

公元前48年6月,恺撒与庞培又在法萨卢展开了一场对决。当时,恺撒军队只有2万人左右,人困马乏、粮草紧缺,而庞培军队的人数是其两倍。为了鼓舞全军士气,恺撒在决战前夕发表了这篇演讲。

讲话实录

我的朋友们,我们已经克服了我们更可怕的敌人,现在我们所要对抗的不是饥饿和贫乏,而是人。一切决定于今日。记着你们在提絜基阿姆时所给我的诺言。

记着你们是怎样当着我的面,彼此宣誓:非战胜,决不离开战场。同伴士兵们啊,这些人就是我们过去在赫丘利的石柱所遇着的那些人,就是在意大利从我们面前溜跑了的那些人。他们就是在我们千年艰苦奋斗之后,在我们完成那些伟大战争之后,在我们取得无数胜利之后,在我们为祖国在西班牙、高卢和不列颠增加了400个属国之后,不与我们以荣誉,不与我们以凯旋,不与我们以报酬,而要解散我们的那些人。我向他们提出公平的条件,不能说服他们;我给他们以利益,也不能争取他们。你们知道,他们中间有些人是我释放的,不加伤害,希望我们可以使他们有一点正义感。今天你们要回忆所有这些事实;如果你们对于我有些体会的话,你们也要回忆我对你们的照顾、我的忠实和我所慷慨地给予你们的馈赠。

吃苦耐劳的老练士兵战胜新兵也是不难的,因为新兵没有战斗经验,并且他们像儿童一样,不守纪律,不服从他们的指挥官。我听说,他害怕,不愿作战。他的时运已经过去了;他在一切行动中,变为迟钝而犹疑;他已经不是自己发号施令,而是服从别人的命令了。

我说这些事情,只是对他的意大利军队而言。至于他的同盟军,不要去考虑他们,不要注意他们,根本不要和他们战斗,他们是叙利亚的、福里基亚的和吕底亚的奴隶,总是准备逃亡或做奴役的。我知道得很清楚,你们马上就会看见的,庞培自己不会在战斗行列中给他们以地位的。纵或这些同盟军像狗一样向你们周围跑来威胁你们的时候,你们也只要注意意大利的士兵。当你们已经击溃敌人的时候,让我们饶恕意大利士兵,因为他们是我们的同族人,而只屠杀同盟军,使其他的人感到恐怖。为了使我知道你们没有忘记你们不胜即死的诺言起见,当你们跑去作战的时候,首先摧毁你们军营的壁垒,填起壕沟;这样,如果我们不战胜的话,我们就没有逃避的地方,使敌人看见我们没有军营,知道我们不得不在他们的军营中驻扎。

经典解读

一支军队取得战争的胜利,兵力的多少固然重要,但更重要的是军队的战斗力。而影响军队战斗力最重要的因素便是士气的高低。在演讲中,恺撒首先指出这场战斗的重要性"一切决定于今日",然后他又指出庞培军队的弱点,如"他们像儿童一样不守纪律"、"他害怕,不愿作战"、"他在一切行动中,变为迟钝而犹疑",如此冷静的分析,调动了手下疲惫军队的战斗热情,激励了士兵们的斗志和必胜的决心。

演讲语言看似简单朴实,但是细读会发现其中蕴含的激愤、严谨,展现了恺撒卓越的演讲才华。最终,恺撒军队以少胜多,彻底击败庞培。此役之后,恺撒迅速平定了庞培剩余势力,胜利结束内战,巩固了在罗马帝国的统治地位。

名句赏析

为了使我知道你们没有忘记你们不胜即死的诺言起见,当你们跑去作战的时候,首先摧毁你们军营的壁垒,填起壕沟;这样,如果我们不战胜的话,我们就没有逃避的地方,使敌人看见我们没有军营,知道我们不得不在他们的军营中驻扎。

"如果我们不战胜的话,我们就没有逃避的地方"恺撒这一强制性的命令,虽然暂时置军队于死地,但却有效地振奋了将士破釜沉舟的战斗精神。"非战胜,决不离开战场"的口号响彻全军。

5.古罗马执政官西塞罗——我们已遍地燃起自由的希望

背景资料

马库斯·图留斯·西塞罗(前106-前43),古罗马著名政治家、演说家、雄辩家、法学家和哲学家。从事过律师工作,后进入政界。开始时倾向平民派,后成为贵族派。公元前63年当选为古罗马执政官。

公元前44年,安东尼在执政官任期届满时提出要得到高卢行省的统治权,西塞罗看穿安东尼想控制罗马政局,说服元老院表决安东尼为祖国之敌。但元老院心存侥幸,决定与安东尼谈判一番。结果谈判未果,元老院对安东尼宣战。与此同时,屋大维(恺撒之养子)也率军正式向安东尼开战。

西塞罗深受鼓舞,从公元前44年到前43年4月,连续发表反对安东尼的演说14篇。《我们已遍地燃起自由的希望》是其中最为著名的一篇。

讲话实录

罗马人!在今天这次盛会中,你们遇见了这么多人,比我记忆中所见过的都要多,这种场面令我急切地渴望去保卫自己的国家,内心燃起重新把它建立起来的伟大希望,虽然我的勇气一直未曾衰竭过。最令人难熬的时刻,就是像现在——黎明前的微曦时。我恨不得立刻在保卫自由的阵线上,挺身而出成为一位领导者。然而,即使以前我有这种想法并可以去实践,可现在却已不是那种时代了。因为像今天,罗马的子民们,我们已替未来的行动打下了基础。元老院不再是口头上把"安东尼"视为敌人,而是以实际的行动表示他们已把他视为一个敌人。直到现在我心里还一直觉得很高兴,相信你们也一样,我们能够在这样完全一

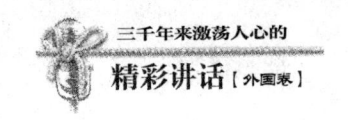

致、鼎沸的气氛中，一致认为他是我们的敌人，并通过了这项宣言。

罗马人，我赞美你——是的，我非常赞美你们。当你们激起那令人可喜的意志，跟随那最优秀的年轻人，或者甚至说他只是个孩子。他的名字是年轻人，那是由于他的岁数，他的行为已属于永恒而不朽。我曾收集到许多事迹，我曾听过许多事的情节，我也曾读过许多故事，但是在这整个世界上，在漫长的历史中，却不曾见闻过这样的事。当我们被奴隶制度所压迫，当恶魔的数量与日俱增，当我们没有任何保障，当我们深恐马可·安东尼采取致命性的报复手段时，这个年轻人承袭了没有人愿意去承担的冒险计划，他以超越所有我们所能想象的方式来解决问题。他召集了属于他父亲的，一支所向无敌的军队，使安东尼想用武力方式造成国家不幸的那种最不仁义的狂乱遭到了阻力。

只要是在这里的人，谁不看得非常清楚！要不是多亏了屋大维所召集的军队，安东尼的报复不是早将我们夷为平地？因为这次他的回来，意志里燃烧着对所有人仇恨的火焰，身上更沾染着屠杀过市民的血腥，在他的脑海里除了全然地予以毁灭的意念之外，什么也容不下。如果屋大维没有组成这一支他父亲的最勇敢的军队，你们的安全保障和你们的自由靠谁来保护？为了表示对他的赞美和崇敬——为了他如神一般不朽精神的表现，他已被冠以最神圣而不朽的荣耀——元老院已接受了我的提议，通过了一项政令，将把最早的最好的头衔委任于他。

马可·安东尼啊！你还能玩弄什么坏主意呢？屋大维对你宣战，实在是应该受到极力称赞的。我们应该极尽最美丽的言辞来赞美这支队伍，也由此离弃你。这完全是因为你的缘故，如果你不是选择做我们的敌人而是成为议会的一员，这全部的赞美，全是你的。

罗马人！你们面对的不是一个放荡邪恶的人，而是一头没有人性、凶暴的野兽。现在，他既然跌落陷阱之中，就在此地将其焚毁吧！要是让他逃了出来，你们就再也难逃暗无天日、苦闷的深渊。然而，他现在正被我们已出发的大军围困，四面紧紧地包围了起来。近日，新的执政官将派出更多的军队去支援。像你们目前所表现的,继续献身于此壮烈之举。在每一次,为理想而战的战役中,你们从未表现出比今天更加协同一致,你们从未与元老院之间有过如此诚挚的配合。再也不要彷徨,今天的问题已不再是生活条件的抉择,而是我们如不能全然、光荣地活着,就是面临放荡与耻辱的毁灭。

虽然凡人皆难免一死,此乃天性,然而,勇士们却善于保护自己,除去属于不逊或残酷的死。罗马的种族和名称是不容被夺取的,罗马人!我由衷地恳请你们——去保护它!这是我们所留下的产业和象征。虽然每一事物都是易流逝的,暂时而不确定的,唯有美德能够深深地扎下它的根基。它永不为狂暴所中伤、侵蚀,它的地位永远无法动摇。你们的祖先,正是靠了这种精神,才能首先征服了意大利,继而摧毁迦太基、打败诺曼底,在这个帝国的统领下,消灭了那最强悍的国王和最好战的国家。

不久的将来,由于各位与元老院之间史无前例完美而和谐的配合,以及我们的战士和将领们的英勇的表现和幸运的引导,你们可以看到那甘冒风险沦为盗贼的无名小子安东尼被打败。现在显示:很久以来,这是第一次的盛举,我们已遍地燃起自由的希望。

经典解读

由于安东尼手握兵权,而元老院又无军队,西塞罗要反对安东尼,必须借掌有重兵的屋大维。这种现实决定了这篇演说的特色:对比鲜明。在演讲中,他把安东尼描述成一头没有人性、凶暴的野兽。与此相反,他极力表现对屋大维的赞美和崇敬。鲜明的反差,引导人们倾向屋大维。在指责安东尼穷凶极恶时,西塞罗又不失时机地对其加以嘲弄,如"马可·安东尼啊!你还能玩弄什么坏主意呢?"语气中带着调侃嘲讽的味道,还洋溢着一股乐观的激情,表达出对安东尼的蔑视,激发人们的斗志。

西塞罗的演说很注重修辞章法,他的语言经过了仔细的加工,精心的锤炼,

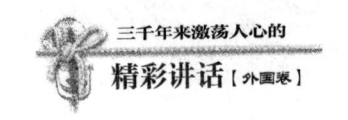

不但词汇丰富,句法讲究,而且语句流畅,结构匀称,读来抑扬顿挫,慷慨激昂,具有很强的鼓动力。世人公认,西塞罗对语言的运用达到了挥洒自如的程度,他堪为运用语言的楷模。

名句赏析

再也不要彷徨,今天的问题已不再是生活条件的抉择,而是我们如不能全然、光荣地活着,就是面临放荡与耻辱的毁灭。

在列举了安东尼的一系列劣行之后,西塞罗急切地呼吁罗马人"再也不要彷徨",否则将"面临放荡与耻辱的毁灭"。这一假设,指出了罗马人团结起来,讨伐安东尼的急迫性和必要性。

6. "美国革命之舌"亨利——不自由,毋宁死

背景资料

帕特里克·亨利(1736-1799),苏格兰裔美国人。生于弗吉尼亚,是弗吉尼亚殖民地最成功的律师之一。独立战争时期的自由主义者,美国革命时期杰出的演说家和政治家,被誉为"美国革命之舌"。

18世纪中叶,北美殖民地人民同英帝国主义之间的矛盾日益加深,人民要求独立的呼声越来越高。但英殖民者加紧对北美殖民地的控制、镇压和掠夺,企图维护其宗主国的地位,宗主国与殖民地之间的矛盾尖锐起来。

1775年3月23日,在弗吉尼亚州第二届议会上,一些温和派和保守分子屈于英国政府的压力,极力主张妥协和解。亨利义无反顾,登台发表了这篇著名的演讲,主张不惜以鲜血和生命为代价换取独立。

讲话实录

议长先生：

我比任何人更钦佩刚刚在议会上发言的先生们的爱国精神和才能。但是，对同一事物的看法往往因人而异。因此，尽管我的观点与他们截然不同，我还是要毫无保留地、自由地予以阐述，并且希望不要因此而被认为是对先生们的不敬。现在不是讲客气的时候，摆在议会代表们面前的问题关系到国家的存亡。我认为，这是关系到享受自由还是蒙受奴役的大问题，而且正由于它事关重大，我们的辩论就必须做到各抒己见。只有这样，我们才有可能弄清事实真相，才能不辜负上帝和祖国赋予我们的重任。在这种时刻，如果怕冒犯别人而闭口不言，我认为就是叛国，就是对比世间所有国君更为神圣的上帝的不忠。

议长先生，对希望抱有幻觉是人的天性。我们易于闭起眼睛不愿正视痛苦的现实，并倾听海妖惑人的歌声，让她把我当作禽兽。在为自己而艰苦卓绝的斗争中，这难道是有理智的人的作为吗？难道我们愿意成为对获得自由这样休戚相关的事视而不见、充耳不闻的人吗？就我来说，无论在精神上有多么痛苦，我仍然愿意了解全部事实真相和最坏的事态，并为之做好充分准备。

我只有一盏指路明灯，那就是经验之灯。除了过去的经验，我没有什么别的方法可以判断未来。而依据过去的经验，我倒希望知道，10年来英国政府的所作所为，凭什么足以使各位先生有理由满怀希望，并欣然用来安慰自己和议会？难道就是最近接受我们请愿时的那种狡诈的微笑吗？不要相信这种微笑，先生，事实已经证明它是你们脚边的陷阱。不要被人家的亲吻出卖吧！请你们自问，接受我们请愿时的和气亲善和遍布我们海陆疆域的大规模备战如何能够相称？难道出于对我们的爱护与和解，有必要动用战舰和军队吗？难道我们流露过决不和解的愿望，以至为了赢回我们的爱，而必须诉诸武力吗？我们不要再欺骗自己了，先生们。这些都是战争和征服的工具，是国王采取的最后论辩手段。我要请问先生

们，这些战争部署如果不是为了迫使我们就范，那又意味着什么？哪位先生能够指出有其他动机？难道在世界的这一角，还有别的敌人值得大不列颠如此兴师动众，集结起庞大的海陆武装吗？不，先生们，没有任何敌人了。一切都是针对我们的，而不是别人。他们是派来给我们套紧那条由英国政府长期以来铸造的铁链的。

我们应该如何进行抵抗呢？还靠辩论吗？先生，我们已经辩论了10年了。难道还有什么新的御敌之策吗？没有了。我们已经从各方面经过了考虑，但一切都是枉然。难道我们还要苦苦哀告，卑词乞求吗？难道我们还有什么更好的策略没有使用过吗？先生，我请求你们，千万不要再自欺欺人了。为了阻止这场即将来临的风暴，一切该做的都已经做了。我们请愿过，我们抗议过，我们哀求过；我们曾拜倒在英王御座前，恳求他制止国会和内阁的残暴行径。可是，我们的请愿受到蔑视，我们的抗议反而招致更多的镇压和侮辱，我们的哀求被置之不理，我们被轻蔑地从御座边一脚踢开了。事到如今，我们怎么还能沉迷于虚无缥缈的和平希望之中呢？没有任何希望的余地了。假如我们想获得自由，并维护我们多年以来为之献身的崇高权利，假如我们不愿彻底放弃我们多年来的斗争，不获全胜，决不收兵。那么，我们就必须战斗！我再重复一遍，我们必须战斗！我们只有诉诸武力，只有求助于万军之主的上帝。

议长先生，他们说我们太弱小了，无法抵御如此强大的敌人。但是我们何时才能强大起来？是下周，还是明年？难道要等到我们被彻底解除武装，家家户户都驻扎英国士兵的时候？难道我们犹豫迟疑、无所作为就能积聚起力量吗？难道我们高枕而卧，抱着虚幻的希望，呆到敌人捆住了我们的手脚，就能找到有效的御敌之策了吗？先生们，只要我们能妥善地利用自然之神赐予我们的力量，我们就不弱小。一旦300万人民为了神圣的自由事业，在自己的国土上武装起来，那么任何敌人都无法战胜我们。此外，我们并非孤军作战，公正的上帝主宰着各国的命运，他将号召朋友们为我们而战。先生们，战争的胜利并非只属于强者。他将属于那些机警、主动和勇敢的人。何况我们已经别无选择。即使我们没有骨气,想退出战斗,也为时已晚。退路已经切断,除非甘受屈辱和奴役。囚禁我们的枷锁已经铸成,叮当的镣铐声已经在波士顿草原上回响。战争已经不可避免——让它来吧!我重复一遍,先生们,让它来吧!

企图使事态得到缓和是徒劳的。各位先生可以高喊:和平!和平!但根本不存在和平。战斗实际上已经打响,从北方刮来的风暴把武器的铿锵回响传到我们的耳中。我们的弟兄已经奔赴战场!我们为什么还要站在这里袖手旁观呢?先生们想要做什么?他们会得到什么?难道生命就这么可贵,和平就这么甜蜜,竟值得以镣铐和奴役作为代价?全能的上帝啊,制止他们这样做吧!我不知道别人会如何行事;至于我,不自由,毋宁死!

经典解读

《不自由,毋宁死》这篇脍炙人口的演说在美国革命文献史上占有特殊地位,是世界演说名篇。演讲中,亨利深知议会是宣传自己主张的讲坛,也是政治斗争的场所。要使自己的主张能为众人理解和支持就要讲究策略。

演讲一开始,亨利并未用激烈语调,义正辞严,而是采用委婉的态度,舒缓的语调,肯定了在他之前发言的几位议员的良善用心。然后婉转地道出自己的主张与上面几位议员有所不同,这就为下面的发言争取众多的拥护者打下了基础。接下来,亨利根据主和派主张和解,反对战争的理由,有针对性地一步步详细阐述,一段段逐层批驳主和派的种种谬误,最后归引到结论上来,"唯一的出路只有诉诸武力,求助于战争之神"。

这篇演讲开始时语调舒缓,但随着演讲的进行,调子越来越坚决,言辞越来越峻急,态度越来越激烈,极大地鼓舞了北美人民为争取独立而进行战斗的激情。三个星期后,独立战争的第一枪打响了。

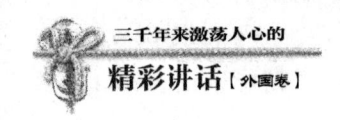

名句赏析

战斗实际上已经打响,从北方刮来的风暴把武器的铿锵回响传到我们的耳中。我们的弟兄已经奔赴战场!我们为什么还要站在这里袖手旁观呢?先生们想要做什么?他们会得到什么?难道生命就这么可贵,和平就这么甜蜜,竟值得以镣铐和奴役作为代价?全能的上帝啊,制止他们这样做吧!我不知道别人会如何行事;至于我,不自由,毋宁死!

这几句话大量使用了排比、反问、感叹、长短句交错等表达手法,气势磅礴,铿锵有力,把演讲推向了高潮,给听众深刻的印象。"不自由,毋宁死"的口号激励了千百万北美人为自由独立而战,流传千古。

7.大陆军总司令华盛顿——一旦出击,必歼顽敌

背景资料

1775年4月19日,英军同美洲殖民地民兵在莱克星顿发生枪战,北美独立战争由此拉开帷幕。同年5月10日,第二届大陆会议在费城召开。会议通过以武力对抗英国的宣言,决定成立"大陆军",并任命乔治·华盛顿(1732-1799)为大陆军总司令。

当时英国是世界上最强大的国家,拥有世界第一流的海军,在北美驻军3万,且装备精良,训练有素;而华盛顿将要领导的大陆军却是一支装备差、训练经验不足且军纪散漫的民兵部队。

作为一名军人,华盛顿清楚地认识到,鼓舞参战军队士气,激发士兵必胜的信念是当前迫在眉睫的工作。因此,他对即将投入战斗的战士们发表了这篇《一

旦出击，必歼顽敌》的动员演讲。

讲话实录

美国人能成为自由人，还是沦为奴隶；能否享有可以称之为自己所有的财产；能否使自己的住宅和农庄免遭洗劫和毁坏；能否使自己免于陷入非人力所能拯救的悲惨境地——决定这一切的时刻已迫在眉睫。苍天之下，千百万尚未出生的人的命运取决于我们这支军队的勇敢和战斗。敌人残酷无情，我们别无他路，要么奋起反击，要么屈膝投降。因此，我们必须下定决心，若不克敌制胜，就是捐躯疆场。

祖国的尊严，我们的尊严，都要求我们进行英勇顽强的奋斗，如果我们做不到这一点，我们将感到羞愧，并将为全世界所不齿。所以，让我们凭借我们事业的正义性和上帝的恩助——胜利掌握在他手中——鼓励和鞭策我们去创造伟大而崇高的业绩。全国同胞都注视着我们。如果我们有幸为他们效劳，将他们从企图强加于他们的暴政中解救出来，我们将受到他们的祝福和赞颂。让我们相互激励、互相鞭策，并向全世界昭示：在自己国土上为自由而斗争的自由民胜过世上任何受人驱使的雇佣兵。

自由、财产、生命和荣誉都在危急存亡之中，我们正在流血受辱的祖国寄希望于我们的勇敢和战斗，我们的妻儿父老指望我们去保护。他们有充分理由相信，上苍一定会保佑如此正义的事业获得胜利。

敌人将炫耀武力，竭力恫吓，但是，别忘了，在许多场合，他们已被为数不多的勇敢的美国人所击败。他们的事业是邪恶的——他们的士兵也意识到了这一点，如果我们在他们开始进攻时，就沉着坚定地予以反击，凭着我们有利的工事和熟悉的地形，胜利必将属于我们。每一位优秀的士兵都将枕戈待旦——整装待命，一旦出击，必歼顽敌。

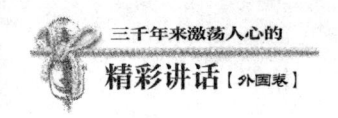

经典解读

战争即将开始,时间是最宝贵的。因此,华盛顿一开始就直奔主题,围绕战前动员紧密展开,将"要么奋起反击,要么屈膝投降"的抉择摆在全军战士面前。这篇演讲只有六百来字,但简要地阐明了这次战争的重要性,对交战双方的力量作出判断,并冷静细致地指挥人们做好迎战准备。在演讲中华盛顿运用了大量的短句,用语简短有力,句式明快简洁,给人以急促、紧迫之感,加强了演讲的气氛,从而点燃战士们的战斗激情,大大鼓舞了他们争取独立战争胜利的斗志。

名句赏析

自由、财产、生命和荣誉都在危急存亡之中,我们正在流血受辱的祖国寄希望于我们的勇敢和战斗,我们的妻儿父老指望我们去保护。他们有充分理由相信,上苍一定会保佑如此正义的事业获得胜利。

华盛顿以自由、财产、生命和荣誉系于战士一身来强调了这场战争的意义,并强调这是一场为自由而战、为财产而战、为生命而战和为荣誉而战的正义战争,更加坚定了"胜利必将属于我们"的信念。

8."政界校长"威尔逊——关于对德宣战在国会上的讲话

背景资料

1914年第一次世界大战爆发,欧洲列强为了重新瓜分世界开始相互残杀,并在战争中迅速结成同盟国与协约国两大敌对阵营。起初,美国没有参战,而是打着"中立国"的旗号向同盟国与协约国出售军火、发放贷款,大发战争财。

随着时间的推移,同盟国之一的德国感觉到美国在"中立"的背后偏袒英国。1917年,德国放弃了曾在1916年美德做出的《限制潜艇战的承诺》,随后又击沉5艘美国商船,直接威胁到美国的利益。在此情况下,美国时任总统伍德罗·威尔逊(1856-1924)发表了这篇演讲,要求国会同意美国对德宣战。

讲话实录

今年1月3日我正式通知你们,德意志帝国政府发表了异乎寻常的通告,宣称从1月1日起它的宗旨是把法律的限制或仁慈的考虑统统抛置一边,用它的潜艇去击沉任何驶近英国和爱尔兰港口的船只,或驶近欧洲西海岸或地中海内德国的敌人所控制的任何港口的船只。这似乎是德国潜艇战在大战之初的目标。在这以前,德意志帝国对其潜艇指挥官们多少有所限制,以实践当时它对我们许下的诺言,即不击沉客轮,对其他它的潜艇可能摧毁的船只,只要不作抵抗、留在原地,便会向它们预先发出警告,而且让它们的船员至少有机会在不设防的船上逃生。

在残酷无情的战争中,一桩桩令人悲痛的事件证明,德方的克制是很不够的,而且带有任意性,但确实有一定程度的节制。而新政策把任何限制都取消了,任何种类的船只,不论它挂什么旗,具有什么性质,载什么货,驶向何处,完成什么使命,全都被击沉,不给预先警告,也全然不顾船上人员的死活;友好中立国的船只与敌国的船只同样对待。甚至连医护船以及向比利时死伤惨重的人民运送救济物资的船只——后者被德国政府允许安全通过禁海而且带有明确无误的标记——同样也被丧失同情心和原则性的德军击沉。

有一度我无法相信,这种行径竟然真是一个一贯赞同文明世界人道惯例的政府的所作所为。国际法起源于人类试图制订的某种的海洋上得到尊重和遵守的法律,该法律规定,任何国家无权统治海洋,世界各国的船只都可以在海上自由航行。

德国政府以报复和必需为借口,已将这起码的法律规定一脚踢开,因为德国在海上除了毫不顾忌人道,蔑视对国际交往的共识,穷兵黩武之外,干不了什么别的事。我现在想到的不是德国在海上造成的财产损失,尽管损失惨重,而是对大批平民生命肆无忌惮的屠杀,而这些男人、妇女和儿童所追求的目标向来——甚至在现代历史最黑暗的时期——被认为是无辜和合法的。财产可以赔偿,而和平无辜人民的生命则无法赔偿。目前德国对付海上贸易的潜艇战其实是以人类为敌。

这是针对所有国家的战争。美国船只被击沉,美国公民葬身海底,消息传来令人震惊。但其他中立或友好国家的船只和人员在海上遭到相同的厄运,没有什么差别。这是对整个人类的挑战。每个国家必须独自决定它应如何对付这一挑战。我们必须适应我国的特点和宗旨审时度势,谨慎考虑,以作出我们自己的决定。我们绝对不应感情用事。我们的动机既非为复仇也不是为了耀武扬威,而仅仅是为维护权利,维护人权,在这场斗争中我们国家仅仅是一名斗士。

我深刻认识到我正采取的步骤的严重乃至悲剧的性质,以及它所包含的重大责任,但是我对履行自己由宪法规定的义务毫不迟疑。正是以这样的态度我建议国会宣布,德意志帝国最近的行动事实上已是对美国政府和人民发动了战争,美国正式接受已强加于它的交战国地位,美国将立即行动,不仅使国家处于完全的防御状态,而且将竭尽全力,使用一切手段迫使德国政府屈服,结束战争。

当我们采取行动,这些重大行动的时候,我们自己应当清楚,也应让全世界明白我们的动机和目的是什么。我们的目的是维护和平与正义的原则,反对自私和专制的力量,我们要在世界上真正自由和自治的各国人民之中确立一种意志与行动的概念,有了它就能保证这些原则得到遵循。当问题涉及世界和平,涉及世界各国人民的自由时,当组织起来的势力支持某些专制政府按自己的意志而非人民的意志独断专行从而对世界人民的和平与自由构成威胁时,中立便不再是可行或可取的了。我们看到,在这种情况下中立已成为历史。我们处在一个新时代的开端,在这个时代中人们坚决要求,凡文明国家每个公民遵循的关于行为和承担罪责的准则,各个国家和它们的政府也必须同样遵循。

我们与德国人民之间不存龃龉。对他们,我们除了同情和友谊没有别的情感。他们的政府投入战争并不是因为人民的推动,他们事先一无所知,并未表示赞同。决定打这场战争与过去不幸的岁月中决定打一场战争的方式相同。旧时统治者从不征求人民的意见,战争的挑起和发动全都是为着王朝的利益或是为野心勃勃的人组成的小集团的利益,这些人惯于利用同胞作为走卒和工具。

我们接受这一敌意的挑战,因为我们知道与这样一个采用这种手段的政府是绝对不可做朋友的;只要它组织起来的力量埋伏着准备实现不可告人的目的,世界上一切民主政府便无法得到安全保障。我们接受的将是一场与这个自由的天敌展开的宏大战役,如有必要,将动用我国的全部力量去制止和粉碎敌人的意图和势力。我们感到欣慰,因为敌人撕去伪善的面纱,使我们看清了真相,这样我们将为世界最终和平,为世界各国人民包括德国人民的解放而战为大大小小各国的权利和世界各地人们选择自己的生活与服从权威的方式的特权而战。世界应该让民主享有安全。世界和平应建立在政治自由历经考验的基础上。我们没有什么私利可图。我们不想要征服,不想要统治。我们不为自己索取赔偿,对我们将慷慨作出的牺牲不求物质补偿。我们只不过是为人类权利而战的斗士之一。当各国的信念和自由能确保人类权利不可侵犯之时,我们将心满意足。

在我们面前很可能有旷日持久的战火考验和惨重牺牲。把我们伟大、爱好和平的人民领入战争是件可怕的事。因为这场战争是有史以来最血腥、最残酷的,甚至文明自身似已岌岌可危。然而权利比和平更宝贵。我们将为自己一向最珍惜的东西而战——为了民主,为人民服从权威以求在自己的政府中拥有发言权,为弱小国家的权利和自由,为自由的各国人民和谐一致共同享有权利以给所有国家带来和平与安全,使世界本身最终获得自由。为完成这样一个任务,我们可以献出我们的生命财产,献出我们自己以及我们所有的一切;我们满怀自豪,因为

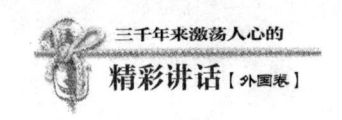

我们知道，这样的一天已经到来：美国有幸得以用她的鲜血和力量捍卫那些原则，正是它们给予她生命和快乐，给予她一向珍视的和平。上帝保佑她，她别无选择。

经典解读

演讲一开始，威尔逊列举了德国发动潜艇战所犯下的疯狂罪行，点明德国违反了曾在1916年作出的《限制潜艇战的承诺》，危害了美国的利益，这很容易激发国会的愤慨。接着，他又进一步指出德国肆无忌惮屠杀大批平民，说明德国已经丧失同情心和原则性，毫不顾忌人道，蔑视对国际交往的共识。"我们绝对不应感情用事。我们的动机既非为复仇也不是为了耀武扬威，而仅仅是为维护权利，维护人权，在这场斗争中我们国家仅仅是一名斗士"，威尔逊接下来用这样的语句，突出美国出战德国的目的是为了维护国际生活的和平与正义的原则，反对自私和专制的力量。这样美国对德宣战便是向人类的敌人宣战，美国也因此升华为一个为维护人类利益而战斗的角色。

当然，威尔逊也表达了战胜德国的决心和信心。"美国将立即行动，不仅使国家处于完全的防御状态，而且将竭尽全力，使用一切手段迫使德国政府屈服，结束战争。"整篇演讲可谓义正辞严，气势逼人，赢得了国会的一致认可。

名句赏析

我们接受这一敌意的挑战，因为我们知道与这样一个采用这种手段的政府是绝对不可做朋友的；只要它组织起来的力量埋伏着准备实现不可告人的目的，世界上一切民主政府便无法得到安全保障。

当时多数美国人支持参战，但却不了解战争的起因和目的。针对美国民众的心态和思维习惯，威尔逊在演讲中有意识地运用了美国人酷爱的有关理想主义的词句来说明战争的目的，成功地激发了美国人民的参战热情。

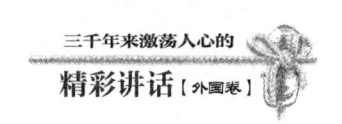

9.朝鲜人民军的缔造者金日成——为光复祖国而顽强战斗

背景资料

金日成(1912-1994),朝鲜民主主义人民共和国的创建人。1932年4月,创建了"反日人民游击队",在中朝边境多次袭击日军。1934年3月,他将部队扩大组建成朝鲜人民革命军,在中朝边境和朝鲜境内进行战斗。1934-1935年与日军进行大小战斗达1600多次,1937-1938年进行3900余次战斗,3年歼敌3万余人。

1937年6月4日,金日成指挥抗联第六师攻打朝鲜境内普天堡的日军守备队,史称普天堡大捷,这是朝鲜抗战史中"伟大的朝鲜革命斗争",是朝鲜自己的抗日部队首次打回国内,在当时造成了相当大的政治影响。

战斗结束后,普天堡的居民纷纷涌上街头,迎接朝鲜人民革命军的部队,并高呼"金日成大元帅万岁!""朝鲜独立万岁!"等口号。金日成同志向群众招手致意,并发表了题为《为光复祖国而顽强战斗》的讲话。

讲话实录

同胞兄弟姊妹们!

我们是为祖国的光复和民族的解放同日本帝国主义作战的朝鲜人民革命军。

我们能够这样有意义地在消灭了日本帝国主义侵略者的胜利的战场上同怀念已久的祖国同胞见面,感到非常高兴。

我代表朝鲜人民革命军向从物质和精神两方面积极支持和声援我们革命军的诸位以及国内爱国人士,表示深切的感谢。

诸位！

今天，日本帝国主义强盗在整个三千里疆土上布满了军队、宪兵和警察网，炮制出各种反动法令，对无数的爱国者野蛮地加以逮捕、监禁和屠杀，把耻辱的、奴隶式的屈从强加在我国人民身上。

狡猾的日本帝国主义为了阉割我国人民高尚的民族精神，叫嚷什么"日鲜一体"、"同祖同根"，企图对我们民族强行灌输"皇道精神"，甚至企图蹂躏和扼杀夸耀五千年悠久历史的我们的民族文化和我们优美的语言。

日本帝国主义强盗变本加厉地加强对我国人民的剥削和掠夺，尽量抢劫我国的宝贵财富。日本帝国主义者甚至把掠夺的魔爪伸到这个偏僻的山村里来，尽量抢走我们宝贵的山林资源。日本帝国主义者驱使你们像牛马一样从事种种苦役，拼命榨取你们的血汗，害得你们连火田也种不好。因此，你们被迫用草根树皮勉强延命，连土布衣服都穿不上，不得不在快要倒塌的破草房里过着充满血泪的生活。

最近，日本帝国主义强盗正在进一步加强侵略中国大陆的活动，同时疯狂地对我国人民进行法西斯镇压和强盗式的掠夺。

的确，今天我们民族正面临着生死存亡的严重关头，整个国土荒芜不堪，变成了黑暗世界、人间地狱。

诸位！

有压迫者的地方必然有斗争。我国的热血青年和爱国人士已经毅然奋起投入了粉碎日本帝国主义高压政策的反日圣战。

朝鲜人民革命军为了开拓我们民族的出路，为了光复祖国，六七年来，手持武器在朝鲜和满洲的旷野上同日本帝国主义侵略者进行了英勇无比的战斗。我们革命军到处消灭敌人，从政治和军事上给了日本帝国主义殖民统治体系以沉重的打击，给怀着亡国奴的悲愤受凌辱的我们民族带来了希望的曙光。

我们的力量加强了，世界革命力量强大起来了，全世界进步人民对我们的斗

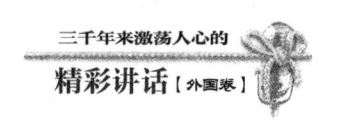

争的支持也越来越大了。我们必将完成光复祖国的历史事业,取得最后胜利。

在杀出血路前进的我们革命军勇士们英勇无比的活动和辉煌的战果面前惊惶失措的日本帝国主义侵略者,为"讨伐"朝鲜人民革命军进行着种种疯狂活动,最近,愚蠢地妄图阻止我们革命军向国内进军,红着眼睛拼命加强国境警备线。敌人甚至玩弄荒唐的虚假的宣传把戏,说什么"完全消灭"了朝鲜人民革命军。

诸位!尽管日本鬼子如此疯狂活动,但是朝鲜人民革命军依然存在,向全世界显示着它的声威。

这次我们朝鲜人民革命军突破日本帝国主义者吹嘘为"铜墙铁壁"的国境警备线进军到国内,几天前在茂山方面展开纵横驰骋的活动,把复仇的火焰倾泻到敌人身上。今天,又在普天堡这个地方充分显示了我们民族的不屈斗志和崇高气概。

刚才,我们革命军摧毁了警察官驻在所、事务所等日本帝国主义的暴力镇压机构和统治机关,消灭了盘踞在那里把种种不幸和苦役强加在你们身上的同我们民族有着血海深仇的敌人——日本帝国主义侵略者。

诸位!请看那火焰——那熊熊燃烧着的火焰揭示了敌人的下场;那火焰向全世界显示:我们民族并没有死,还活着,只要同日本帝国主义强盗进行斗争,就一定能获得胜利;那火焰将作为希望的曙光,在被虐待和饥饿中呻吟的我们民族的心里大放光芒,并将成为斗争的火种燃遍整个三千里疆土。

朝鲜民族和日本帝国主义者不是"同祖同根",我们不承认敌人叫嚷的"日鲜一体"。

我们朝鲜人民革命军将更加紧握复仇的枪,一定要解放在饥饿和贫穷、无知和愚昧中挣扎的2300万同胞,光复祖国,并在独立了的祖国疆土上建立起没有剥削、没有压迫的人民的国家。

诸位!今天,光复祖国是朝鲜民族的生死攸关的要求。

我们大家不要光是坐在那里为在日本帝国主义殖民统治下受屈辱的悲惨处

境而叹息，而要在反日民族统一战线的旗帜下更紧密地团结起来，像一个人一样奋起投入打倒日本帝国主义侵略者、实现光复祖国大业的圣战。只有斗争才是活路，才是民族复兴的唯一道路。

你们要克服万难，竭尽一切诚意和热情，同心协力，有力出力，有知识出知识，有钱出钱，一致动员起来投入争取朝鲜独立的反日圣战。

你们要开展各种斗争，彻底粉碎吮吸我们民族的鲜血来喂肥自己的吸血鬼——朝鲜总督府的种种反人民的阴谋活动。

你们要彻底粉碎日本帝国主义侵略者的虚假宣传，始终保卫我国的语言文字和我们的民族精神，从而显示出朝鲜民族的不屈的气概。

你们要抱着只要有百战百胜的朝鲜人民革命军在，我国就一定能获得独立这样的坚定信心和民族自豪感，从物质和精神两方面支援朝鲜人民革命军，并顽强地战斗下去。从而让那火焰在整个三千里疆土上熊熊燃烧起来。

同胞兄弟姊妹们！

最后胜利是属于为光复祖国而战的我们的。

让我们大家都为在光复的祖国土地上重逢，高呼独立万岁，过幸福生活的那一天而奋勇前进吧。

朝鲜独立万岁！朝鲜革命万岁！

经典解读

本篇演讲言辞铿锵，饱含情感，说理透彻，具有强大的鼓动性和号召性。

在演讲一开始，金日成指出朝鲜人民军取得普天堡大捷给以日本沉重打击，给朝鲜的独立带来希望和胜利的曙光，这个消息是相当鼓舞人心的，有效地激起朝鲜人民复兴祖国的爱国情感共鸣。接着，他谴责日本帝国主义欺骗朝鲜人民的无耻谎言，揭露日本侵略者对朝鲜人民的镇压和强盗般的掠夺暴行，使美丽的朝鲜变成了黑暗世界、人间地狱。"今天，光复祖国是朝鲜民族的生死攸关的要

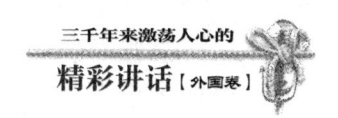

求",至此他也明确地说出了这一演讲的主题——光复祖国!而发自肺腑的"朝鲜独立万岁!朝鲜革命万岁!"更能激发人们投身"反日圣战",光复祖国的积极性。

名句赏析

只有斗争才是活路,才是民族复兴的唯一道路。

这是一种强烈的自信、自尊、自主、自立,金日成是在告诫同胞们:对法西斯的罪恶不能停留在仇恨上,要坚决进行斗争,同心协力,克服万难。只有这样,才能实现民族的独立和复兴。

10.坐在轮椅上的总统罗斯福——一个遗臭万年的日子

背景资料

1941年12月7日,日本未经宣战,偷袭美军海、空军主要基地之一珍珠港。美军太平洋舰队遭到了极其重大的损失,使双方海上力量的对比发生了有利于日本的变化,日本一时夺取了太平洋的制海权。这就为尔后日军在太平洋西部的军事行动创造了有利条件。

获悉珍珠港事件后,美国时任总统富兰克林·罗斯福(1882-1945)不到24小时就赶到国会,向参众两院联席会议发表了这篇名为《一个遗臭万年的日子》的演讲。"不论在不在港内,我们每个人都将永远记住这一时刻",而后美国对日宣战。

讲话实录

副总统先生、议长先生、参众两院各位议员:

昨天,1941年12月7日——一个遗臭万年的日子——美利坚合众国遭到

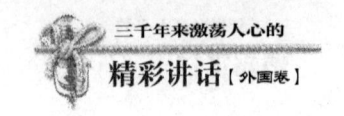

了日本帝国海空军部队突然和蓄谋的进攻。

合众国当时同该国处于和平状态，而且，根据日本的请求，当时仍在同该国政府和该国天皇进行着对话，对于维护太平洋的和平有所期待。实际上，就在日本空军中队已经开始轰炸美国瓦胡岛之后一小时，日本驻合众国大使及其同事还向我们国务卿提交了对美国最近致日方的信函的正式答复。虽然复函声言继续现行外交谈判似已无用，但它并未包含着有关战争或武装进攻的威胁或暗示。

应该记录在案的是：由于夏威夷同日本的距离，这次进攻显然是许多天乃至若干星期以前就已蓄意进行策划的。在策划过程之中，日本政府通过虚伪的声明和表示希望维系和平而蓄意对合众国进行了欺骗。

昨天对夏威夷群岛的进攻，给美国海陆军队造成了严重的损害，我遗憾地告诉各位，很多美国人丧失了生命，据报，美国船只在旧金山和火奴鲁之间的公海上也遭到了鱼雷袭击。

昨天，日本政府已发动了对马来西亚的进攻。

昨夜，日本军队进攻了香港。

昨夜，日本军队进攻了关岛。

昨夜，日本军队进攻了菲律宾群岛。

昨夜，日本人进攻了威克岛。

今晨，日本人进攻了中途岛。

因此，日本在整个太平洋区域采取了突然的攻势。昨天和今天的事实不言自明。合众国的人民已经形成了自己的见解，并且十分清楚地关系到我们国家的安全和生存的本身。

作为海陆军总司令，我已指示，为了防备我们采取一切措施。

但是，我们整个国家都将永远记住这次对于我们进攻的性质。

不论要用多长的时间才能战胜这次预谋的入侵，美国人民以自己的正义力量一定要赢得绝对的胜利。

我现在断言,我们不仅要作出最大的努力来保卫我们自己,我们还将确保这种形式的背信弃义永远不会再危及我们。我这样说,相信是表达了国会和人民的意志。

敌对和行动已经存在。毋庸讳言,我国人民,我国领土和我国利益都处于严重危险之中。

信赖我们的武装部队——依靠我国人民的坚定信心——我们将取得必然的胜利——上帝助我。

我要求国会宣布:自1941年12月7日——星期日日本进行无缘无故和卑鄙怯懦的进攻时起,合众国和日本之间已处于战争状态。

经典解读

在演讲中,富兰克林·罗斯福以"一个遗臭万年的日子"定义日军袭击珍珠港事件,将自己的感情明确地表达给听众。然后,他用了一连串"昨天"、"昨夜"和"今晨"的排比句式,愤怒地揭露日军通过偷袭发动战争的无耻侵略罪行,很好地诠释了自己为什么称12月7日为"一个遗臭万年的日子"。接着,他将激昂愤懑之情隐藏在冷静的分析和判断之中,分析了战争性质及胜负条件,庄严地表示这已经"关系到我们国家的安全和生存的本身",呼吁美国人民行动起来。

全篇结构严谨,语言准确简练、义正辞严,句句都是有力的证据,句句都是炙人的怒火,鲜明地表达了罗斯福决心反击法西斯的意志。据说,这篇演讲仅仅用了6分钟,但不断被现场听众的掌声打断,对美国民众产生了极佳的唤起斗志、争取必胜的效果。而国会仅用32分钟就通过了对日宣战法案。

名句赏析

不论要用多长的时间才能战胜这次预谋的入侵,美国人民以自己的正义力量一定要赢得绝对的胜利。

我现在断言,我们不仅要作出最大的努力来保卫我们自己,我们还将确保这种形式的背信弃义永远不会再危及我们。我这样说,相信是表达了国会和人民的意志。

　　敌对和行动已经存在。毋庸讳言,我国人民,我国领土和我国利益都处于严重危险之中。

　　信赖我们的武装部队——依靠我国人民的坚定信心——我们将取得必然的胜利——上帝助我。

　　罗斯福用一种不容置疑的语气表示"一定要赢得绝对的胜利"、"作出最大的努力来保卫我们自己"、"我们将取得必然的胜利",一气呵成,给听众以信心和力量,群情激昂,燃起一种复仇的火焰。

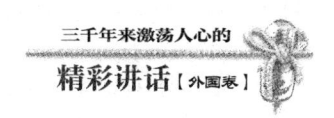

第五章 纵横捭阖的斡旋辞令
——外交讲话

谈判展风采,外交斗智才!外交讲话也是"战争",只不过它是"战场"在谈判桌上的交战,而纵横捭阖的斡旋辞令和多谋善析、谈笑破敌的讲话词就是他们最有力的"武器"。

1.英国批判现实主义小说家狄更斯——在饯别宴会上的演讲

背景资料

查尔斯·狄更斯(1812-1870),19世纪英国批判现实主义小说家,主要作品有《雾都孤儿》、《大卫·科波菲尔》、《双城记》等,他还是一名擅长朗诵的表演艺术家。19世纪40年代,他受邀在一些慈善和娱乐团体进行朗诵表演。

1867年11月,狄更斯受美国观众的热情邀请去美国巡回朗诵。之后5个月的时间里,他在波士顿、纽约、费城、华盛顿等城市演出370多场。过度的劳累损害了他的健康,因此只得提前结束演出。在即将离开纽约之际,纽约出版者私立协会准备了饯别宴会。在宴会上,狄更斯发表了这篇演讲。

讲话实录

各位先生:

我首先要讲的,没有比套用主席先生所说的有关"你我之间悠久自然的友

谊"更恰当的了。当我接到纽约出版者私立协会邀请我今天与他们共同进餐时，我由衷感激地接受了这份美意，同时想起这项一度是我的职业的工作。在精神上，我从来没有舍弃过这份忠诚的兄弟之谊。我年轻时，总是将我初步的成就归功于那些有益的报社艰苦工作的训练，以后我也会对我的孩子说：我始终以这得以进步的梯子为荣。所以，各位先生，无论如何，这个晚会都令我十分高兴和满意。

谈到这里，使我想到一点，自从我去年11月来到此地以后，我就注意到一种有时想打破的静肃沉默感。蒙你们善意的允许，我现在要与你们谈谈这一点。这就是报道人物的出版物，时有误传或误解之外，有一两次，我发现它有关我的报道资料并不十分正确，有时我看到的报道我生活现况的文章简直令我惊讶。

过去几个月来，我一直在收集资料，埋头写一本有关美国的新书，我所付出的精神和毅力实在令我自己吃惊。现在我已经计划并决定，在我回英国之后，再写下今晚我已透露的有关贵国各种重大的变化作为见证。同样地，我要写下我所受到的至高的礼遇、佳肴、亲切温和的款待、体贴、照顾。只要我活着，只要我的子孙拥有我的作品的合法版权，我就要把这些证言翻印在我所写的两本有关美国的作品的附录上。我之所以要如此做，并不只是出于热爱和感谢，而且由于我只有这样才能表现出公道和荣誉。

各位先生，我对美国的感情和兴趣，很自然地会转移到我对自己同胞的感情和兴趣。大约是去年圣诞节，在这都市里有人问我："美国人在英国是否会受到礼遇？"而他认为英国人会视美国人为外国人。他的这种想法使我的心情变得十分沉重。

依我过去所受到的礼遇，我觉得美国人在英国也应受到最热忱的尊重与款待。我举两个例子。有一个对艺术很有修养的美国绅士，在某一个星期日，走到某一个以绘画展览闻名的英国历史性城堡墙外，根据那天城堡的严格规定，他是不准入内参观的，但是，这位观光旅游的美国绅士，却破例参观了画廊和整个城堡。另外一个是在伦敦停留的女士,她极为渴望看看大英博物馆著名的阅览室,陪伴她的英国人却告诉她,很不幸,这是不可能的,因为这个场所要关闭一个星期,而她只剩下3天的停留时间了。然而当那位女士单独来到博物馆门口,自我介绍是美国人时,那门迅速打开了,仿佛有魔术一般。我不愿再说一句"她一定很年轻,而且十分漂亮",但是据我对那博物馆守门者的最仔细的观察,此人体型肥胖,感受力并不佳。

各位先生,我现在谈到这些小事是为了能间接地告诉你们,就像我希望的一样,那些很谦逊努力地在英国本土对美国犹如对祖国般忠诚的英国人,已无昔日的偏见作祟。在这两个大民族之间一直存在着不同的特点,现在如此,将来恐怕还是如此。但是,英国广播一直在传播英美两民族本质为一的情绪。要维护主席先生所谈到的盎格鲁撒克逊民族及其对世界所有的伟大成就,是他们二者共同的意愿。假如我了解我的同胞的话,我知道英国人的心会随着美国星条旗的飘扬而激动,就像它只会为它自己的国旗飘扬兴奋一样。

各位先生,最后我要就教于各位的是,我深信两国大多数正直人士内心宁愿这个世界遭地震撕裂、彗星燃烧、冰川覆盖、北极狐和熊践踏,也不愿这两大国家各行其道,我行我素,一再地显示自己,防备对方。各位先生,我十二万分地感谢贵主席及各位对我身心的照顾,以及对我贫乏言辞的注意。我以最诚挚的心感谢各位。

经典解读

为了拉近与主办者纽约出版者私立协会的距离,狄更斯用自己从事报社工作的经历引起话题,透露自己将出版两本有关美国的书。接着,他强调要"写下我所受到的至高的礼遇、佳肴、亲切温和的款待、体贴、照顾",这是在间接地对美国人的热情欢迎和诚挚礼遇表示感谢。针对"有人问我:'美国人在英国是否会受到礼遇?'"的问题,狄更斯引出自己的观点"依我过去所受到的礼遇,我觉得美国人

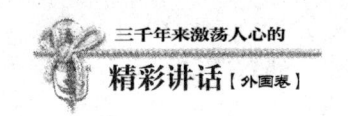

在英国也应受到最热忱的尊重与款待的"。为了证明自己的推测是正确的,他还列举了两个美国人在英国受到礼遇的例子。最后,他用铿锵的语言说出了英美两国人民希望一直交好下去的心声,将演讲推向高潮。

演讲中狄更斯的态度热情积极,情感真实而饱满,逻辑清晰,例证翔实,收放适度。这篇演讲赢得了全场如雷的掌声,促进了英美两国人民之间关系的发展,取得了社会舆论的广泛支持。

名句赏析

我深信两国大多数正直人士内心宁愿这个世界遭地震撕裂、彗星燃烧、冰川覆盖、北极狐和熊践踏,也不愿这两大国家各行其道,我行我素,一再地显示自己,防备对方。

在讲美英两国人民的友谊时,狄更斯运用了幽默的语言和夸张手法,"地震撕裂、彗星燃烧、冰川覆盖、北极狐和熊践踏",这让演讲变得生动起来,活跃了现场的气氛,使听众感受到和平的重要性。

2.世界文坛巨匠泰戈尔——印度面对的问题

背景资料

罗宾德拉纳特·泰戈尔(1861—1941),印度伟大的诗人、文学家、艺术家,著名的社会活动家。1905年泰戈尔参加了印度民族解放运动,后来因与运动的其他领袖发生意见分歧,开始埋头创作。1913年,他凭借英文版《吉檀迦利》荣获诺贝尔文学奖,从此闻名世界文坛。

第一次世界大战爆发后,泰戈尔不断应邀出访。他先后10余次远涉重洋,访

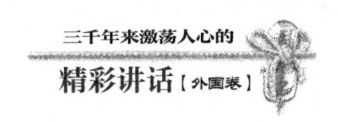

问许多国家和地区，传播和平友谊。1916年，泰戈尔访问美国，期间发表了一系列演讲，《印度面临的问题》就是其中一篇。

讲话实录

我们印度的问题不是政治问题，而是社会问题。这不仅是印度的情况，而且是所有国家的情况。我不相信什么单纯的政治利益。西方的政治已经支配西方的理想，我们印度正在努力模仿你们，我们不能不记住，欧洲各国人民一开始就拥有种族团结，那里的自然资源不能满足居民的需要，它的文明自然具有政治侵略和商业侵略的性质。因为一方面他们没有内部纷争，另一方面他们不得不对付强大的、具有掠夺性的邻国。他们把自己完善地组织起来，并且对别人采取敌视的戒备态度，以此作为他们解决问题的办法。过去，他们组织起来进行抢劫，现在，依然保持同样态度——他们组织起来剥削全世界。

但是印度有史以来一直有它自己的问题——种族问题。每个民族都要意识到自己的使命，而我们在印度必须认识到，当我们力图成为一个政治实体的时候，我们的形象是很难看的，这完全是因为我们还没有能够完成上天交给我们的使命。

种族团结问题是我们多年来力图解决的问题，也是在你们美国面临的问题。这个国家的许多人问我，印度的种姓制度是怎么回事。对我提出这个问题的人常常带有一种优越感。我不由得以稍加改变的提法向批评我们的美国人提出同样的问题："你们是怎样对待红种印第安人和黑人的？"因为你们并没有改变对待他们的种姓态度。你们使用残暴的方法避开其他种族，但是在你们美国解决这个问题之前，你们没有权利质问印度。

尽管我们有很大困难，然而印度仍然做了一些事情，它设法在种族之间进行调整，承认真正存在于种族之间的差别，并且寻求团结的某种基础。这个基础来自我们的先哲那纳克、喀毕尔、柴特纳雅等人，他们倡导印度所有种族信奉一个

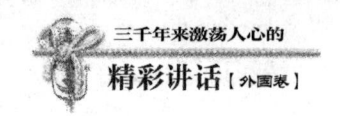

上帝。

在寻求解决我们的问题的办法时,我们也会有助于世界问题的解决。印度的过去就是全世界的现在,由于科学提供的便利,全世界正在变成一个国家。你们也必须找到一个非政治的团结基础,这样的时刻正在到来。如果印度能够向世界提供它的解决办法,那将是对人类的贡献。只有一种历史,那就是人类的历史。一切民族的历史不过是这种巨大历史的一些篇章。我们在印度情愿为实现这个伟大事业含辛茹苦。

每个人都有他的利己主义。因此,他的兽类本能使他为了单纯追求自身利益,而同别人斗争。但是人类还有更崇高的同情和互助的本能。缺乏这种崇高的道义力量而且彼此不能结成伙伴关系的人,他们一定会灭亡,或者在堕落中生活。唯有具备强烈的合作精神的人,才能生存,并创造文明。因此,我们发现有史以来人们就不得不在两者之间作出抉择:互相斗争或者联合。为自己的利益服务或者为全体的共同利益服务。

在我们早期的历史上,每个国家的地理疆域和交通设施的规模都很小,这个问题就其范围来说是比较小的。人们在他们各自分离区域内培育他们的团结感也就足够了。那时候他们自己联合起来,同别人斗争。然而正是这种联合的道义精神才是他们伟大之处的真正基础,并且抚育了他们的艺术、科学和宗教。那时候,人们不得不注意的最重要的事实,就是一个特定的人类种族的成员彼此密切接触的事实。只有那些通过他们的崇高本性真正了解这个事实的人,才能在历史上占有他们的地位。

现代最重要的事实是,所有不同的人类种族都亲密地来到一起。我们两次遇到两种抉择。问题是属于不同集团的人不是继续互相斗争,就是找出某种和解的真正基础并且互相帮助;不是无休止的竞争就是合作。

我毫不怀疑地说,拥有爱的道义力量和精神团结的眼光的人,对异族人的敌对感情最少并且能够设身处地对别人有同情心的人,将是我们面临的这个时代最适合占有永久地位的人，而那些不断发展他们的斗争本能和不容异己的人，将被消灭。这就是我们面临的问题，我们必须凭借我们更崇高的本性的帮助来解决它，从而证明我们的人性。为了伤害他人并避开别人打击、为了挣钱而把别人拖在后边的庞大组织，不会帮助我们。相反，由于它们的沉重躯体，它们的高昂代价和它们对活的人性的有害影响，它们会在更高文明的更广阔的生活中严重地妨碍我们的自由。

在民族的演变过程中，兄弟情谊的道德文明受到了地理疆界的限制，因为那时候这些疆界是实在的。可是现在它们已经成为传统上的想象的界线，并不具有真正障碍的性质。因此人类的道义本性必须极端认真地对待这个重大事实，否则就要灭亡。环境改变的首次刺激，酿成了人类的贪欲和残酷仇恨的卑鄙感情。如果这种情况无限期地持续下去，军备扩充到不可想象的荒唐地步，机器和仓库以它们的污秽、烟雾和丑恶，包围这个美好的世界，那么世界将在自杀的熊熊烈火中毁灭。所以人类必须运用他的爱的全部力量和明澈的眼力作出另一次伟大的道义上的调整，这种调整将包括整个人类世界，而不只是分散的民族。现代的每个人为了争取新时代的黎明都要使自己和自己的环境有所准备，这样的号召已经来到。在新时代的黎明，人将在全人类的精神团结中发现自己的灵魂。

经典解读

演讲一开始，泰戈尔就明确地指出"印度的问题不是政治问题，而是社会问题。这不仅是印度的情况，而且是所有国家的情况"，他以美国也存在种族问题回击指责印度种族问题的美国人，维护了民族尊严。接着，他对种族问题进行了深入分析，指出每个人都有利己主义倾向，但同时也有崇高的同情和互助的本能，人们在这两者之间面临着抉择。最后，泰戈尔严厉指责了由于人类的贪欲和残酷仇恨所造成的军备扩充、环境污染，提出了自己以"泛爱"调和社会矛盾的思想。

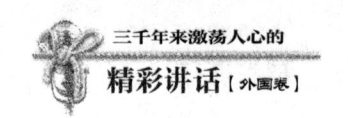

整篇演讲逻辑严谨、思想深刻，泰戈尔竭力颂扬和倡导爱的精神，表达着自己爱憎分明的情感，体现了他对种族问题的周密思考以及崇高博大的情怀。

名句赏析

我毫不怀疑地说，拥有爱的道义力量和精神团结的眼光的人，对异族人的敌对感情最少并且能够设身处地对别人有同情心的人，将是我们面临的这个时代最适合占有永久地位的人，而那些不断发展他们的斗争本能和不容异己的人，将被消灭。

这样短短的几句话体现了泰戈尔的主张——用爱的道义力量和团结的眼光去解决所面临的问题，运用爱的全部力量和明澈的眼力去调整整个人类世界。只有这样，人类才能永久地生存下去。

3.《人类的命运》作者马尔罗——希腊礼赞

背景资料

安德烈·马尔罗(1901-1976)，法国著名外交家、时事评论家。曾参加西班牙内战、法国反法西斯战争，也曾追随戴高乐，在自由法兰西全国委员会担任过短期外交职务。1933年发表小说《人类的命运》。此书是他的一部杰作，获得了龚古尔文学奖，并被列入"20世纪的经典著作"。

1931年，马尔罗启程做第一次全球旅行。此行的目的是为伽利玛出版社计划举办的"希腊—佛教比较艺术展览会"搜集素材。本篇是马尔罗在雅典的一次纪念活动中，代表法国政府所做的献辞。

讲话实录

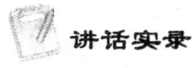

希腊的夜又一次揭去我们头上满天星座的面纱,这些星座,阿耳戈斯的守望者在特洛伊城陷落的信号发出时曾经仰望过,索福克勒斯在即将动笔写作《安提戈涅》时曾经仰望过,伯里克利在帕提侬神庙的工地停止喧闹时曾经仰望过……

然而这是第一次,透过千载悠悠的黑夜,西方的象征浮现了出来。很快,这一切将成为日常的景象;这一夜,亦将一去而不复返。雅典人民啊,在你那摆脱了大地上的黑夜的精神面前,欢呼那个自从升起于此地便萦绕于人类记忆而不曾被忘却的声音吧:"尽管世间万物终有尽时,未来的世纪啊,当你们谈及我们的时候,你们可以说我们建造了最著名、最幸福的城邦……"

伯里克利的呼吁对于醉心永恒并且威胁过希腊的东方来说,可能是难以理解的。甚至在斯巴达,直到那时为止,也没有任何人对未来说话。许多世纪都听见了这一呼吁,然而今夜,他的话将传到美国,传到日本。世界第一个文明从此开始了。

由于它,雅典卫城大放光明;为了它,雅典卫城向它发问,任谁也不曾这样问过。希腊的精神几次出现在世界上,然而并非总是同一种面目。它在文艺复兴时代尤为光彩夺目,然而文艺复兴几乎不知有亚洲;今天我们知道了亚洲,它就变得更加光彩夺目,也更加令人惶惑。很快,如今日这样的景象将照亮埃及和印度的古迹,让所有神明出没之地的幽灵们发出声音。然而雅典卫城乃是世界上唯一的地方,既有思想活跃,又有勇气贯穿。

面对古老的东方,我们今天知道希腊造就了前所未有的一种人。伯里克利——无论是这个人,还是与这名字有联系的神话——他的光荣在于他既是城邦之最伟大的仆人,又是一位哲学家,一位艺术家;埃斯库罗斯和索福克勒斯,倘若我们不记住他们也是战士,我们理解他们的方式便会不同。对于世界来说,希腊依然是倚着长矛沉思的雅典娜。而在她之前,艺术从未将长矛和思想结合在一起。

因为文化不靠继承,文化靠的是争取。而且文化的争取有许多种方式,其中

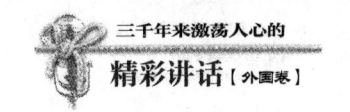

每一种都与孕育它的人相像。从此,希腊的语言是说给人民听的;这个星期,雅典卫城的形象将受到比两千年间还要多的观众瞻仰。这千百万人听见的语言,与昔日罗马的高级教士和凡尔赛的贵族老爷听见的语言是不同的;这千百万人也许会听得充分完全,倘若希腊人民从中认出它最深刻的稳定性,倘若业已消亡的最伟大的城邦中还回荡着活着的民族的声音。

我说的是活着的希腊民族,我说的是这个人民,雅典卫城首先向着它说话,而它则将其绵绵不断地在西方传布的精神体现奉献给它的未来,这些体现是得尔福的普罗米修斯世界和雅典的奥林匹亚世界,拜占庭的基督世界,总之,经过了那么多年的狂热崇拜,如今只剩下对自由的狂热崇拜。

然而,这个"在痛苦中依然热爱生活"的人民,它既是向着圣索菲亚大教堂歌唱的人民,又是一边倾听俄狄浦斯的喊叫一边在山脚下兴奋激动,将要穿越世纪的人民,自由的人民,就是使抵抗成为悠久传统的人民,就是其现代历史成为一场无穷尽的独立战争史的人民,这是唯一的人民,它欢庆"不"的节日。这昨日之"不"乃是米索隆基之"不",索罗莫斯之"不"。在我国,则是戴高乐将军之"不",也是我们的"不"。世界没有忘记它最初是安提戈涅的"不",是普罗米修斯的"不"。当希腊抵抗运动的最后一位战死者紧靠在他将度过第一个死亡之夜的土地上时,他是倒在这样的土地上,在这片土地上,在这一天的夜里,在那些为死去的萨拉米人守灵然后注视着我们的星辰的照耀下,人类之最崇高、最古老的挑战诞生了。

我们是在为了同样的事业而抛洒的同样的鲜血中认识同样的真理的,那时候,自由的希腊人和自由的法国人在埃及战役中并肩战斗;那时候,我的游击队员用手帕做成小小的希腊国旗来纪念你们的胜利;那时候,我们的山村为了巴黎的解放而响起钟声。在所有思想价值中,最富有成果者产生于团结和勇气。

它写在雅典卫城的第一块石头上。"外邦人啊,到拉栖第梦去说,仆倒在此地的那些人是根据拉栖第梦的法律而死的……"今夜的灯光啊,去向世界说,德摩比利呼唤萨拉米,止于雅典卫城,只要人们没有忘记它。愿世界不要忘记,在雅典女神节,往昔和昨日之死者的庄严队伍在夜间布下隆重的岗哨,向我们发出无声的启示,这启示第一次与东方最古老的咒语合为一体"倘若此夜乃命运之夜,那就祝福它吧,直到黎明来临!"

人们可以毫不过分地宣告:文化——艺术和思想的创造物之总和这个如此模糊的字眼,对我们来说,其含义乃是将文化作为一种培养人的重要途径,而这样做的光荣属于希腊。根据这一没有圣经的文明智慧这个词意味着询问。从询问中产生出思想对于宇宙的征服,悲剧对于命运的征服,艺术和人对于神的征服。很快,古代的希腊将对我们说:

"我寻找真理,我却发现了正义和自由。我创造了艺术和思想的独立。我第一次让四千年来到处匍伏在地的人面对他的神站立起来。"

这是一种简单的语言,然而我们听在耳中,仍觉得它是一种永垂不朽的语言。

这种语言被遗忘了几个世纪,每一次我们重新听见它,它总是受到威胁。也许它从未像今天这样不可或缺。我们时代最重大的政治问题乃是调和社会正义与自由;最重大的文化问题乃是让最多的人接触最伟大的艺术作品。现代文明和古代希腊文明一样,也是一种发问的文明;但是它尚未找到堪为楷模的人的典型,哪怕是短暂的或理想的,舍此任何文明都不能形成。统治着我们的那些庞然大物仍在黑暗中摸索,似乎尚未想到一个伟大文明的主要目标不仅仅是力量,而且也是对人之所持的一种清晰的意识,这曾是被奴役的雅典的不可战胜的灵魂,它让亚洲沙漠中的亚历山大不得安宁:"雅典啊,为了无愧于你们所受到的赞美,你们要遭受多少苦难啊!"现代人民是所有那些试图共同造就现代人的人;思想不知有弱小的民族,思想只知有友爱的民族。希腊,还有法国,只有在对所有的人来说都是伟大的时候才更为伟大,而一个隐而不彰的希腊栖息在所有西方人的心底。我们都是思想的古老民族,我们不应该躲进我们的过去,我们应该创造未来,这是我们的过去对我们的要求。在这原子时代开始的时候,人又一次需要受

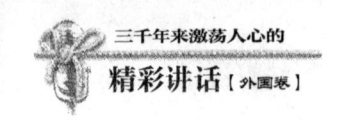

到思想的培养。整个西方青年都需要记住,当人第一次受到思想的培养时,他是用长矛阻止了泽尔士并为思想服务的。代表们问我法国青年的座右铭是什么,我回答他们是"文化和勇气"。让它也能成为我们共同的座右铭吧,因为我是从你们这里得到它的。

在这希腊自觉地寻求其命运和真实的时候,你们比我更有责任给予世界。

经典解读

这是一篇外交上的庆典献辞,重要的是制造气氛、烘托环境、调节情绪,所以内容与思想不是那么重要。

"希腊的夜又一次揭去我们头上满天星座的面纱……"演讲一开始,马尔罗就向希腊听众营造了如诗如画的一番境界,他赞美伯里克利·埃斯库罗斯、索福克勒斯等享誉世界的哲学、艺术与军事界精英,歌颂雅典灿烂悠久的文化。为了进一步宣扬雅典精神,马尔罗由对个别的伟人的崇仰发展为对雅典人民千百年来为争取和捍卫自身文明所表现出的不屈与坚强的赞美,指出正是"在痛苦中依然热爱生活"的人民,使雅典文明绵延继承。

马尔罗以其对希腊历史的熟稔与把握,纵横数千年,用浪漫的风格、优美的词藻、跳跃的思维,将雅典、雅典文化、雅典人颂扬得出神入化、摄人心魂,激起雅典人强烈的自豪感和优越感,极大地调动了听众的热情,感召力不言而喻。

名句赏析

我寻找真理,我却发现了正义和自由。我创造了艺术和思想的独立。我第一次让四千年来到处匍伏在地的人面对他的神站立起来。

这句话赞美雅典人将寻求真理作为一种培养人的重要途径。雅典之所以能创造出众多闻名于世的人物、灿烂悠久的文化,表现出为争取和捍卫自身文明的不屈与坚强等,也正是源于对真理的追求。

4."铁娘子"撒切尔夫人——香港将变得比现在更繁荣

背景资料

玛格丽特·撒切尔(1925—)，英国首相，保守党领袖。1979年，保守党在大选中获胜，撒切尔夫人由此成为英国历史上第一位女首相。她的政治作风一贯硬朗，树立了奉行不悖的"撒切尔主义"，素有"铁娘子"之称。

1984年12月，撒切尔夫人第三次访华，代表英国在北京签署了《中英两国政府关于香港问题的联合声明》，此声明为香港回归中国奠定了坚实的政治基础。本篇是撒切尔夫人在签字仪式上的讲话。

讲话实录

这是一个具有历史意义的时刻。邓小平主任能够光临，我感到特别高兴。刚才我们分别代表各自政府签署的关于香港前途的联合声明，在香港的生活中、在英中关系的历程中以及在国际外交史上都是一个里程碑。这个协议从现在起到1997年和1997年以后这段时期保持对香港的信心以及为继续保持香港的稳定、繁荣和发展奠定了坚实的基础。

我愉快地回忆起我于1982年9月对中国的访问以及我同中国领导人的会谈，那次我会见邓小平主任时，我们同意就香港前途问题开始会谈，我们共同的目的是维护香港的稳定和繁荣。正是本着自豪和对前途充满乐观的精神，我再次来到北京签署作为会谈成果的这项协议。

谈判并非都很顺利，我想你们会同意这一看法。有时双方要做出决定都很困难，有时也出现紧张气氛。为了克服这些困难，我们需要依靠双方共同的诚意、友

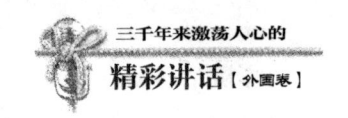

情和对香港前途共同承担的义务。这是取得成功的原因。我谨对在杰弗里·豪爵士和国务委员兼外交部长吴学谦指导下的两个谈判代表团及其全体工作人员的忘我工作表示敬意。正是由于他们表现出的创造力和智慧，我们今天才得以签署这项协议。

这项协议完全符合英中两国的政治要求和香港人民的利益。它提供了一个框架，根据这个框架，香港作为中华人民共和国的一个特别行政区，在1997年7月1日以后的50年中，将保持其经济制度和生活方式。协议给予香港高度的自治权，香港人民将管理香港，特别行政区将制定自己的法律。协议允许香港继续制订自己的经济、财政和贸易政策，并适当地参加国际组织和协定。它保持了香港所熟悉的法律制度及其享有的权利和自由。总之，协议为香港的未来提供了所需要的保证，使香港能继续作为贸易和金融中心在世界上发挥独特的作用。

英国议会和中国全国人民代表大会常务委员会都认可了协议中的这些特点，并批准了各自政府进行签署的意向。香港人民对决定他们前途的协议进行了充分的公开辩论。虽然他们表示有些保留，并要求澄清某些具体问题，但很明显，他们认为，协议总的来说是可以接受的。这一协议也受到了其他国家的政府、国际组织以及金融和经济界的广泛赞扬。联合国秘书长说，这个协议为其他国家树立了一个成功解决国际问题的榜样。国际善意和支持今后对香港至关重要。我毫不怀疑，香港会得到这种善意和支持。

中国领导人对谈判采取了高瞻远瞩的态度，为此，我谨向他们表示敬意。"一国两制"的构想，即在一个国家中保留两种不同的政治、社会和经济制度，是没有先例的。它为香港特殊的历史环境提供了富有想象力的答案。这一构想提供了一个典范，说明了看来无法解决的问题是如何可以而且应该解决的。

协议是香港人民今后赖以发展的基础。他们将以干劲、毅力和决心来进行工作，他们以具有这些品质而著称于世，这是理所当然的。我确信，他们将使香港变得比现在更加繁荣。

英中两国都继续负有责任来保持香港人民实现这一目标所需要的条件。我们在这个庄严的国际协议里,为此奠定了基础。通过成立中英联合联络小组,我们为履行协议提供了合作的场所。今天,总理先生和我签署这项协议,表明我们对协议承担义务的决心。贵国政府一再表示,协议中有关香港的安排不是权宜之计,这种保证使我感到鼓舞。这些安排是长期的政策,它们将写入为香港制定的基本法,并在 1997 年以后的 50 年内保持不变。

就我而言,我保证,英国政府将尽其所能使这个协议取得成功。在 1997 年 6 月 30 日以前,我们将自豪而愉快地按照英国政府的最高原则来管理香港。我们将以人民的最高利益,谨慎而具有远见地管理香港。根据协议的规定,我们准备通过联合联络小组同中国政府磋商,以保证顺利地过渡。我们感到高兴的是,这种磋商将进行到 1997 年以后,直至 2000 年。

谈判本身使我们两国的关系更加密切了,它增进了我们之间的相互了解、尊重和信任。我相信,在今后的合作中,我们将为进一步加强和巩固两国之间的关系奠定基础。这对英国有利,对中国有利,对世界也有利。最重要的是,这对香港人民有利。

今天,我们荣幸地同中国朋友一起参加一个独特的仪式,情况是独特的,协议也是独特的。我们的确应该有一种历史感、一种自豪感和对未来的信心。

经典解读

《联合声明》的签订是当时中英两国人民最关心的问题,具有很强的国际政治性,意义是极其深刻而深远的。在演讲中,撒切尔夫人先是回顾了《联合声明》的构想和签订过程,对双方参与人员所做的工作表示了谢意后,表示"协议是香港人民今后赖以发展的基础",英国方面将尽其所能使这个协议取得成功。

虽然这是一次独创性的外交会谈,但由于撒切尔夫人坦诚地讲出了自己的看法,巧妙地加入了一些抒情性的语言,情感丰富而饱满,使整个演讲生动起来,

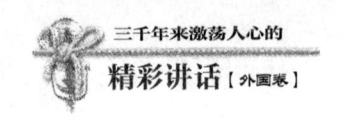

减少了纯理论的抽象和枯燥。整个演讲逻辑严密,气势恢弘,颇具"铁娘子"风范,成为撒切尔夫人最为中国人熟知的一篇演讲。

名句赏析

这对英国有利,对中国有利,对世界也有利。最重要的是,这对香港人民有利。

这句话点明香港回归在世界范围内有着重大而深远的意义。意味着英国在中国的殖民主义的结束,意味着中国恢复了对香港的行使主权,中英两国关系进入新的发展阶段。而香港能够成为中英两国发展友好合作关系的纽带,也就有了更好的发展机遇。

5.第一位访华美国总统尼克松
——我们在这里所做的事能改变世界

背景资料

理查德·尼克松(1913-1994),美国第37届总统,著名政治家、外交家。出生于加利福尼亚州,毕业于迪克大学法学院。1951年任美国国会参议员,曾连任两届副总统,1969年当选总统。

1972年2月21日,尼克松作为第一位访问新中国的美国总统抵达中国。这是一次历史性的访问,打破了两国冰封了20年的坚冰。2月27日,中美在上海发表具有历史意义的《上海公报》,成为中美历史上的一个重大历史转折点。

本篇演讲是尼克松在访华期间在人民大会堂答谢周恩来总理的宴会上所作的祝酒词。

讲话实录

总理先生,今天晚上在座的诸位贵宾:

我谨代表你们的所有的美国客人向你们表示感谢,感谢你们无可比拟的盛情款待,中国人民以这种盛情款待而闻名世界。我们不仅要特别赞扬那些准备了这些盛大晚宴的人,而且还要赞扬那些为我们演奏美好音乐的人。我在外国从来没有听到过演奏得这么好的美国音乐。

总理先生,我要感谢你非常盛情和雄辩的讲话。此时此刻,通过电讯的奇迹,看到和听到我们讲话的人比在整个世界历史上任何其他这样的场合都要多,不过,我们在这里所讲的话,人们不会长久地记住,但我们在这里所做的事却能改变世界。

正如你在祝酒时讲的那样,中国人民是伟大的人民,美国人民是伟大的人民。如果我们两国人民互相为敌,那么我们共同居住的这个世界的前途就的确很暗淡。但是,如果我们能够找到进行合作的共同点,那么实现世界和平的机会就将无可估量地大大增加。

我希望我们这个星期的会谈将是坦率的。本着这种坦率的精神,让我们在一开始就认识到这样几点,过去一些时候我们曾是敌人,今天我们有巨大的分歧,使我们走到一起的,是我们有超越这些分歧的共同利益。在我们讨论我们的分歧时,我们哪一方都不会在自己的原则上妥协。但是,虽然我们不能弥合双方之间的鸿沟,我们却能够设法搭一座桥,以便我们能够越过它进行会谈。

因此,让我们在今后的5天里一起开始一次长征吧,不是在一起迈步,而是在不同的道路上向同一个目标前进。这个目标就是建立一个和平和正义的世界结构,在这个世界结构中,所有的人都可以在一起享有同等的尊严;每个国家,不论大小,都有权利决定它自己政府的形式,而不受外来的干涉或统治。全世界在注视着,全世界在倾听着,全世界在等待着看我们将做些什么。这个世界是怎样

的呢？就我个人来讲，我想到我的大女儿，今天是她的生日。当我想到她的时候，我就想到全世界所有的儿童，亚洲、非洲、欧洲以及美洲的儿童，他们大多数都是在中华人民共和国成立以后出生的。我们将给我们的孩子们留下什么遗产呢？他们的命运是要为那些使旧世界蒙受苦难的仇恨而死亡呢，还是由于我们有缔造一个新世界的远见而活下去呢？

我们没有理由要成为敌人。我们哪一方都不企图取得对方的领土，我们哪一方都不企图统治对方，我们哪一方都不企图伸出手去统治世界。毛主席写过："多少事，从来急；天地转，光阴迫。一万年太久，只争朝夕。"现在就是只争朝夕的时候了，是我们两国人民攀登那种可以缔造一个新的、更美好的世界的伟大境界的高峰时候了。

总理先生，你已注意到送我们到这里来的飞机名为"76年精神号"。就在这个星期，我们美国庆祝了我们的国父乔治·华盛顿的生日，是他领导美国在我们的革命中取得了独立，并担任了我们的第一届总统。在他任期届满时，他用下面的话向他的同胞告别："对一切国家恪守信用和正义，同所有的人和平与和睦相处。"

就是本着这种精神——76年精神，我请大家站起来和我一起举杯，为毛主席，为周总理，为我们两国人民，为我们的孩子们的希望，即我们这一代能给他们留下和平与和睦的遗产，干杯！

经典解读

在演讲中，尼克松首先对中国政府和人民的热情与礼遇表达了感谢，深切地表达了对中美之间友谊的期待。虽属礼节所需，但对于当时那样一种背景下的两国关系而言，这又是寓意深长的。

尤为可贵的是，尼克松不是例行公务地照本宣科，没有枯燥乏味的陈词滥调，而是巧妙地选择了刚刚游览过的中国伟大的历史遗迹——长城作比兴，形象地喻说中美关系由隔膜走向沟通的划时代变化，寓无形于有形，寄宏大于平凡。

接着，尼克松直接实事求是地说明两国之间存在不同的信仰和不同的制度，又在深刻透彻的分析基础上重申了《联合公报》的基本精神，指出：这种分歧与不同不会也不应该阻碍两国人民的和平共处，为了共同的利益而相互合作的愿望。将这篇演讲辞的政治性委婉地突出了出来。

结尾再借物寓意，以坐机引申出"76年精神"，并借用华盛顿的话，再一次强调了中美利益的共同点和建立世界新秩序的良好愿望。尼克松的坦诚和深情完全体现于真挚的表达之中，使整篇祝酒辞内容丰满，发人深思。

名句赏析

我们没有理由要成为敌人。我们哪一方都不企图取得对方的领土，我们哪一方都不企图统治对方，我们哪一方都不企图伸出手去统治世界。

中美没有理由成为敌人，对此尼克松给出了中美实现和平的条件——"不企图取得对方的领土"、"不企图统治对方"、"不企图伸出手去统治世界"。的确，对于任何两个国家而言，只有超越分歧性的利益，才能弥合双方之间的鸿沟，实现和平共处、共同发展。

第六章　开启青年心智的谆谆教诲
——校园讲话

青年人朝气蓬勃、思维敏捷，是新时代的"主力军"。时代的领军人物则致力于培养青年开启心灵的智慧，相信我们收录的这些演讲，一定能够帮助广大青年拥有健康向上的心态，树立远大人生目标，积极追逐人生梦想。

1.德国古典唯心主义的集大成者黑格尔——哲学史开讲辞

背景资料

格奥尔格·威廉·弗里德里希·黑格尔（1770-1831），德国古典唯心主义的集大成者。1807年出版了第一部著作《精神现象学》。1808-1816年，在纽伦堡中学任校长，并完成《逻辑学》。1816年，被聘为海德堡大学教授。1817年，出版《哲学全书》，完成了自己的哲学体系。1831年死于霍乱。

这篇演讲是黑格尔于1816年10月28日，在海德堡大学发表自己任教授的训职演说。到海德堡大学任教不但是黑格尔梦寐以求的，而且对他作为学术活动家的生活道路影响也是深远的。

讲话实录

诸位先生：

我所讲授的对象既是哲学史，而今天我又是初次来到本大学，所以请诸位让我首先说几句话,就是我特别感到愉快,恰好在这个时候我能够在大学里面重新恢复我讲授哲学的生涯。因为这样的时机似乎业已到来,即可以期望哲学重新受到注意和爱好,这门几乎消沉的科学可以重新扬起它的呼声,并且可以希望这个对哲学久已不闻不问的世界又将倾听它的声音。

时代的艰苦使人对于日常生活中平凡的琐屑兴趣予以太大的重视,现实上很高的利益和为了这些利益而作的斗争,曾经大大地占据了精神上一切的能力和力量以及外在的手段,因而使得人们没有自由的心情去理会那较高的内心生活和较纯洁的精神活动,以致许多较优秀的人才都为这种艰苦环境所束缚,并且部分地被牺牲在里面。因为世界精神太忙碌于现实,所以它不能转向内心,回复到自身。

现在现实的这股潮流既然已经打破,日尔曼民族既然已经从最恶劣的情况下开辟出道路,且把它自己的民族性一切有生命的生活的本源拯救过来了;所以我们可以希望,除了那吞并一切兴趣的国家之外,教会也要上升起来,除了为一切思想和努力所集中的现实世界之外,天国也要重新被思维到,换句话说,除了政治的和其他与日常现实相联系的兴趣之外,科学、自由合理的精神世界也要重新兴盛起来。

我们将在哲学史里看到,在其他欧洲国家内,科学和理智的教养都有人以热烈和敬重的态度在从事钻研,唯有哲学,除了空名字外,却衰落了,甚至到了没有人记起,没有人想到的情况,只有在日尔曼民族里,哲学才被当作特殊的财产保持着。我们曾接受自然的较高的号召去作这个神学火炬的保持者,如同雅典的优摩尔披德族是爱留西的神秘信仰的保持者,又如萨摩特拉克岛上的居民是一种较高的崇拜仪式的保存者与维持者,又如更早一些,世界精神把它自己最高的意识保留给犹太民族,并使它自己作为一个新精神从犹太民族里产生出来。

但是像前面所提到的时代的艰苦和对于重大的世界事变的兴趣也曾经阻遏了我们深澈地和热诚地去从事哲学工作,分散了我们对于哲学的普遍注意。这样

一来坚强的人才都转向实践方面,而浅薄空疏就支配了哲学,并在哲学里盛行一时。我们很可以说,德国自有哲学以来,哲学这门科学的情况看起来从来没有像现在这样坏过。空洞的词句,虚骄的气焰从来没有这样漂浮在表面上,而且以那样自高自大的态度在这门科学里说出来作出来,就好像掌握了一切的统治权一样。

为了反对这种浅薄思想而工作,以日尔曼人的严肃性和诚实性来工作,把哲学从它所陷入的孤寂境地中拯救出来,去从事这样的工作,我们可以认为是接受我们时代的较深精神的号召。让我们共同来欢迎这一个更美丽的时代的黎明。在这时代里,那前此向外驰逐的精神将回复到它自身,得到自觉,为它自己固有的王国赢得空间和基地,在那里人的性灵将超脱日常的兴趣,而虚心接受那真的、永恒和神圣的事物,并以虚心接受的态度去观察并把握那最高的东西。

我们老一辈的人是从时代的暴风雨中长成的,我们应该赞美诸君的幸福,因为你们的青春正是落在这样一些日子里,你们可以不受扰乱地专心从事于真理和科学的探讨。我曾经把我的一生贡献给科学,现在我感到愉快,因为我得到这样一个地方,可以在较高的水准,在较广的范围内,与大家一起工作,使较高的科学兴趣能够活跃起来,并帮助引导大家走进这个领域。我希望我能够值得并赢得诸君的信赖。但我首先要求诸君只须信赖科学,信赖自己。追求真理的勇气和对精神力量的信仰是研究哲学的第一个条件。人既然是精神,则他必须而且应该自视为配得上最高尚的东西,切不可低估或小视他本身精神的伟大和力量。人有了这样的信心,没有什么东西会坚硬顽固到不对他展开。那最初隐蔽蕴藏着的宇宙本质,并没有力量可以抵抗求知的勇气,它必然会向勇毅的求知者揭开它的秘密,而将它的财富和宝藏公开给他,让他享受。

经典解读

在这篇演讲中,黑格尔对海德堡大学开办哲学课程的做法表示了认可,又根据人们在现实环境中的困境,"人们没有自由的心情去理会那较高的内心生活和较纯洁的精神活动,以致许多较优秀的人才都为这种艰苦环境所束缚,并且部分地被牺牲在里面",点明了开办哲学课的必要性。接下来,黑格尔对哲学史进行了简单介绍,并提出"以日尔曼人的严肃性和诚实性来工作,把哲学从它所陷入的孤寂境地中拯救出来",表达了自己愿意以海德堡大学为基地,专心从事于真理和科学的探讨的信念。

由于黑格尔对人类社会抱有一种组织性和目的论的观念,他的语言丰富而难懂,常常令人迷惑。不过通观这篇演讲,逻辑性强、学术性高,无疑为哲学主义的发展提供了一条新的出路。

名句赏析

我首先要求诸君只须信赖科学,信赖自己。追求真理的勇气和对精神力量的信仰是研究哲学的第一个条件。人既然是精神,则他必须而且应该自视为配得上最高尚的东西,切不可低估或小视他本身精神的伟大和力量。人有了这样的信心,没有什么东西会坚硬顽固到不对他展开。

黑格尔哲学的任务和目的就是要展示通过自然、社会和思维体现出来的绝对精神,揭示它的发展过程及其规律性。"追求真理的勇气和对精神力量的信仰是研究哲学的第一个条件"、"人有了这样的信心,没有什么东西会坚硬顽固到不对他展开",实际上是在探讨思维与存在的辩证关系。

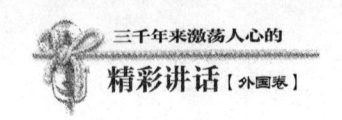

2.印度近代文学的奠基人泰戈尔
——你们要远离物质主义的毒害

背景资料

罗宾德拉纳特·泰戈尔(1861-1941),印度近代文学的奠基人,著有《吉檀迦利》、《飞鸟集》、《新月集》等诗歌。除此之外,泰戈尔还擅长写小说、游记、话剧和歌曲。他的作品早在1915年就已介绍到中国,引起了清华师生的关注,翻译、学习泰戈尔的作品与思想。

1924年,泰戈尔第一次访问中国。访华期间曾造访清华,钟灵毓秀的清华园成为他访华的重要一站。在清华园驻留近一个星期后,泰戈尔于5月1日晚,为清华师生做了《你们要远离物质主义的毒害》的演讲。

讲话实录

我的青年的朋友,我眼看着你们年轻的面目,闪亮着聪明与诚恳的志趣,但我们的中间却是间隔着年岁的距离。我已经到了黄昏的海边,你们远远地站在那日出的家乡。

我的心伸展到你们的心,你们有我的祝福,我羡慕你们。我做小孩的时候,那时仿佛是东方不曾露白,宇宙暗森森的,我们不曾充分地明白我们自己已经出世在一个伟大的时期里。

那时期的意义与消息已经显露在今朝。

我相信现在在世界上有的是人们,已经听着这时期的感召。

你们可以自负,但同时也应该知道你们的责任,如今你们生长在人类历史上最伟大的一个时期，我们从我们的苦恼与痛楚中的火焰里隐隐辨认出这时代的伟大，这苦痛是普遍的，我们还不知道前途是何等的光景。

保持着生命的全部的种子，并不知道它包含的完全真理，就在那茎箨欲裂的俄顷。我们也不能断定这里面的生命将会生长成什么方式，更无从知道他将来结成什么果实。

现在时代的茎箨已经豁裂了，这全在你们，在你们各个青年的身上，给这个新的生命需要的发长的动力。

在人类的历史里，创作的力量虽则有甚分明，但这是人类的特权给他活动的方向，参与他们自己命运的发展。

什么是这时期里伟大的事实？那就是我们的门户已经开豁，一个广博的未来的使者已经来到，他已经敲打我们的大门，我们门上的阻拦都已经让路。

人类的种族都已经从他们的篱藩内出现，他们已经聚在一处。他们再不在他们隐秘的居处藏匿。

我们从前只是在我们自己邦家的店铺里单独地经营我们各自的生活，我们不知道在我们墙垣的外面发生的事故。我们没有智慧也没有机会去调和世界的趋向与我们自身的发展。

我们已经出来，我们不再在墙圈里躲着。我们现在应得在全世界的面前辩护我们的价值。不仅在我们容宠的家人前卖弄能耐。我们必得明证我们的存在的理由。我们必得从我们各家独有的文明里展览普遍的公认的成分。

现在我是在中国。我问你们，我也问我自己，我们有的是什么，有什么东西可以从家里拿出来算是你们给这新时期的敬意？你们必得回答这个问题。

你明白你自己的心吗？你知道你自己的文化吗？你们史册里最完善最永久的是什么？你们必得知道，如其你们想要自免于最大的侮辱，遭受蔑视，遭受遗弃的侮辱。撒出你们的光亮来，加入这伟大的灯会，你们要来参与这世界文化的展览。

我听得有人说，你们自己也有人说：你们是实利主义的与唯物主义的，你们

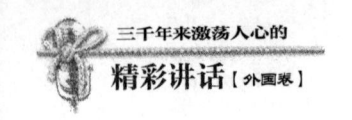

不让你们的梦翅飞入天空去寻求辽远的天堂或是未来的生命。

如其这是实在的，我们正应得接受这个事实，更不必申辩，我们正应得认定这是你们特有的天赋，你们正可以从这里面设法你们的贡献。但是我却不能相信你们是纯粹唯物主义的。我不能相信在地面上任何的民族同时可以伟大而是物质主义的。我有我的信条，也许你们愿意叫作迷信，我以为凡是亚洲的民族绝不会完全受物质主义的支配。在我们天空的蓝穹里，在太阳的金辉中，在星光的广漠里，在季候的新陈代谢里，每季来时都带给我们各样的花篮，这种种自然的现象都涵有不可理解的消息，使我们体会到生存的内蕴的妙乐，我不能相信你们的灵魂是天生的聋室。

唯物主义的倾向是独占的，所以偏重物的人们往往不让步他们私人独享的权利，攒聚与占有的习惯。你们中国人不是个人主义的。你们社会本身的基础就在你们共有不私有的本性。你们不是那唯物主义的利己心的产物，不是无限制的竞争的混淆，你们不是不承认人们相互的关系与义务。

在此我看出你们不曾沾染现代普遍的恶病，那无意识的拥积与倍增财富的癫狂，你们不会纵容那所谓"万万翁"一类离奇的生物的滋长。

我也听说，不与旁人一般见识，你们并不看重军国主义的暴力。这又是你们不是唯物主义者的证据。固然你们是异常的沾恋这个现实的世界，你们也爱你们的地上与实体的事物，但你们的占有性并不是无限度的，你们不把你们的产业包围在独占的高墙里面。

你们是好施与的，你们充裕时亲族都沾恩惠，你们是重人情的，你们亦不过分的营利。这又是你们不是唯物主义的一个凭证。

我这一路旅行我看见你们的人民怎样的勤力培植地利，怎样的勤力经营他们的产品，你们日常的用品也都是你们精心勤力的结果，处处都看出爱美好的本性与美术的天才。这又是你们不是唯物主义者的一个凭证。你们如其只是贪图物利，你们就不会有那样可爱的作品。

如其贪心是你们的主要的动机，如其你们只顾得事物的实利，那时你们周遭的美秀与雅致就没有机会存在。

贪心的成绩你们不曾见过吗？上海、天津、纽约、伦敦、加尔各答、新加坡、香港——这类奇丑的鬼怪世界上到处都是，都是巨大的丑怪，只要他们的手一碰着，有生命的就变死，柔润的就变僵，上帝的慈恩变成了魔鬼的玩弄。

你们的北京没有那样凄惨的现象，这个古旧的城子是人类集合的一个极美的表现，在此地平常的店铺都有他们简单的装潢。

你们爱你们的生活，单这爱就使你们的生活美好。不是贪心与实利；他们只能产生做买卖的公事房，不是人住的家，公事房是永远不会得美的。

能爱实体的事物却不过分的沾恋，而且能给他们一种优美的意致，这是一桩伟大的服务。

上天的意思是要我们把这个世界化作我们自己的家，不是要我们存在这世界里像是住店似的。我们只能从一种服务里把这世界化成我们自己的家，那服务就在给他我们真心的爱，又从这爱里使他加美。

从你们自己的经验里你们就可以看出美的人情的恳切的事物与机械性的干净与单调的分别。

粗拙的实用是美的死仇。

在现在的世界里我们到处只见巨量的物品的出产，巨大的工商业组织，巨大的帝国政治，阻碍着生活大道。

人类的文明是正等着一个伟大的圆满，等着他的灵魂的纯美的表现。这是你们的责任，你们应得在这个方向里尽你们的贡献。

你们使事物美好的成绩是什么？我是从远道来的，我不懂得你们的一切，在理岂不是你们各样的事物，单只单纯的事物，就够我的为难不是？但是因为你们能使事物化美所以就在你们的事物里我也看见一种款待的殷勤。我认识他们像是我自己的东西，因为我的灵魂是爱美的。

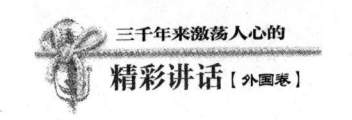

为着物品的堆积在别的国里的生活差不多变成了古埃及帝王墓窟里的光景，那些物品暗森森地喊着"躲开去"。

但是我在你们国内在日常用品里都能体会出意味的时候，我只听着他们好意的呼唤，他们说"你来收受我们"，他们不嚷着要我到那里去。

你们难道愿意忘却你们这样重要的责任，且让这美化一切事物的天才枉费，忍心压这可贵的本能，反而纵容丑化恶化的狂澜泛滥你们的室家吗？

污损的工程已经在你们的市场里占住了地位，污损的精神已经闯入你们的心灵，取得你们的钦慕，假使你们竟然收受了这个闯入的外客，假使你们竟然得意了，假使因此在几十年间你们竟然消灭了你们这个伟大的天赋，那时候剩下来的还有什么？那时候你们拿什么来尽你们对人道的贡献，报答你们在地面上生存的特权？

但是你们的性情不是能使你们永远维持丑恶的，我愿意相信你们没有那样的性情。

你们也许说"我们要进步"。你们在已往的历史上有的是惊人的"进步"，你们有你们的大发明，其余的民族都得向你们借，从你们抄袭，你们并不曾怠惰过，并不是不向前走，但是你们从没有让物质的进步，让非必要的事物，阻碍你们的生活。

为什么在进步与圆满间有那样的阻隔？假如你们能把你们美化的天赋关联住那阻隔，那就是你们对人道的一桩大服务。

你们的使命是在于给人家看，使人家信服，爱这土地与爱这地上所生产的物品不必是唯物主义，是爱不是贪，爱是宽裕的，贪是乖决的，爱是有限度的，贪是忘本分的，这一贪就好比拿根绳子把我们缚住在事物上，贪的人就好比被那条无膺的粗绳绑住在他的财产上。你们没有那样的束缚，单看你们那样不厌不倦地把一切事物做成美满就知道你们的精神是自由的，不是被贪欲的重量压住。

你们懂得那个秘密，那事物内在的音节的秘密，不是那科学发明的力的秘密，你们的是表现的秘密。这是一个伟大的事实，因为只有上帝知道那个秘密。

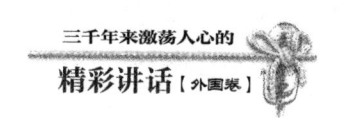

你们看见在天然的事物里都有那表现的灵异，看园里的花，看天上的星，看地上的草叶子，你不能在试验室里分析那个美，你放不到你的口袋里去。那美的表现是不可捉摸的。

你们是多么的幸运！你们有的是那可贵的本能，那是不容易数给人家的，但是你可以准许我们来共同你们的幸运。

凡是有圆满的品性的事物都是人类共有的，是美的东西就不能让人独占，不能让人轻易地堵住，那是亵慢的行为，如其你们曾经利用你们美的本能，收拾这地面，制造一切的事物，这就是款待远客的恩情，我来即使是一个生客，也能在美的心窝里寻得我的乡土与安慰。

我是倦了，我年纪也大了。我也许再不能会见你们了。这也许是我们最后的一次集会。

因此，我竭我的至诚恳求你们不要错走路，不要惶惑，不要忘记你们天职，千万不要理会那恶俗的力量的引诱，诞妄的巨体的叫唤，拥积的时尚与无意识、无目的的营利的诱惑。

保持那凡事必求美满的理想，你们一切的工作，一切的行动都应得折中于那唯一的标准。

如此你们虽则眷爱地上实体的事物，你们的精神还是无伤的，你们的使命是在拿天堂来给人间，拿灵魂来给一切的事物。

经典解读

在演讲中，泰戈尔用"如归故乡，至为愉快"表达他到中国的心情，并用"华人审美之观念极深，虽极微细之物，均含有美术，是以多处均感其美。非如科学发达之欧美，到处均觉其丑者所可比也"等赞美中国文化，制造了与清华师生的亲近感。奠定了情感基调后，泰戈尔直奔主题批判物质文明，呼吁清华学子要知道自己肩负的责任，要坚持生活美的原则，不要被物质主义的毒素玷污了纯洁的灵

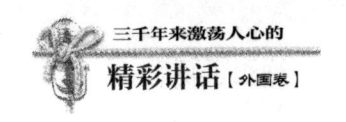

魂。要"努力去建设一个世界的文化",不要错走路,不要惶惑。

虽然泰戈尔推崇东方精神文明、批评西方物质文明的思想,引起诸多争议,社会上批评之声不绝于耳。但泰戈尔的演讲词工整对仗,一气呵成,从中我们不难看出他渊博的知识和驾驭文字的高超本领。

名句赏析

你们的使命是在于给人家看,使人家信服,爱这土地与爱这地上所生产的物品不必是唯物主义,是爱不是贪,爱是宽裕的,贪是乖决的,爱是有限度的,贪是忘本分的,这一贪就好比拿根绳子把我们缚住在事物上,贪的人就好比如被那条无赝的粗绳绑住在他的财产上。你们没有那样的束缚,单看你们那样不厌不倦地把一切事物做成美满就知道你们的精神是自由的,不是被贪欲的重量压住。

泰戈尔在清华坚持批判物质文明,告诫清华学子不要被贪欲的重量压住,要懂得精神文明自由的重要。虽然泰戈尔对中国实际情况缺乏了解,所言也不足以救中国弊端,但此观点却起到了警钟作用,甚至影响至今日。

3.美国经济的"救星"罗斯福——在宾夕法尼亚大学的演说

背景资料

宾夕法尼亚大学坐落在美国第四大城市费城,是美国著名的私立大学。它创立于1740年,是在美国著名科学家、政治家、独立宣言起草人之一本杰明·富兰克林的建议下建成的名校。在200多年的历史中,该校传播自由平等理念,倡导新知识的研究和运用,为美国培养了大批人才,有着巨大的影响力。

1940年9月,富兰克林·德拉诺·罗斯福(1882-1945)在各州进行美国第32

任总统竞选巡回演说。9月20日,罗斯福来到宾夕法尼亚大学,适逢该校庆祝建校200周年,他就在校庆大会上作了这篇演讲。

讲话实录

你们还记得,在我们取得政治自由之后,发生了两种相反的观点的论争:一种是亚历山大·汉密尔顿的观点,他真诚地相信由少数几个热心公务而往往又是家道富足的公民组成的政府的优越性;另一种是托马斯·杰弗逊的观点,他竭力主张政府由全民选出的代表组成;他主张人人享有自由思想的权利,自由选择生活方式的权利,自由信仰宗教的权利,自由发表意见的权利;而最最重要的是,人人都有自由选举的权利。

许多具有杰弗逊派思想的人都坦率地承认汉密尔顿和他这一派具有高尚的动机和无私的精神。那时,许多美国人都乐于承认,倘若政府能够保证维持像汉密尔顿派所说的那种高水平的无私的服务精神,当然就用不着担心。因为汉密尔顿派的理论基础是,采用4年一次的选举制度,仅在少数受过高等教育和最有成就的公民中进行选举,总是能选出最优秀的分子来治理国家的。

然而,时间已经证明,正是杰弗逊以罕有的锐利目光明确地指出的,按照人类本性就存在弱点的法则,按汉密尔顿理论的做法长期发展下去,必然会使政府变成由自私自利分子把持的政府,或是为个人谋私利的或代表一个阶级的政府。这种做法最终会使自由选举归于乌有。因为杰弗逊认为,正是我们这个完全不受牵制的自由选举制度能够最确实可靠地保证组成一个民众的政府。只要全国的选举人,不论受教育程度的高低与财产的多寡,都能在投票地点不受阻碍地自由选举,国家就不会有专制寡头统治之虞。

从那个时候以来,在我们将近一个半世纪的历史上,有过许许多多美国人力求将选举权局限在一小部分人之中。记得25年前,哈佛大学的埃利奥特校长曾把这种观点归纳起来,对我说了大意如下的一番话:"罗斯福,我坚信,即使我们在美

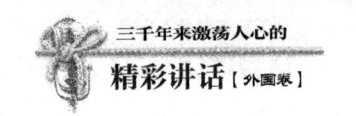

国各州成倍地增设大学,即使高等教育已得到全面普及,只要选举权局限在得到学位的人当中,不出几年,这个国家就要毁灭。"这番话若是由一个刚得到学位的人向在座许多早已持有学位的老前辈说出来,未免会失之于无礼;但是,向我说出这种观点的却是一位以在全国努力推广大学教育而闻名的伟大的教育家。

我必须承认我完全同意他的估计:全体选民通过自由的、不受牵制的选举,从而对政治社会问题作决定的能力一定大大优于上层社会少数人形成的小集团的能力。

本杰明·富兰克林对我们这所大学作出过极大贡献,他也认为虽然自然科学、社会科学和道德的基本原则是永恒的、不变的,但是这些原则的应用则应随着一代代人生活条件、模式的变化而作必要的变化。倘若他今天仍然健在,我可以肯定他必然会坚持这样的观点:哲学家与教育家的全部职责在于根据现时的条件而不是过去的条件将真理、善良与正义的永恒理想付诸实用。生长与变化是一切生命的法则。昨日的答案不适用于今日的问题——正如今天的方法不能解决明天的需求一样。

永恒的真理如果不在新的社会形势下赋予新的意义,就既不是真理,也不是永恒的了。

教育的作用,美国一切大学术机构的作用,是使我们国家的生命得以延续,是将我们经过历史烈火考验的最优秀文化传给青年一代。同样,教育有责任训练我们青年的心智和才能,通过具有创造精神的公民行动,来改进我们美国的学术机构,适应未来的要求。

我们不能总是为我们青年造就美好未来,但我们能够为未来造就我们的青年一代。

正是一些像这所学校一样伟大的学府,冶炼和塑造各种保证国家安全、创造明天历史的思想。文明的形成有赖于许多知名与不知名的男女公民,他们心胸开阔,孜孜不倦,勇于探索,决不屈服于专制力量。

现在不是钻进象牙塔里,空喊自己有权高高在上,置身于社会的问题与苦难之外的时候。时代要求我们大胆地相信:人经过努力可以改变世界,达到新的、更美好的境界。没有人能够仅凭闭目不看社会现实的做法,就可以割断自己同社会的联系。他必须永远保持对新鲜事物的敏感,随时准备接受新鲜事物;他必须有勇气与能力去面对新的事实,解决新的问题。

要使民主得以存在,善于思索的人与敏于行动的人都必须去除傲慢与偏见;他们要有勇气、有全心全意的献身精神,最重要的是要有谦虚精神,去寻求与传播那使人民永保自由的真理。

朝着上述目标,我们会寻找到个人的平静,那不是歇息而是经过努力奋斗后的平静;我们会对自己的有所作为感到由衷的满意,为取得力所不能及的成就而感到深深喜悦。懂得了我们所创造的远比我们所知道的要更为辉煌灿烂。

经典解读

罗斯福开篇借用了建国之初亚历山大·汉密尔顿和托马斯·杰弗逊在民主上截然相反的两种观点。面对一所大学的校庆,罗斯福为什么要从政治观念讲起?政治观念与大学理念有何关联?这是因为,当时世界正笼罩在法西斯世界大战的阴云之下。美国多年建立起来的民主制度正经历着生死考验。而大学,作为民主自由的堡垒和策源地,是民主自由精神最为浓厚的地方。

在这样的时间和场合之中,罗斯福向宾夕法尼亚大学的师生们谈论这样的话题,既表明自己的民主观点,"全体选民通过自由的、不受牵制的选举,从而对政治社会问题作决定的能力一定大大优于上层社会少数人形成的小集团的能力",也间接地告诉听众们什么才是真正的民主,更是对宾夕法尼亚大学的褒扬。接着,他强调民主的存在需要年轻一代有勇气、有全心全意的献身精神,最重要的是要有谦虚精神,去寻求与传播使人民永保自由的真理。

全篇演讲语言朴实,通俗易懂,却蕴含着无穷的力量。这样的演说风格也正

透露出罗斯福的民主信念,他当上总统后的一系列行为很好地印证了这一点。

名句赏析

教育的作用,美国一切大学术机构的作用,是使我们国家的生命得以延续,是将我们经过历史烈火考验的最优秀文化传给青年一代。同样,教育有责任训练我们青年的心智和才能,通过具有创造精神的公民行动,来改进我们美国的学术机构,适应未来的要求。

在这句话中,罗斯福说明了教育的作用和青年一代在国家中的地位,并呼吁通过改革学术机构培养适应未来发展的公民。这不仅给宾夕法尼亚大学上了一堂生动的民主课,也体现了罗斯福对当代青年的殷殷希望。

4."西点之父"麦克阿瑟——责任·荣誉·国家

背景资料

道格拉斯·麦克阿瑟(1880-1964),1903年自西点军校以第一名的成绩毕业,成绩是西点军校创办100年来最好的。后被任命为少尉军官,一战时任美军第四十二师师长。1919年成为美国陆军史上最年轻的西点军校校长。

二战时期,麦克阿瑟历任美国远东军司令、西南太平洋战区盟军司令,被法国戴高乐将军称为"太平洋伟大的胜利领导者";战后获得五星上将军衔,出任驻日盟军最高司令和"联合国军"总司令等职。1951年4月,他被调回美国,在华盛顿受到了万人空巷的英雄式欢迎。

1962年,因在两次世界大战上赫赫战功,麦克阿瑟被授予美国军事学院的最高荣誉奖——西尔韦纳斯·塞耶荣誉勋章,这是美国军事院校的最高荣誉奖,授勋仪式在西点军校举行。5月2日,82岁高龄的麦克阿瑟回到阔别多年的母校,在仪式上发表了这篇最动人,也是最后的公开演讲。

讲话实录

今天早晨,我走出旅馆时,看门人问道:"将军,您上哪儿去?"一听说我到西点时,他说:"那是个好地方,您从前去过吗?"

这样的荣誉是没有人不深受感动的,长期以来,我从事这个职业;我又如此热爱这个民族,这样的荣誉简直使我无法表达我的感情。然而,这种奖赏主要的并不意味着尊崇个人,而是象征一个伟大道德情操——捍卫这块可爱土地上的文化与古老传统的那些人为的行为与品质的准则。这就是这个大奖章的意义。从现在以及后代来看,这是美国军人道德标准的一种表现。我一定要遵循这种方式,结合崇高的理想,唤起自豪感;也要始终保持谦虚。

责任——荣誉——国家,这三个神圣的名词尊严地命令您应该成为怎样的人,可能成为怎样的人,一定要成为怎样的人。它们是您振奋精神的转折点;当您似乎丧失勇气时鼓起勇气;似乎没有理由相信时重建信念;几乎绝望时产生希望。遗憾的是,我既没有雄辩的辞令,诗意的想象,也没有华丽的隐喻向你们说明它们的意义。怀疑者一定要说它们只不过是几个名词,一句口号,一个浮夸的短语。每一个迂腐的学究,每一个蛊惑人心的政客,每一个玩世不恭的人,每一个伪君子,每一个惹是生非者,很遗憾,还有其他个性完全不同的人,一定企图贬低它们,甚至达到愚弄、嘲笑它们的程度。

但这些名词却能完成这些事。它们建立您的基本特性,它们塑造您将来成为国防卫士的角色;它们使您坚强起来,认清自己的懦弱,而且,让您勇敢地面对自己的胆怯。它们教导您在真正失败时要自尊,要不屈不挠;胜利时要谦和,不要以言语代替行动,不要贪图舒适;要面对重压以及困难和挑战的刺激;要学会巍然屹立于风浪之中,但是,对遇难者要寄予同情,要律人得先律己;要有纯洁的心

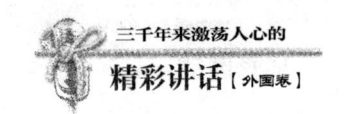

灵,崇高的目标;要学会笑,不要忘记怎么哭;要长驱直入未来,可不该忽略过去;要为人持重,但不可过于严肃;要谦逊,这样您就会记住真正伟大的淳朴,真正智慧的虚心,真正强大的温顺。它赋予您意志的韧性,想象的质量,感情的活力,从生命的深处焕发精神,以勇敢的优势克服胆怯,甘于冒险胜过贪图安逸。它们在你心中创造奇境,意想不到的无尽无穷的希望,以及生命的灵感与欢乐。它们以这种方式教导你们成为军官或绅士。

您所率领的是哪一类士兵?他们可靠吗?勇敢吗?他们有能力赢得胜利吗?他们的故事您全部熟悉,那是美国士兵的故事。我对他们估计是多年前在战场上形成的,至今并没有改变。那时,我把他看做世界上最高尚的人物;现在,仍然这样看待他,不仅是具有最优秀的军事品德,而且也是最纯洁的一个人。他的名字与威望是每一个美国公民的骄傲。在青壮年时期,他献出了一切人类所能给予的爱情与忠贞。他不需要我与其他人的颂扬,他自己用鲜血在敌人的胸前谱写自传。可是,当我想到他在灾难中的坚韧,在战火里的勇气,胜利中的谦虚,我满怀的赞美之情是无法言状的。他是历史上一位成功的爱国者的伟大典范;他是后代的,是对子孙进行解放与自由主义的教导者;现在,他把美德与成就献给我们。在20次会战中,在上百个战场上,围绕着成千堆的营火,我亲眼目睹不朽的坚忍不拔的精神,爱国的自我克制以及不可战胜的决心,这些已经把他的形象铭刻在他的人民的心坎上。从世界的这一端到那一端,从天涯到海角,我们已经深深地喝干勇敢的美酒。

这几个名词的准则贯穿着最高的道德准则,并将经受任何为提高人类而传播的伦理或科学的检验。它所要求的是正确的事物,它所制止的是错误的东西。高于众人之上的战士要行宗教修炼的最伟大的行为——牺牲。在战斗中,面对着危险与死亡,他显示出造物者按照自己意愿创造人类时所赋予的品质,只有神明的援助能支持他,任何肉体的勇敢与动物的本能都代替不了。无论战争如何恐怖,召之即来的战士准备为国捐躯是人类最崇高的进化。

现在，你们面临着一个新世界——一个变革中的世界。人造卫星进入星际空间，星球与导弹标志着人类漫长的历史开始了另一个时代——太空时代的篇章。自然科学家告诉我们，花费了50亿年或更长期造成的地球，在3万万年才出现人类，再没有比现在发展得更快、更伟大的了。我们现在不但是从这个世界，而且涉及不可估量的距离，还要从神秘莫测的宇宙来论述事物。我们在伸向一个崭新的无边无际的界限。我们谈论着不可思议的话题：控制宇宙的能源；让风与潮汐为我们工作；创造空前的合成物质，补充甚至代替古老的基本物质；净化海水供我们饮用；开发海底作为财富与粮食的新基地；预防疾病，延长寿命几百岁；调节空气，使冷热晴雨分布均衡……使生命成为有史以来最扣人心弦的那些梦境与幻想。

通过所有这些巨大的变化和发展，你们的任务就是坚定与不可侵犯地赢得我们战争的胜利。你们的职业中只有这个生死攸关的献身，此外，什么也没有。其余的一切公共目的、公共计划、公共需求，无论大小，都可以寻找其他的方法去完成；而你们就是训练好参加战斗的，你们的职业就是战斗——决心取胜。在战争中明确的认识就是为了胜利，胜利是任何都代替不了的。假如您失败了，国家就要遭到破坏，唯一缠住您的公务职责就是责任——荣誉——国家。其他人将争论着国内外的、分散人思想的争论的结果，可是，您将安详、宁静地屹立在远处，作为国家的卫士，作为国际矛盾怒潮中的救生员，作为战斗竞技场上的领头人士。一个半世纪以来，你们曾经防御、守卫、保护着解放与自由、权力与正义的神圣传统。让老百姓的声音来辩论我们政府的功过，是否因联邦的家长式统治力量过大，权力集团发展过于骄横自大，政治太腐败，罪犯太猖獗，道德标准降得太低，捐税提得太高，极端分子的偏激衰竭；我们个人的自由是否像完全应有的那样完全彻底，这些重大的国家问题无须你们的职业去分担或军事来解决。你们的路标：责任——荣誉——国家，这抵得上夜里的10倍灯塔。

你们是联系我国防御系统全部机构的发酵剂。从你们的队伍中涌现出战争

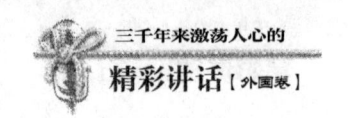

警钟敲响时刻手操国家命运的伟大军官。从来也没有人打败过我们。假如您这样做，100万身穿橄榄色、棕卡其、蓝色和灰色制服的灵魂将从他们的白色十字架下站起来，以雷霆般的声音响起神奇的词句：责任——荣誉——国家。

这并不意味着你们是战争贩子。相反，高于众人之长的战士祈求和平，因为他必须忍受战争最深刻的伤痛与疮疤。可是，在我们的耳边经常响起大智大慧的哲学之父柏拉图的不祥之言："只有死者看到战争的终结。"

我的年事渐高，已过黄昏。我的过去已经消失了音调与色彩，它们已经随着往事的梦境模模糊糊地溜走了。这些回忆是非常美好的，是以泪水洗涤，以昨天的微笑抚慰的。我渴望的耳朵徒然聆听着微弱的起床号声的迷人旋律，远处咚咚作响的鼓声。在我的梦境里，又听到噼啪的枪炮声、啪啪的步枪射击声、战场上古怪而忧伤的低语声。可是，在我记忆的黄昏，我总是来到西点，那里始终在我的耳边回响着：责任——荣誉——国家。

今天标志着我最后一次检阅你们。但是，我希望你们知道，当我死去时，我最后内心深处一定是这个部队的——这个部队的——这个部队的。

我愿你们珍重，再见了！

经典解读

西点军校是麦克阿瑟军人生涯的起点，家常的开场白亲切中透着凝重，平凡中掩饰不住神圣，生动地表达了戎马倥偬了一生、处于人生晚期的麦克阿瑟，在获得荣誉奖章时的心情和感受。

这荣誉和奖章让麦克阿瑟感到庄严的责任，他围绕着责任、荣誉、国家这3个核心名词，运用排比、比喻、夸张、引用等修辞，饱含感情地描述了大战中环境的恶劣和美国士兵的不屈不挠，还有数不清的骨肉亲情的分离，描绘了一幅幅波澜壮阔的感人画卷。他认为，承担起捍卫国家的责任是军人的至高荣誉，也是军人的最高道德准则，更重要的是把这种精神继承和发扬下去，所以他谆谆告诫

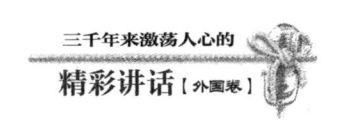

"面临一个新世界"的新一代军人,"下一步,你们的路标仍然是责任——荣誉——国家"。

演讲的语言朴素而真挚,结构严谨,层次有序,主旨鲜明,军人的荣誉是承担责任,保卫国家这样一个主题贯穿全文,明确表达了麦克阿瑟对军人价值的理解以及对西点军校学生的期望。同时,麦克阿瑟告别军旅生活,其实也是在告别生命,流露在话语间的留恋和不舍之情深深地打动着每一位听众。

名句赏析

责任——荣誉——国家,这三个神圣的名词尊严地命令您应该成为怎样的人,可能成为怎样的人,一定要成为怎样的人。它们是您振奋精神的转折点;当您似乎丧失勇气时鼓起勇气;似乎没有理由相信时重建信念;几乎绝望时产生希望。

通过这些语词,我们不难发现,作为戎马一生的将军,麦克阿瑟对于何谓"国家、荣誉、责任"有着自己极其精深的理解,他认为责任——荣誉——国家能够让人在人生的风浪中昂然挺立,抛弃懦弱,选择坚强。其实这也是他一生血性生活的真实体验与追求。

5.世界首富比尔·盖茨——改变这个世界深刻的不平等

背景资料

1955年10月,比尔·盖茨出生于美国西雅图,曾就读于西雅图的公立小学和私立的湖滨中学。1975年考入哈佛大学,与好友为第一台微型计算机MITS Altair开发了BASIC编程语言的一个版本,随后创建微软公司。大学三年级时,

比尔·盖茨离开了哈佛并把全部精力投入微软公司中。

通过20多年的奋斗，比尔·盖茨把微软公司创办成世界上最成功的软件企业，成为全球软件企业霸主，对世界计算机产业和人类的文明进步作出了巨大贡献。2001年，已经成为世界首富的比尔·盖茨重回校园，拿到了哈佛大学的毕业证，填补学业上的遗憾。以下是他作为一名特殊毕业生在毕业典礼上所作的演讲。

讲话实录

尊敬的博克校长、瑞丁斯坦前校长、即将上任的福斯特校长、哈佛集团的各位成员、监管理事会的各位理事、各位老师、各位家长、各位同学：

有一句话我等了30年，现在终于可以说了："老爸，我总是跟你说，我会回来拿到我的学位的！"

我要感谢哈佛大学在这个时候给我这个荣誉。明年，我就要换工作了，我终于可以在简历上写我有一个本科学位，这真是不错啊。

我为今天在座的各位同学感到高兴，你们拿到学位可比我简单多了。哈佛的校报称我是"哈佛大学历史上最成功的辍学生"，我想这大概使我有资格代表我这一类学生发言，在所有的失败者里，我做得最好。

但是，我还要提醒大家，我使得斯特夫·鲍尔莫也从哈佛商学院退学了。因此，我是个有着恶劣影响力的人，这就是为什么我被邀请来在你们的毕业典礼上演讲。如果我在你们入学欢迎仪式上演讲，那么能够坚持到今天在这里毕业的人也许会少得多吧。

对我来说，哈佛的求学经历是一段非凡的经历。校园生活很有趣，我常去旁听我没选修的课。哈佛的课外生活也很棒，我在英国的拉德克利夫过着逍遥自在的日子。每天我的寝室里总有很多人一直待到半夜，讨论着各种事情，因为每个人都知道我从不考虑第二天早起。这使得我变成了校园里那些不安分学生的头头,我们互相粘在一起,作出一种拒绝所有正常学生的姿态。

拉德克利夫是个过日子的好地方,那里的女生比男生多,而且大多数男生都是理工科的。这种状况为我创造了最好的机会,如果你们明白我的意思。可惜的是,我正是在这里学到了人生中悲伤的一课:机会大,并不等于你就会成功。

我在哈佛最难忘的回忆之一发生在1975年1月。那时,我从宿舍楼里给位于阿尔伯克基的一家公司打了一个电话,那家公司已经在着手制造世界上第一台个人电脑,我提出想向他们出售软件。

我很担心,他们会发觉我是一个住在宿舍的学生从而挂断电话,但是他们却说:"我们还没准备好,一个月后你再来找我们吧。"这是个好消息,因为那时软件还根本没有写出来呢。就是从那个时候起,我夜以继日地在这个小小的课外项目上工作,这导致了我学生生活的结束以及通往微软公司的不平凡旅程的开始。

不管怎样,我对哈佛的回忆主要都与充沛的精力和智力活动有关。哈佛的生活令人愉快,也令人感到有压力,有时甚至会感到泄气,但永远充满了挑战性。生活在哈佛是一种吸引人的特殊待遇。虽然我离开得比较早,但是我在这里的经历、在这里结识的朋友、在这里发展起来的一些想法永远地改变了我。

但是,如果现在严肃地回忆起来,我确实有一个真正的遗憾。

我离开哈佛的时候,根本没有意识到这个世界是多么的不平等。人类在健康、财富和机遇上的不平等大得可怕,它们使得无数的人们被迫生活在绝望之中。

我在哈佛学到了很多经济学和政治学的新思想,我也了解了很多科学上的新进展。

但是,人类最大的进步并不来自于这些发现,而是来自于那些有助于减少人类不平等的发现。不管通过何种手段——民主制度、健全的公共教育体系、高质量的医疗保健,或是广泛的经济机会——减少不平等始终是人类最大的成就。

我离开校园的时候,根本不知道在这个国家里有几百万的年轻人无法获得接受教育的机会。我也不知道发展中国家里有无数的人们生活在无法形容的贫

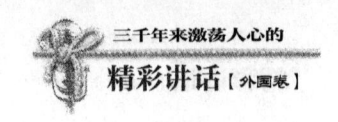

穷和疾病之中。

我花了几十年才明白了这些事情。

在座的各位同学,你们是在与我不同的时代来到哈佛的。你们比以前的学生更多地了解世界是怎样的不平等。在你们的哈佛求学过程中,我希望你们已经思考过一个问题,那就是在这个新技术加速发展的时代,我们怎样最终应对这种不平等以及我们怎样来解决这个问题。

为了讨论的方便,请想象一下,假如你每个星期可以捐献一些时间、每个月可以捐献一些钱,你希望这些时间和金钱可以用到对拯救生命和改善人类生活有最大作用的地方,你会选择什么地方?

对梅林达和我来说,这也是我们面临的问题:我们如何能将我们拥有的资源发挥出最大的作用。

在讨论过程中,梅林达和我读到了一篇文章,里面说在那些贫穷的国家,每年有数百万的儿童死于那些在美国早已不成问题的疾病。麻疹、疟疾、肺炎、乙型肝炎、黄热病,还有一种以前我从未听说过的轮状病毒,这些疾病每年导致50万儿童死亡,但是在美国一例死亡病例也没有。

我们被震惊了,我们想,如果几百万儿童正在死亡线上挣扎,而且他们是可以被挽救的,那么世界理应将用药物拯救他们作为头等大事。但是事实并非如此,那些价格还不到一美元的救命药剂并没有送到他们的手中。

如果你相信每个生命都是平等的,那么当你发现某些生命被挽救了,而另一些生命被放弃了,你会感到无法接受。我们对自己说:"事情不可能如此,如果这是真的,那么它理应是我们努力的头等大事。"

所以,我们用任何人都会想到的方式开始工作,我们问:"这个世界怎么可以眼睁睁看着这些孩子死去?"

答案很简单,也很令人难堪。在市场经济中,拯救儿童是一项没有利润的工作,政府也不会提供补助。这些儿童之所以会死亡,是因为他们的父母在经济上

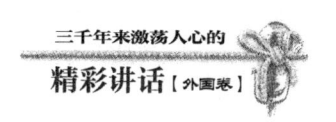

没有实力，在政治上没有能力发出声音。

但是，你们和我在经济上有实力，在政治上能够发出声音。

我们可以让市场更好地为穷人服务，如果我们能够设计出一种更有创新性的资本主义制度——如果我们可以改变市场，让更多的人可以获得利润，或者至少可以维持生活——那么，这就可以帮到那些正在极端的不平等的状况中受苦的人们。

我相信，问题不是我们不在乎，而是我们不知道这些不平等的状况中受苦的人们。我们还可以向全世界的政府施压，要求他们将纳税人的钱花到更符合纳税人价值观的地方。

如果我们能够找到这样一种方法，既可以帮到穷人，又可以为商人带来利润，为政治家带来选票，那么我们就找到了一种减少世界性不平等的可持续的发展道路。这个任务是无限的，它不可能被完全完成，但是任何自觉地解决这个问题的尝试都将会改变这个世界。

在这个问题上，我是乐观的。但是，我也遇到过那些感到绝望的怀疑主义者，他们说："不平等从人类诞生的第一天就存在，到人类灭亡的最后一天也将存在——因为人类对这个问题根本不在乎。"我完全不能同意这种观点。

此刻在这个院子里的所有人，生命中总有这样或那样的时刻，目睹人类的悲剧，感到万分伤心。但是我们什么也没做，并非我们无动于衷，而是因为我们不知道做什么和怎么做。如果我们知道如何做是有效的，那么我们就会采取行动。

改变世界的阻碍并非是人类的冷漠，而是世界实在太复杂。

为了将关心转变为行动，我们需要找到问题、发现解决问题的方法、评估后果，但是世界的复杂性使得所有这些步骤都难于做到。

即使有了互联网和24小时直播的新闻台，让人们真正发现问题所在，仍然十分困难。当一架飞机坠毁了，官员们会立刻召开新闻发布会，他们承诺进行调查、找到原因、防止将来再次发生类似事故。

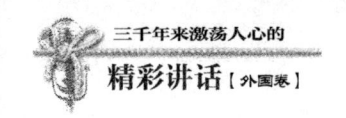

但是如果那些官员敢说真话,他们就会说:"在今天这一天,全世界所有可以避免的死亡之中,只有0.5%的死者来自于这次空难。我们决心尽一切努力,调查这个0.5%的死亡原因。"

显然,更重要的问题不是这次空难,而是其他几百万可以预防的死亡事件。

我们并没有很多机会了解那些死亡事件,媒体总是报告新闻,几百万人将要死去并非新闻。如果没有人报道,那么这些事件就很容易被忽视;另一方面,即使我们确实目睹了事件本身或者看到了相关报道,我们也很难持续关注这些事件。看着他人受苦是令人痛苦的,何况问题又如此复杂,我们根本不知道如何去帮助他人,所以我们会将脸转过去。

就算我们真正发现了问题所在,也不过是迈出了第一步,接着还有第二步,那就是从复杂的事件中找到解决办法。

如果我们要让关心落到实处,我们就必须找到解决办法。如果我们有一个清晰可靠的答案,那么当任何组织和个人发出疑问"我如何能提供帮助"的时候,我们就能采取行动,除非你能够让人们看到或者感受到行动的影响力,否则你无法让人们激动。如何做到这一点,并不是一件简单的事。

同前面一样,在这个问题上,我依然是乐观的。不错,人类的不平等有史以来一直存在,但是那些能够化繁为简的新工具却是最近才出现的。这些新工具可以帮助我们将人类的同情心发挥出最大的作用,这就是为什么将来同过去是不一样的。

这个时代无时无刻不在涌现出新的革新——生物技术、计算机、互联网——它们给了我们一个从未有过的机会去终结那些极端的贫穷和非恶性疾病的死亡。

60年前,乔治·马歇尔也是在这个地方的毕业典礼上宣布了一个计划,帮助那些欧洲国家的战后建设,他说:"我认为,困难的一点是这个问题太复杂,报纸和电台向公众源源不断地提供各种事实,使得大街上的普通人难于清晰地判断形势。事实上，经过层层传播，想要真正地把握形势是根本不可能的。"

马歇尔发表这个演讲之后的30年，我那一届学生毕业，当然我不在其中。那时，新技术刚刚开始萌芽，它们将使得这个世界变得更小、更开放、更容易看到、距离更近。

低成本的个人电脑的出现，使得一个强大的互联网有机会诞生，它为学习和交流提供了巨大的机会。

网络的神奇之处不仅仅是缩短了物理距离，使得天涯若比邻，它还极大地增加了怀有共同想法的人们聚集在一起的机会，我们可以为了解决同一个问题共同工作。这就大大加快了革新的进程，发展速度简直快得让人震惊。

与此同时，世界上有条件上网的人只是全部人口的1/6。这意味着还有许多具有创造性的人们没有加入到我们的讨论中来。那些有着实际操作经验和相关经历的聪明人却没有技术来帮助他们，将他们的天赋或者想法与全世界分享。

我们需要尽可能地让更多的人有机会使用新技术，因为这些新技术正在引发一场革命，人类将因此可以互相帮助。新技术正在创造一种可能，不仅是政府，还包括大学、公司、小机构，甚至个人，能够发现问题所在，能够找到解决办法，能够评估他们努力的效果，去改变那些马歇尔60年前就说到过的问题——饥饿、贫穷和绝望。

哈佛是一个大家庭，这个院子里在场的人们是全世界最有智力的人类群体之一。

我们可以做些什么？

毫无疑问，哈佛的老师、校友、学生和资助者已经用他们的能力改善了全世界各地人们的生活。但是，我们还能够再做什么呢？有没有可能哈佛的人们可以将他们的智慧用来帮助那些甚至从来没有听到过"哈佛"这个名字的人？

请允许我向各位院长和教授提出一个请求——你们是哈佛的智力领袖，当你们雇用新的老师、授予终身教职、评估课程、决定学位颁发标准的时候，请问你

们自己如下的问题：

我们最优秀的人才是否在致力于解决我们最大的问题？

哈佛是否鼓励她的老师去研究解决世界上最严重的不平等？哈佛的学生是否从全球那些极端的贫穷中学到了什么——世界性的饥荒——清洁水资源的缺乏——无法上学的女童——死于非恶性疾病的儿童——哈佛的学生有没有从中学到东西？

那些世界上过着最优越生活的人们有没有从那些最困难的人们身上学到东西？

这些问题并非语言上的修辞，你必须用自己的行动来回答它们。

我的母亲在我被哈佛大学录取的那一天，曾经感到非常骄傲，她从没有停止督促我去为他人做更多的事情。在我结婚的前几天，她主持了一个新娘进我家的仪式。在这个仪式上，她高声朗读了一封关于婚姻的信，这是她写给梅林达的。那时，我的母亲已经因为癌症病入膏肓，但她还是认为这是又一次传播她的信念的机会。在那封信的结尾，她写道："对于那些接受了许多帮助的人们，他们还在期待更多的帮助。"

想一想吧，我们在这个院子里的这些人被给予过什么——天赋、特权、机遇——那么可以这样说，全世界的人们几乎有无限的权力期待我们作出贡献。

同这个时代的期望一样，我也要向今天各位毕业的同学提出一个忠告：你们要选择一个问题、一个复杂的问题、一个有关于人类深刻的不平等的问题，然后你们要变成这个问题的专家。如果你们能够使得这个问题成为你们职业的核心，那么你们就会非常杰出。但是，你们不必一定要去做那些大事。每个星期只用几小时，你就可以通过互联网得到信息，找到志同道合的朋友，发现困难所在，找到解决它们的途径。

不要让这个世界的复杂性阻碍你前进，要成为一个行动主义者，将解决人类的不平等视为己任，它将成为你生命中最重要的经历之一。

在座的各位毕业的同学，你们所处的时代是一个神奇的时代。当你们离开哈佛的时候，你们拥有的技术，是我们那一届学生所没有的。你们已经了解到了世界上的不平等，我们那时还不知道这些。有了这样的了解之后，要是你们再弃那些你们可以帮助的人们于不顾，就将受到良心的谴责，只需一点小小的努力，你们就可以改变那些人们的生活。你们比我们拥有更大的能力，你们必须尽早开始，尽可能长时期坚持下去。

知道了你们所知道的一切，你们怎么可能不采取行动呢？

我希望，30年后你们还会再回到哈佛，想起你们用自己的天赋和能力所做出的一切。我希望在那个时候你们用来评价自己的标准不仅仅是你们的专业成就，更包括你们为改变这个世界深刻的不平等所作出的努力以及你们如何善待那些远隔千山万水、与你们毫不涉及的人们，你们与他们唯一的共同点就是同为人类。

最后，祝各位同学好运。

经典解读

演讲的前半部分是轻松的，盖茨幽默地讲述了自己年轻时放弃学业，进入微软的往事。随后，盖茨开始由"幽默"转入"严肃"，用自己的感受和世界上存在的实际情况，告诉哈佛的毕业生们，现实中存在着比较严重、深刻的不平等，如还有几百万儿童受疾病的折磨，挣扎在死亡线上。实现了自然过渡后，盖茨指出只有有智慧、有能力的人才能将这种不平等减轻和消灭，而哈佛的毕业生就具备这样的条件。接着，他呼吁哈佛学生行动起来，并告诉他们要做些什么，该如何去做。

这篇演讲没有华丽的辞藻、没有优美的语言，但朴实通俗的语言富有说服力和感召力，能让听过它、读过它的人为之振奋。比尔·盖茨平易近人的态度，更使这次演讲起到了很好的鼓励教育作用。

名句赏析

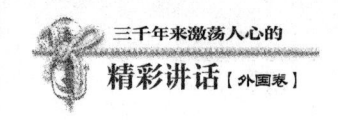

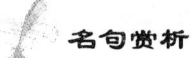

想一想吧，我们在这个院子里的这些人被给予过什么——天赋、特权、机遇——那么可以这样说，全世界的人们几乎有无限的权力期待我们作出贡献。

这些话饱含着比尔·盖茨对人类命运的关怀和对哈佛毕业生们的殷切期望，不仅体现了他作为卓越领袖的宽大襟怀和崇高信念，也让即将踏上社会的哈佛学子们意识到了自己身上神圣的使命。

6.惠普最成功的 CEO 菲奥莉娜
——凝练的过程：抓住事物的本质

背景资料

卡莱顿·菲奥莉娜(1954—)，先后毕业于马里兰大学、麻省理工大学和斯坦福大学。2001年8月，出任惠普公司首席执行官。之后，她大刀阔斧地对公司进行了全面变革，成功地将互联网引入公司的业务运营和客户服务之中。这些改革促进了惠普的快速发展，也成为惠普基业常青的保证。

1996年，菲奥莉娜已成为美国最热门、最重要的电信业的一颗明星，是全美20大企业第一位女性执行长。基于如此巨大的成就，2001年6月，母校斯坦福大学邀请菲奥莉娜在毕业典礼上作一篇演讲。

讲话实录

谢谢，大家早上好！

回应黑尼斯校长刚才的话，我想对今天相聚于此的父母、亲人和朋友表示欢迎，也想将父亲节的祝福送给在座的众位父亲以及长者。我自己的父亲今天早上也来了。爸爸,父亲节快乐!

虽然我们都很爱自己的父亲,不过,今天他们可不是主角。

今天我们相聚于此,庆贺坐在我们面前的这群年轻人所取得的成就,他们目光炯炯,哦,都让人有点儿头晕目眩,他们穿着黑色长袍以及其他各式衣服。

2001届的毕业生们、研究生和本科生们,我深感荣幸,能够成为第一个恭祝你们完成斯坦福4年学业的人。

我敢保证,你们的父母此时此刻感到无比骄傲,如果不是因为你们的"傻事"那肯定是骄傲于你们取得的成就,今天他们实际上都在笑,有点如释重负的感觉,又感到无比亲切。

我看你们穿戴的学位服和学位帽,和我25年前在弗罗斯特剧场时穿戴的一模一样,当时我们通常都是在那个剧场举行毕业典礼。今天我穿的这件肯定要重一些,不过它勾起了我的许多往事。

最近几个星期我一直在想,在离开斯坦福25年以后,在这个主席台上我能分享些什么呢?

我所得到的最恳切的建议是几个星期前来自于前本科毕业班主席,来自德尔菲、布兰德和迈克以及罗伦。他们说:"要个人化。告诉我们你离开这个地方时是怎么样想的,告诉我们一切都会很好的。"

我将他们的要求铭记在心。引导我今天演讲的是对我21岁毕业离开斯坦福时那些感受的回忆,这些早年的探索和坎坷确定了之后25年我的经历。

几个星期前,有天下班后我开车在校园里绕,想点燃记忆。我上学的时候,生活和你们现在所体验的完全不一样,更不要说农场之外的世界了。

我经过了古老的房子"西塔塞",在20世纪70年代,那是乐队的伙计聚会的地方,由于我有着男人的名字而成为荣誉成员。在那次成立仪式上,有大杯伏特加酒和超强的胃,不过我们没有加入。

当时在那里的父母也许还记得,在70年代中期,我们的男篮球队还不是

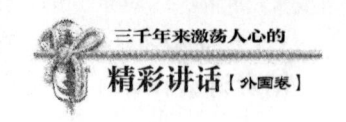

冠军的料,大概在当时的8支球队里处于中不溜丢的位置。那时,女篮球队还没组建。

说到音乐,当时"力量之塔"阵容庞大,彼得·富拉姆敦刚"复活","塔克西"当时用他们的立体声系统把他们的专辑录制到磁带上去。

我在这儿的时候,"斯坦福印第安"更名为"斯坦福主教"。我在乐队的死党当时为争取把罗伯·巴伦斯作为吉祥物而开展活动,管理者不高兴了。

我在这儿的时候,巴蒂·赫斯特被绑架了,就在伯克利湾的那边。

虽然我在这儿的时候纷纷扰扰,但有些事情是相似的:我们挣扎于能源危机,事实上,在我毕业典礼上演讲的人说的是能源储备;"滞胀"扰乱了市场;毕业生的就业前景相当严峻。虽然你们并没有真正面对滞胀,自从你们进了斯坦福,你们对于工作的期待毫无疑问降低了。

电脑行业已经为你们之前的毕业生提供了很多工作岗位。如果你主修中世纪历史,正踌躇彷徨,有兴趣参加你认为是最新的加利福尼亚淘金潮,如果你获得的是一份网络公司的职位,具有副总头衔和具有职工优先认股权,这会让你父母大吃一惊。

不过,2001届的毕业生们,时代变了。

也许我提出下面的想法是个人偏见,如果春季学期使你对就业前景的看法和我当年一样的话,那么我可以说,在你们穿戴的学位服和学位帽下面,你们的忧虑之情和你们的兴奋之情是一样大,甚至更大。

我曾经心怀忧虑之情。事实是,我走进斯坦福的那天就是如此,我走出的时候同样如此。

我害怕在经济时局动荡的年代离开这里的保护罩,走进未知的领域。我害怕在那些和自己以及其他人对我的期待不一致的事业上,浪费我在斯坦福所学到的令人难以置信的才能。我害怕无所事事,害怕犯下无可挽回的错误。如果你们今天也感到害怕,那我问你们:你们将如何处理你的恐惧?你们是让它成为推进器还是抑制器呢？

你们是唯一能够回答这个问题的人。不过我能够给你们提供的指导以及鼓励是一个故事，这是一个斯坦福毕业生在时常面对恐惧的情况下，跌跌撞撞去寻求自己位置的过程。

我想先从我在"历史角"的经历说起。

我在斯坦福所上的最有价值的课不是经济学，而是一个本科生的研究会"中世纪的基督教、伊斯兰教和犹太政治哲学"。

每个星期我们必须读完一本中世纪哲学的名著，阿奎那、培根、阿伯拉尔，这些书都是很厚重的，我们每周怎么也得读1000多页。周末的时候，我们必须把他们的哲学论述凝练成2页纸。

这个过程就像是开始是20页，接着是10页，5页，最后是2页，一张纸的正反两面，这可不止是总结。它从众多观念中舍弃冗余，将其浓缩成最本质的内容。下个星期，你又得重新开始这个过程，不过面对的又是另外的长篇大论。

这些哲学和思想肯定在我脑海中留下了印象。不过在凝练的过程也是一种练习，虽然艰苦，但真才实学就是由此产生的，这是需要掌握的惊人的机智的技巧。这么些年以来，我不断地运用它，综合和凝练的思维活动直抵事物的核心。

我在这门课上所学到的思考过程也是生活的过程，因为每个人的生命都是一部伟大的作品，具有丰富的天赋和可能性。

当你们由此毕业的时候，带着上千页的个人文本，上面铭刻着这些年的教育、家庭中的相互作用，人际关系和生活体验所塑造的信念和价值。

埋藏在这几千页书中的是你个人的真理、你的本质。因此，你如何来凝练你的生活以得到其本质？你可以通过面对你的恐惧来开始这个过程。

现在，距离那课25年之后，我明白了，正是通过类似的个人凝练的过程，我对抗着我的恐惧并克服了它们。

每当我遇到恐惧的时候，每当我有惊奇之感的时候，我就距离确认我的本

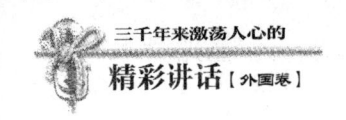

质、我的真心、我的真我又近了一步。

第一次顿悟的时候,我突然意识到我是够格的,它和克服对自己不足的恐惧有关。

记住,当你们还只十七八岁初进或作为急切的研究生进入斯坦福的时候,你们的情绪处于巅峰,你们对自己的能力相当自信,是不是?随后,当你们到达宿舍,或是参加系点第一次会议,或是和你们的同龄人谈过两三次之后,你们也许会觉得自己无足轻重,非常差劲。

如果你们像我一样,内心的对白会是这样的:"天哪,招生办公室糟糕透了,他们定把我们误认为另外一个卡莉了。这些人都是其他圈子里的人,他们奇怪我们在这里干什么!我们怎么和他们说呢?"

我提醒你们,我的 A 型同类们:你们一生当中也许会多次感到自己的不足。黑尼斯校长提到过,我在 AT&T 干过好些年,当我出现在那里的时候,再一次地,每个人看起来都比我聪明。对于工作,他们看起来比我更自信,更成竹在胸,准备更加充分。

不过,慢慢地,你们会赢上几局,你们用自己的工作证明了自己。你们失败了,你们挺过来了。你们学到了东西,也许你们甚至还当了领导,先前那种恐惧逐渐消退。看吧,你们已经从你们自己这本大书中去掉了几百页,你们已经开始了凝练的过程,你们开始确定你们的人生。

不过,当你们再次感到你在同辈之中具有一席之地的时候,新的恐惧又潜入了。早上醒来你们会想:等等,我们是过的自己的生活吗?还是别人的生活呢?我们的人生篇章是留在我们的故事中,让我们自己来书写的吗?

我是在 1980 年进入商界的,这么些年来一直工作在东海岸,我的生活节奏稳定有效。我遇到并嫁给了合适的对象,我的好老公弗兰克,他今天也在这里。我们生了两个宝贝女儿,有一个热情而又充满活力的属于菲奥莉娜式的家庭。最终我在意大利的经历还是有所收获的,我们喜爱东海岸,打算在此度过余生。

不过，出乎意料地来了一个电话，建议也许我会想回到这个社区，来领导催生了硅谷的这个公司：惠普。

尼尔松·曼德拉曾经说过："我们最深切的恐惧不是我们能力不够，我们最深的恐惧是书们具有无法衡量的力量。"这是我将与你们分享的最后一次体悟。我意识到，你们不仅能够掌控你们自己生活，而且你们也有能力去影响其他人的生活。

我开车到帕洛奥托去和董事会的人进行最后一次面谈。看起来早到一点儿是比较合适的。我坐在车里，车就停在马库斯&米里卡普公司的停车场，街对面就是惠普公司。我在想，生活是如何以某些预料不到而又真实的方式绕圈的。

在进行大家通常所说的决定一生的那次面试之前，我在停车场坐着，我在思考，如果我接任了惠普总裁的位置，前面会有怎样的战斗。我知道，领导这家有着悠久历史却又正在寻找其未来的公司，我会面对巨大的挑战，对此我没有丝毫幻想。我知道，选择我来坐这个位置是出乎意料之外的。我知道，接任这个工作会引来相当多的挑剔和批评。对比所值得做的事情，我对所有这些都进行了权衡。

我坐在车里，接受一个伟大遗产时的那种巨大的责任感让我有点自惭形秽。不过我并不害怕，我已经见过我母亲面对死亡时的勇敢，从那次的经历我知道了要勇敢真正意味着什么。我把恐惧抛到了九霄云外。

我第一次作为惠普的新总裁走进惠普的时候，我感到完全令人惊讶，同时又觉得熟悉得令人惊讶。

惠普是一个巨大的产业，它值得保存，它值得重获新生，它是具有独特价值和个性的公司，和这个社区，和斯坦福，和帕洛奥托，和硅谷，都具有特殊的联系。不仅如此，它是能够制造技术的公司，能够将其好处带给所有人。

我的任务就是使惠普在新的时代发挥重要作用。

今天我对你们的祝愿是，25年后你们重聚的时候，这个时间会比你们想象

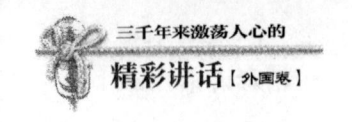

的来得更快,你们将已经在世界上找到一席之地,在这个世界中,你们的价值、你们的个性都轻松自在。你们的行动和你们的心灵都完全统一在一起了。

要让你们的恐惧激发你们而不是抑制你们,要对自己提出如下尖锐的问题:我是在完成一个任务,还是在经历事实?

我还在作出选择吗?或者我已经不再作出选择?

我现在所处的位置是否占据我的头脑,抓住我的心灵?

我沉迷于过去还是在确定我的将来?

在我的两页纸上,我将给这个星球留下什么?

在你们离开之前,后退一步,思考一下目前为止你们那巨大的人生之书,确认其重量和复杂性。在你们离开之前,反思一下你们所得到的支持,今天到场的为你们所作出的牺牲,这样你们回斯坦福就会拥有难忘的经历。今天是你们用你们的快乐和恐惧来向他们致敬的日子,他们帮助你们拥有了这份体验,这是你们永远不会忘记的,你们将从中有所吸取。

在你们离开之前,确认你们在斯坦福这个大集体中所拥有的令人难以置信的丰富资源。斯坦福也是一个巨大的产业,无论你们从帕洛·阿尔托会走出多远,你们可以依赖这个持久的、丰富的、多样的网络,这是你们所构建的观念、知识和友谊的网络。

记得要鼓励他人,互相提醒:如果你们让你们的恐惧来激发你们开始严峻但是让人无限满足的、终身的凝练过程,那么生活就会变得越来越好。这个过程就是书写你们自己的故事,它只有两面,没有空行。

当你们进行编辑,决定取舍的时候,你们会承认那些对你们的本质而言是正确的决定。你们会知道什么是值得做的,你们将会去做。这将会是令人惊讶的,同时也是熟悉得令人惊讶的。

我祝你们好运,不过我更要祝你们保持勇气,坚忍不拔,得到你们所爱之人的支持。

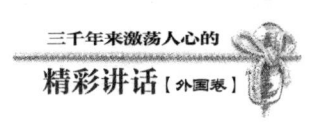

我衷心地祝愿你们,还有你们的父母、家人和朋友。

谢谢你们,祝你们活得精彩!

经典解读

在轻松、简短的问候开头之后,菲奥莉娜并没有急于向听众们表达自己的意见,而且提出一个问题:"世界在剧烈变化,毕业生们所要面临的考验比以前更大"。那么,毕业生们应该如何去做呢?这样的提问激起了听众的好奇心,让他们兴致高涨。

接着,菲奥莉娜引出主题——要学会凝练。在讲述凝练的时候,菲奥莉娜先是谈了自己上学时对哲学知识的凝练,进而引出人生也是如此,需要一个凝练的过程。为了让毕业生们懂得要完成目标就要舍弃一些不必要的事情,菲奥莉娜讲述了自己在法学院学习时退学的事情。最后,她又结合自己25年的职业经历,教导斯坦福大学的毕业生们如何抓住事物的本质,掌握自己的人生。

这篇演讲生动通俗、深入浅出,把深刻的道理放于具体的事例之中,使得学生们更能深刻地理解其中的含义。层次分明,结构严谨,让人印象深刻。

名句赏析

当你们进行编辑,决定取舍的时候,你们会承认那些对你们的本质而言是正确的决定。你们会知道什么是值得做的,你们将会去做。这将会是令人惊讶的,同时也是熟悉得令人惊讶的。

菲奥莉娜强调不要为自己的选择所羁绊,要清楚地认识到什么是应该做的、什么是值得做的,作出决定,然后选择下一步该做什么。这是一个得和失的问题,有舍才有得,有舍必有得。

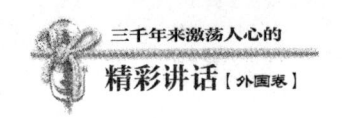

7.苹果公司创始人乔布斯——保持求知欲,保持赤子心

背景资料

史蒂夫·乔布斯(1955—),是一个美国式的英雄,几经起伏,但依然屹立不倒。1977年,他和斯蒂夫·沃兹创造了"苹果"公司,掀起了个人电脑的风潮。1985年,他被沃兹扫地出门创办NeXT。1989年,NeXT公司失败。1997年,乔布斯卷土重来再次成为苹果CEO。同年,被评为最成功的管理者。

乔布斯的传奇经历和他的坚韧意志,为世人树立了不懈进取的光辉榜样,得到全社会的广泛关注和赞誉。鉴于此,斯坦福大学特别邀请乔布斯为2005届毕业生作演讲,这篇演说就是他在毕业典礼上所作。

讲话实录

今天能参加你们的毕业典礼,我感到很荣幸。你们要离开的是世界上最好的大学之一,而我从来没有大学毕业过。说老实话,这是我最亲密接触大学毕业的时刻。今天我想告诉你们我生命中的三个故事。就这些,没啥壮举,不过是三个故事。

第一个故事是关于连起生命中的点滴。

我进里德大学读了半年之后就退学了,不过还是作为在校生在校园里晃荡了一年半才最终真正离开。我为什么要退出呢?

这事在我出生前就开始了。我的生母当时是年轻的未婚大学毕业生,她决定把我送给人收养。她态度很坚决,收养我的人必须是大学毕业生,这样,由一名律师及其妻子来收养我的事在我出生前就全都弄好了。可是当我呱呱坠地的时候,他们在最后关头确定他们真正想要的是女孩。这样,我现在的父母,当时他们也在备选名单上,在晚上接到一个电话,告诉说有一个意外出生的男婴,问他们是否想要,他们说当然想要。我的生母后来才发现,我的养母不是大学毕业生,我的养父连高中都没有读完。她拒绝在最后的收养文件上签名。几个月后当我养父母保证以后我会上大学之后,她才妥协。

17年之后,我上大学了。不过当时不懂事,选择了一所花销昂贵的大学,几乎和斯坦福大学不相上下。我父母都是工薪阶层,他们的积蓄都用来支付我的学费了。过了半年,我看不到这么做有什么价值。我不知道以后如何生活,也不知道大学如何来帮我对生活作出规划。而我在这里花的是我父母一生所积攒的钱。于是,我决定退学,并且相信这个决定会被证明是成功的。在当时,这个决定还是很让人惊慌的,不过回头去看,这是我作出的最好的决定之一。我退学了,就不用再去上那些我不感兴趣的必修课了,我开始旁听那些看起来有意思的课程。

整个事情并非全都那么具有传奇色彩。我没有宿舍房间,只好睡朋友房间的地板,我把可乐瓶还回去,这样可以得到5美分来买吃的东西,每周日的晚上我会步行7英里横穿城区,到黑尔克力斯纳教堂吃那每周一顿的美食。我喜欢这种状态。我凭着好奇和直觉,无意中涉足的很多事情后来证明都是非常有价值的。

我给你们举个例子说明。

当时里德大学提供的可能是全国最好的书法课程。整个校园里每张海报,每个抽屉上的每张标签都是非常漂亮的手写体。因为我已经退学,不必再去上那些常规课程,于是我决定去上书法课,这样就能学会漂亮的手写体。我学习衬线和衬线字体,学习在不同字母组合中改变间距,学习如何使印刷排版和外观变得好看。这个过程非常美妙,具有历史意义和艺术上的精致,这种方式是科学所无法获取的,我发觉它令人陶醉。

当时我根本没有想到,这会在以后的生活中得到实际的运用。不过,10年之

后，当我在设计第一台迈克因特斯电脑时，它全都在我记忆中复活了。我将其设计到"迈克因特斯"中去，它是第一台具有漂亮的排版样式的电脑。如果我在整个大学生活中没有旁听，那么"迈克因特斯"就永远也不会有多种字体或间距合理的字体。由于Windows已经仿照"迈克因特斯"了，可能现在个人电脑没有用我们的这些字体了。如果我没有退学，我也不会旁听这门书法课，个人电脑也许就不会像现在那样具有奇妙的排版样式了。当然，我在大学的时候还不可能看那么远，将这些点滴连起来。不过，在过了10年之后回头来看，这个线索是非常清晰的。

再说一次，你们不可能联结未来的点滴，你只有回头看的时候才能将它们联结起来。因此，你们必须要相信那些点滴在将来总会连起来的。你们必须要信任某种事物——你们的直觉、命运、因缘，或者无论其他什么。这种方法从未让我失望过，它造就了我生命中所有的转机。

我的第二个故事是有关爱与失去的。

我很幸运，我很早就发现了我喜欢的是什么。当我20岁的时候，沃兹和我在我父母的车库里开创了我们的苹果公司。我们很努力，10年内，苹果公司从当初车库里就我们两个人，发展为拥有4000名员工，产值达20亿的公司。一年前，我们刚推出我们最完美的产品"迈克因特斯"，这时我刚到而立之年。可是，接着我就被炒了鱿鱼。你怎么会被你自己开创的公司炒了鱿鱼呢？是的，随着苹果的发展，我们聘用了新人，我认为他很有才干，能够和我一起管理公司，开始的一年左右一切正常。可是，接下来我们对于未来的设想开始有了分歧，最终我们闹翻了。当我们闹翻之后，董事会站在他那边。于是，在而立之年我就这样出局了，并且闹得沸沸扬扬。以前我整个成人生活中所集中关注的事情都消失了，而这是摧毁性的。

我真的不知道如何来打发最初的几个月。我觉得我让业界的前辈们失望了，当接力棒传给我的时候，我却把它失落了。我碰到大卫·派科德和鲍勃·诺里斯，试图为自己的糟糕表现道歉。我是公认的失败者，我甚至想到从硅谷逃走。不过我渐渐明白了某件事，我仍将热爱我过去所做的事情，苹果公司所发生的事情的变动丝毫没有改变这一点。我被拒绝了,可是我还有爱。因此,我决定重新开始。

那时我没有看到这点,不过后来我发现,被苹果炒鱿鱼是我所经历的最好的事情。保持不败之地的重负被再次成为开拓者的轻松所取代,这使我得到解放,从而进入了我生命中最具有创造性的时期。

在接下来的 5 年,我开了两家公司,一家叫奈克斯特,另一家叫皮克斯。我和一个令人着迷的女人谈起了恋爱,她后来成为我的妻子。"皮克斯"制作了世界上第一部电脑动画电影《玩具总动员》,现在是世界上最成功的动画制作公司。形势发生了巨大的变化,苹果买下了"奈克斯特",我回到了苹果,我们在"奈克斯特"研发的技术成了苹果公司现在复兴的核心因素。伦妮和我现在共同拥有一个美好的家庭。

我确信,如果我没有被苹果公司炒鱿鱼的话,这一切都不会发生。这是苦药,可是我想,病人是需要它的。有时生活对你的沉重打击让你措手不及,不要丧失信心。我确信,我之所以能够一直前进,唯一的原因就是我喜欢我所做的事情。你要去发现你所喜爱的,这点对你的工作是如此,对你的爱人也同样如此。你的工作将占据你生命中的很大一块,创造伟业的唯一办法就是去热爱你所做的事情。如果你还没有找到,那么就继续寻找,不要停顿,依靠心灵的力量,当找到它的时候你会知道你找到了,而且,正如其他所有伟大的事业一样,它也是随着时间的流逝而变得越来越好。因此,继续寻找,直到你找到,不要停顿。

我的第三个故事是有关死亡的。

我 17 岁的时候,读到如下的话:如果你把每天都看做是最后一天来过的话,那么有一天你会发现你这么做肯定是对的。这句话给我留下了深刻的印象,从那以后,在过去的 33 年里,每天早上我对着镜子问自己:"如果今天是我生命的最后一天,我还会做我今天打算要做的事情吗?"如果一段时间内每天的答案都是否定的,那么我知道我需要做出改变。

记住自己很快就要死去,这是我所遇到的最重要的工具,它能帮助我做出生

命的重大抉择。因为几乎所有的事情、所有外在的期望、所有的尊严、所有对于尴尬或失败的恐惧,在面对死亡的时候就都烟消云散了,只留下真正重要的事情。记住你很快就要死去,能够使你避免陷入认为自己会遭受损失的心理误区。据我所知,这是最好的办法了。你已经是赤条条无牵挂了,没有理由不听从自己的内心。

大约一年以前,我被诊断出患有癌症。我是早上 7 点半做的扫描,结果清楚显示我的胰腺上有一个肿瘤。我当时连胰腺是什么都不知道。医生告诉我,这种癌症属于那种几乎无法治愈的,不要指望能够活过 3 到 6 个月。我的医生建议我回家安排后事,这话隐含的意思就是让我做好死亡的准备。它意味着你要在接下来的几个月中告诉他们你本打算在以后 10 年告诉他们的话。它意味着要确保对一切都要守口如瓶,这样才能使你的家庭尽可能轻松地面对。它意味着和这世界说拜拜。

那天我一直遭受这个诊断结果的折磨。那天晚上我做了一个活组织切片检查,他们在我的喉咙下面插入了 1 个内诊镜,穿过我的胃,到达我的肠子,插了 1 根针到我的胰腺,从肿瘤中取出了一些细胞。我还比较镇静,不过我妻子,她当时也在,告诉我说,当他们在显微镜下观察细胞的时候,医生们叫喊起来,因为证明那是一种少见的胰腺癌,可以通过手术治愈。我接受了手术,现在我一切正常。

这是我距离死亡最近的一次,我希望这也是我以后几十年内离死亡最近的一次。经历过这件事之后,比起死亡对我来说还是一个有用但纯粹是思维概念的时候,现在我可以更加肯定地告诉你们没人想死。即使那些想上天堂的人也不会为了要去那里而想去死。死亡仍然是我们共同拥有的目的地,没人能逃脱。事实如此,因为死亡很可能是生命中唯一最好的创造了,它是改变生命的手段,它除旧布新。现在,你是新人,不过要不了多久,你就会逐渐成为老人,被清除出去。很抱歉,是这样的具有戏剧性,不过,这真的是事实。

你们的时间是有限的,因此不要浪费时间去过别人的生活。不要被教条所羁绊,这样你就是在根据别人思考的结果来生活。不要让其他人的观点所发出的声

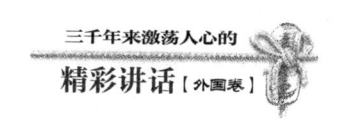

音淹没了你自己内心的声音。最重要的是要有勇气听从你自己的心灵和直觉。它们总会知道你真正想成为什么人，其他一切事情都是次要的。

当我年轻的时候，有本令人感到惊奇的出版物《全球目录》，它是我们那一代人奉为经典的书之一。它是由一个叫做斯图亚特·博兰德的人创办的，在门罗公园，离这儿不远。博兰德用他的诗意格调使这本杂志焕发生机。这是在20世纪60年代晚期，在个人电脑和台式印刷系统出现之前，因此这个出版物全部都是用打字机、剪刀、宝丽来制作的。它有点像纸质的google，不过是在google出现前的35年。它是理想主义的，充满着整洁的图案和卓越的观念。

斯图亚特和他的团队出版了几期《全球目录》，当刊物寿终正寝的时候，他们出版了最后一期。那是在70年代中期，那时我正处在你们现在这个年龄。在他们最后一期刊物的封底上有一幅清晨乡间小路的照片，如果你勇于冒险你会在这种路上招手搭便车。照片下面印着这些话：保持求知欲，保持赤子心。这是他们停止活动时的告别词。保持求知欲，保持赤子心，我一直都希望能做到这样。现在，当你们作为毕业生重新开始新生活的时候，我祝愿你们能做到这样。

保持求知欲，保持赤子心。

谢谢大家！

经典解读

乔布斯的这篇演讲是由三个故事组成的，第一个故事是他被迫辍学，过起了艰难的生活，如睡朋友房间的地板，步行7英里到教堂吃饭；第二个故事是他被炒鱿鱼——自己奋斗——回归公司的一连串经历；第三个故事是他与病魔斗争。这种别开生面的演讲激起了学生们的兴趣，同时也让演讲本身变得更具生动性和趣味性。而这些亲身经历的故事都是蕴涵哲理的，乔布斯想对斯坦福大学的毕业生说的话都包含在故事之中。

说到底，乔布斯一生并不顺利，但他都挺过来了，而且生活得很幸福，他是怎

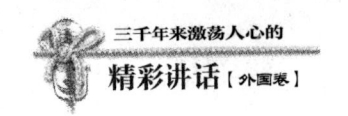

样做到的呢？乔布斯告诉我们——保持求知欲，保持赤子之心。这篇演讲层层递进，很好地凝聚了听众的注意力，让他们加入到思考之中，潜移默化中赞同演讲者的观点，这也是本篇演讲的成功之处。

名句赏析

你们的时间是有限的，因此不要浪费时间去过别人的生活。不要被教条所羁绊，这样你就是在根据别人思考的结果来生活。不要让其他人的观点所发出的声音淹没了你自己内心的声音。最重要的是要有勇气听从你自己的心灵和直觉。它们总会知道你真正想成为什么人，其他一切事情都是次要的。

乔布斯劝诫年轻一代不要被教条所羁绊、不要根据别人思考的结果生活、不要被他人的观点混淆思想，最重要的就是多留些时间给心灵和直觉。可以看出，对于自己的成功，乔布斯更加相信是内在的精神力量所致。

第七章　直击人类心灵的豪言壮语
——励志讲话

　　这些直击人类心灵的演讲词，或事实有据、逻辑严密，或机智幽默、妙趣横生，或慷慨激昂、豪气凌云，或声情并茂、引人入胜，或数者兼而有之，足以使人坚定对崇高理想之信念，足以使人增加知识、明白道理，足以动人心弦、催人奋发。

1.马其顿帝国国王亚历山大——对马其顿士兵的演说

背景资料

　　亚历山大（前356-前323），曾师从古希腊著名学者亚里士多德，18岁随父出征，20岁因其父腓力二世遇刺登上皇位，成为古代马其顿帝国国王。在当政的短短15年间，他建立起了一个以巴比伦为首都的庞大帝国，创下了前无古人的辉煌业绩，是世界古代史上最著名的军事家和政治家。

　　公元前327年，亚历山大大帝率军东侵印度，在欧皮斯整编军队时，他宣布将超过年龄或因残废不能继续服役的马其顿人都遣送回家，由国家发给路费。但马其顿士兵们认为，亚历山大已经瞧不起他们了。再加上之前亚历山大征服波斯后采取的一些东方化的措施早已让这些人心中愤愤不平，马其顿士兵准备发生哗变。

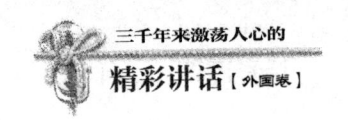

为了重新获得军心，赢得士兵们的尊重，雄才大略、勇敢善战的亚历山大大帝在处死13名扰乱军心者后，发表了这篇名为《对马其顿士兵的演说》的演讲。

讲话实录

马其顿同胞们：

现在我想对你们说的，并不是要阻挡你们回家的愿望。就我个人来说，你们愿意上哪去都可以。但是，你们应当想想，假如你们就这样走掉，那你们究竟算是怎样对待寡人的呢？而寡人又是怎样对待你们的呢？因此，我打算先从我父亲腓力说起，这是应该的，也是适当的。

腓力起初看到你们的时候，你们不过是些走投无路的流浪汉，大多数人只穿着一张老羊皮，在小山坡上放几只羊。为了这几只羊，还常常和边界上的伊利瑞亚人、特利巴利人和色雷斯人打个不休，而且往往吃败仗。后来，是腓力叫你们脱下老羊皮，给你们穿上大衣，把你们从山里带到平原上，把你们训练成能够对付边界敌寇的勇猛的战士。因此，你们才不再相信你们那些小山村的天然防卫能力，而相信了你们自己的勇气。

不仅如此，他还把你们变成城市的居民，用好的法律和风俗把你们变成文明的人。腓力使你们当上了原先那些欺压你们、抢劫你们财物和亲人的部落的主子，再也不当他们的奴隶和顺民。他把色雷斯大部并入了马其顿版图，夺取了交通便利的沿海城镇，给你们的家乡带来了商业，使你们能安全地开发自己的宝藏。然后，他又叫你们当上了多年来叫你们怕得要死的色雷斯人的老太爷。他还制伏了福西亚人。由你们家乡通到希腊的道路原来既窄又难走，后来他把它开成又宽又好走的大路。过去，雅典和底比斯一直在伺机毁灭马其顿，但他后来降伏了他们。我们马其顿不再向雅典和底比斯缴纳贡赋，相反，他们现在必须争取到我们的允许才能生存。

现在,我们大家正在分享我父亲腓力这些功业的成果。后来他又进入伯罗奔尼撒,把那个地方也搞得服服帖帖。然后,他被宣布为全希腊的最高统帅远征波斯。他赢得这么高的威望,并不只是为他自己,主要地还是为了马其顿。

我父亲为你们大家完成的这些崇高的事业,就其本身而言,确实是很伟大的,但跟寡人的成就相比,不免显得藐小。我从我父亲手里继承下来的,只有几只金杯银碗,还有不到60塔仑的财宝。可是他欠的债务却多达500塔仑。在这个数字之外,后来我自己又借了800塔仑。当时我们的国家不可能叫大家过舒适的生活。就是从这样一个国家里,我带领你们出发,开始远征。虽然当时波斯人是海上霸主,但寡人还是一举打通了赫勒斯滂海峡。然后,又用我的骑兵打垮了大流士的许多督办,于是就在你们的帝国的版图上加上了爱奥尼亚和伊欧利亚全部,上下福瑞吉亚和利地亚;米莱塔斯是在寡人围攻之下夺到手的;其余各地都是投降的。

这些胜利果实我都交给你们分享。埃及和西瑞尼,我兵不血刃就拿到手,那里的东西都归了你们。叙利亚盆地、巴勒斯坦和美索不达米亚现在也为你们所有。巴比伦、巴克特利亚和苏萨也属于你们。利地亚的财富、波斯的珍宝、印度的好东西,还有外边的大洋,通通归你们所有。你们有的当了督办,有的当了近卫军官,有的当了队长。

在经历这么多的艰难困苦之后,留给我自己的,除了王位和这顶王冠之外,还有什么呢?除了你们已经占有的和我为你们保存的以外,谁也指不出我还有什么财产。我并未为我个人的需要保留过什么东西。我跟你们吃一样的饭,睡一样的觉——不,在你们当中有些人,我很难说我跟他们吃得一样,他们吃得可讲究呢。我还知道,我每天比你们早起,为的是让你们安安静静地在床上多睡一会儿。

可是,你们也许认为当你们忍受劳累和痛苦的时候,我自己则是轻闲自在地坐享其成。但我要问,你们当中有谁真正感觉到他为我受的苦和累比我为他受的还多呢? 或者,你们当中那些负了伤的,不论是谁,谁把衣服脱下来叫大家看看,

我也脱下来叫大家看看。我的全身,至少是前面,没有一个地方没有伤疤。没有一种武器,不管是近距离的还是远距离的,没有在我身上留下伤痕。这是事实。在肉搏中我挨过敌人的刀;还不知道挨过敌人多少箭;还受过弹弓子弹的打击;棒打石击则更是不可胜数。

这一切都是为了你们,为了你们的荣誉,为了你们的财富。我带着你们以胜利者的姿态走遍陆地、海洋、河流、山脉和平原。我结婚,你们也结婚。你们许多人的孩子将和我的孩子结为血肉相连的亲戚。还有,对你们当中欠了债的人,我不是好管闲事的人,都未加追究,而你们的薪饷确也已够高,每当攻下一个城镇时,你们还都分了那么多战利品。我实在不明白你们怎么会欠下公家的债。但我不管这些,把你们欠下的债务通通一笔勾销。而且,你们大多数都得到了金冠。这是你们英勇功勋的纪念,也是我对你们关怀爱护的象征,是永远磨灭不了的纪念品。不论谁牺牲了,他的死都是光荣的,葬礼也都是隆重的。多数还在家乡立了铜像。父母受到尊敬,还豁免一切捐税和劳役。因为自从我率领你们远征以来,还没有一个人是在溃逃中死掉的。

现在,我本来打算把你们当中那些不能再参加战斗的人送回家乡,成为乡亲们羡慕的人。但是既然你们都想回家,那你们通通都走吧。到家之后,告诉乡亲们,就说你们的国王亚历山大打败了波斯、米地亚、巴克特利亚、萨卡亚,征服了攸克西亚、阿拉科提亚和德兰吉亚,当了帕西亚、科拉斯米亚以及直至里海的赫卡尼亚的主人;他曾越过了里海关口以远的高加索山,渡过了奥克苏斯河和塔内河,对了,还有除了狄俄尼索斯之外谁都未曾渡过的印度河,还有希达斯皮斯河、阿塞西尼斯河、布德拉欧提斯河,如果不是因为你们退缩的话,他还会渡过希发西斯河;他还曾由印度河的两个河口闯入印度洋,还越过了前人从未带着部队越过的伽德罗西亚大沙漠;在行军中,还占领了卡曼尼亚和欧瑞坦地区;当他的舰队由印度驶回波斯海时,他又把你们带回苏萨。我再说一遍,你们回家之后,告诉乡亲们,就说你们自己总算回了家,但把国王扔下了,把他扔给你们曾经征服过的那些野蛮部族去照顾。当你们当众宣布这件事的时候,毫无疑问,这在人世间一定算得上是无上的光荣;在老天看来,也一定够得上是虔诚无比。你们走吧!

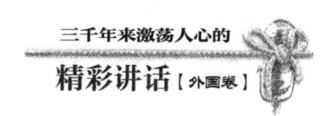

经典解读

面对从父亲掌权时代就从军,跟着父子两人东征西讨多年,如今准备哗变的老兵们,亚历山大在演说中重点回顾了父子两人这些年来的功绩,强调士兵们能由原来的平民或奴隶变得风光和有地位,实际上都是拜自己父子两人所赐。与此同时,亚历山大大帝以情感人对士兵们诉说自己平时的劳累和痛苦,以及对士兵们的爱护和照顾之情,如"你们当中有谁真正感觉到他为我受的苦和累比我为他受的还多呢?""你们许多人的孩子将和我的孩子结为血肉相连的亲戚"。接着,又正话反说"既然你们都想回家,那你们通通都走吧",晓之以理,动之以情,说得士兵们又感动又惭愧。

整篇讲话有着很强的逻辑性,说理透彻,让人犹如当面聆听亚历山大深刻的教诲,茅塞顿开。这段精彩的演说随着亚历山大大帝所建立的不朽功业而永存于世,成为后人品鉴和学习的榜样。

名句赏析

我再说一遍,你们回家之后,告诉乡亲们,就说你们自己总算回了家,但把国王扔下了,把他扔给你们曾经征服过的那些野蛮部族去照顾。当你们当众宣布这件事的时候,毫无疑问,这在人世间一定算得上是无上的光荣;在老天看来,也一定够得上是虔诚无比。你们走吧!

士兵们最看重的既不是生命,也不是财富,是荣誉。他们之所以要哗变,是因为他们觉得亚历山大大帝之前的做法伤害到了他们的荣誉。表面来看,亚历山大大帝这些充满了讽刺意味的话是对马其顿士兵们的伤害,但如果站在一个普通士兵的角度上来想的话,这样的话会导致羞愧以致无地自容,这也就进一步激发了他们的荣誉感——跟随国王开疆拓土,建功立业!

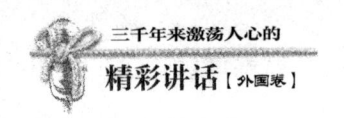

2.捍卫真理的殉道者布鲁诺——真理面前半步也不后退

背景资料

乔尔丹诺·布鲁诺(1548-1600),意大利文艺复兴时期伟大的哲学家和自然科学家。因幼年丧失父母,由神甫养育长大。15岁时布鲁诺当了多米尼修道院的修道士,17岁时进入修道院攻读神学。尔后,他发展了波兰科学家哥白尼的宇宙学说,提出了"宇宙无限说"和唯物主义思想。

这些学说及思想与当时罗马的主流思想格格不入。1592年5月,罗马教廷以极端有害的"异端"之名将布鲁诺逮捕,囚禁在宗教裁判所的监狱里,被审讯和折磨8年之久,但他丝毫没有动摇相信真理的信念。

1600年2月17日,布鲁诺被教会处以火刑,在罗马的百花广场上英勇就义。本篇是他为宣传自己的主张而做的演讲。

讲话实录

前进,我亲爱的菲洛泰奥,愿任何东西也不能迫使你放弃你宣传你那美妙的学说,无论是无知之徒的粗野咒骂,无论是苟安庸碌之辈的愤慨,无论是教条主义者和达官贵人的愤怒,无论是群氓的胡闹,无论是社会舆论的令人震惊,无论是撒谎者和心怀嫉妒者的诽谤,这些都损害不了你在我心目中的崇高形象,决不会使我离开你。

顽强地坚持下去,我的菲洛泰奥,坚持到底!不要灰心丧气,不要退却,哪怕那笨拙无知、拥有重权的高级法庭用种种阴谋来陷害你,哪怕它妄图使用一切可能的手段来抵制那美好的意图、你那种种著作的胜利。

你放心吧，这样的一天总是会到来的。那时所有的人都会明白我所明白的东西，那时所有的人都会承认：对于每一个人来说，同意你的见解并颂扬你是那么容易做到，就像要比得上你却那么难于做到那样，所有的人，凡不是从头坏到脚的人，终有一天会在良心驱使之下给予你应得的赞扬。

要知道，打开理性的眼睛的，归根到底是内在的教师，因为我们理解思想上的财富并不是从外部，而是从内部，从自身的精神得到。在所有人的心灵中都有健全理智的颗粒，都有天赋的良心，它耸立于庄严的理性法庭之上，对善与恶、光明与黑暗进行评判并作出公正的判决。你那良好事业的最忠诚最卓越的捍卫者之所以能从每一个人意识的深处终于点燃起起义之火，要归功于这样的判决。

而那不敢与你交朋友的人，那些胆怯地顽固维护自己的卑鄙无知的人，那些坚持充当赤裸裸的诡辩派和真理的不共戴天的敌人的人，他们将在自己的良心中发现审判官和刽子手，发现为你复仇的人，这位复仇者将能更加无情地在他们自己的思想深处惩罚他们，使他们再也无法向自己隐藏这些观点，当敌人给予你的打击被击退的时候，让一大群奇怪而凶恶的爱夫门尼德（希腊神话中的复仇女神，专在地狱中折磨人的灵魂）把他包围起来，让其狂怒倾泻在……敌人的内心动机上，并用自己的牙齿将他折磨至死。

前进！继续教导我们去认识关于天空、关于行星与恒星的真理，给我们讲解在无限多的天体中一个与另一个究竟有什么不同，在无限的空间中无限的原因与无限的作用为什么不仅是可能的，而且也是必然的。教导我们什么是真正的实体、物质和运动，谁是整个世界的创造者，为什么任何有感觉的事物都由同一要素和本原组成。给我们宣讲关于无限宇宙的学说，彻底推翻这些假想的天穹和天域——它们似乎应把这么多的天空和自然领域划分开来。教导我们讥笑这些有限的天域以及贴在其上的众星。让你那些所向披靡的论据万箭齐发，摧毁群氓所相信的、第一推动者的铁墙和天壳。打倒庸俗的信仰和所谓的第五本质。赐给我们关于地球规律在一切天体上的普遍性以及关于宇宙中心的学说，彻底粉碎外

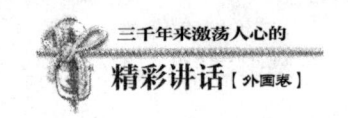

在的推动者和所谓各层天域的界限。我们敞开门户，以便我们能够通过它一览广漠无垠的统一星球世界，告诉我们其他世界是如何像我们这个世界那样在以太的海洋里疾驰的，给我们讲解所有世界的运动如何由它们自身内部灵魂的力量来支配。并教导我们，在以这些观点为指导去认识自然的道路上，坚定不移地阔步前进。

经典解读

坚持真理，就必须向宗教神学宣战。布鲁诺以坚定的信念、坚强的毅力、坚韧的品格，吹响了彰显科学的号角，他将自己幻化为菲洛泰奥，这既是对坚持真理的自我肯定，又是激励自己为真理而战的斗志。坚持真理，就必须有正确的宇宙观。在演讲中，布鲁诺不仅否定了托勒密的地心说，也修正和发展了哥白尼的日心说，提出了宇宙无限论和世界统一论的思想，描绘出一个广阔无垠的统一的星球世界。

与此同时，布鲁诺字里行间透露出自己对这场较量的结果抱定了必胜的信心，"你放心吧，这样的一天总是会到来的。那时所有的人都会明白我所明白的东西"、"凡不是从头坏到脚的人，终有一天会在良心驱使之下给予你应得的赞扬"……

全文见解独特、思想尖锐、语言犀利、气势逼人，充分表达了布鲁诺无论遭受多少迫害，都会坚持真理面前半步也不后退的信念，同时也对错误的思想、错误的人进行了深刻的批判与揭露。这是漫长蒙昧的中世纪暗夜中的一道强烈的智慧闪光，使我们感到人类的文明之所以得以发展正是因为他们的存在。

名句赏析

前进！继续教导我们去认识关于天空、关于行星与恒星的真理，给我们讲解在无限多的天体中一个与另一个究竟有什么不同，在无限的空间中无限的原因

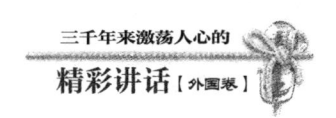

与无限的作用为什么不仅是可能的,而且也是必然的。

在这段话中,布鲁诺提出了宇宙无限的思想,他认为宇宙是统一的、物质的、无限的和永恒的,人类所看到的只是无限宇宙中极为渺小的一部分。在中世纪的欧洲,布鲁诺能够突围出宗教神学找寻到真理的光明,并为之奋斗终身是异常困难的。可惜,他所描述的与无数太阳系并存的无限宇宙图景,直到300年后才得到科学界的公认。

3.北美印第安人部落首领洛根——洛根首领的哀词

背景资料

洛根,北美印第安人的部落首领。15世纪末欧洲殖民者踏上印第安人的土地时,洛根热情地款待了他们,并慷慨地把肉和衣服无偿地送给白人。但是有一天,一个名叫克雷萨普的白人上校洗劫了洛根的家,杀害了包括洛根的妻子与孩子在内的所有人,只有洛根活了下来。于是,洛根开始带领印第安人发起反对白人的战争。

可惜的是,1774年10月,洛根和他领导的印第安人被白人打败,洛根被处以死刑。按照白人的规定,洛根可以在战败之后向获胜者请求赦免,但这位心情悲凉而又坚定的首领拒绝了。行刑前他向征讨者弗吉尼亚皇家总督邓莫尔勋爵寄去了这篇著名的书面讲话《洛根首领的哀辞》。

讲话实录

我恳请任何一位白人说说,他是否曾饿着肚子走进洛根家的小屋,而洛根没有给他肉吃;他是否曾在又冷又没衣穿时来到洛根家,而洛根没有给他衣服穿。

在最近这次漫长而血腥的战争中,洛根一直待在自己的小屋里,一直是一位宣传和平的人。我对白人的爱就是这样的,以致我的同胞经过我家时都指着说:"洛根是白人的朋友。"

如果不是一个人伤害了我们,我甚至想过和你们住在一起。去年春天,克雷萨普上校无缘无故地残酷杀害了洛根的所有亲人,甚至连我的女人和孩子也不放过。在现在活着的人中,没有一个人的血管里流着我的血。

这个事实呼唤我去报复。我寻求报复;我杀死了许多人;我已经复仇够了;为了国家,我很高兴看到和平的曙光。但不要以为我的高兴是出于害怕。洛根从不惧怕。他不会为了保全自己的生命而突然作一百八十度的转身的。谁去那儿为洛根哀悼?——没有一人。

经典解读

在这篇演讲中,洛根首先叙述了自己对白人的爱和友善,甚至自称为"白人的朋友"。但友善换来的却是白人对自己亲人的残忍杀戮。对比之下,控诉着殖民者对印第安人所犯下的滔天罪行,自己所经历的悲惨遭遇。失败后,洛根从种族的苦难、人类的苦难谈了自己对和平的追求和渴望,展示了崇高的情怀。不过,同时他也以"洛根从不惧怕"表明宁死不屈、斗争到底的决心。

洛根的演讲篇幅不长,句式和语言都很简单,却由于是真情实感的流露,具有极强的说服力和感染力。洛根及其种族的苦难让人们对殖民者的凶残暴戾有了更深刻的认识,也对和平有了新的理解。

托马斯·杰斐逊在他的《弗吉尼亚记事》中,对洛根首领的讲话给予了相当高的评价,他断言:"欧洲从未产生过比这篇短小精美、富于雄辩的演说更为优秀的东西。"本篇也是19世纪美国学校读本中必选的文章,为几代美国年轻人所熟悉。

名句赏析

我寻求报复;我杀死了许多人;我已经复仇够了;为了国家,我很高兴看到和平的曙光。但不要以为我的高兴是出于害怕。洛根从不惧怕。

这段话看似简单朴实,但是细读会发现每字每句都饱含血与泪,蕴含着实际的力量。洛根结合人民的困难,指出在国家和平面前个人复仇变得渺小,体现了其豁达的胸襟和以宽待人的品质。

4.法兰西第一帝国皇帝拿破仑——在米兰的演说

背景资料

拿破仑·波拿巴(1769-1821),一生中指挥大大小小一共60多场战役,创建了法兰西第一帝国,与亚历山大大帝、恺撒大帝、汉尼拔并称为欧洲历史上最伟大的四大军事统帅,被称为"奇迹创造者"。

在父亲的安排下,拿破仑9岁时就到法国布里埃纳军校接受教育,专攻炮兵学。16岁时被授予炮兵少尉头衔,22岁获得准将军衔。1795年,24岁的拿破仑受巴黎督政官巴拉斯之托成功平定保王党武装叛乱,一夜之间荣升少将,担任法国内防军司令,开始了自己辉煌的政治生涯。

1796年3月2日,拿破仑被任命为法兰西共和国意大利方面军总司令,他统帅军队多次击败敌军。5月15日,在米莱齐莫击败撒军,拿破仑率军进驻米兰,以胜利者的姿态向士兵们发表了极具鼓动性的《开进米兰》。

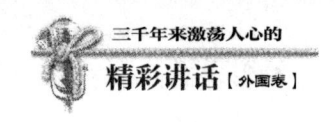

讲话实录

士兵们：

你们像山洪一样从亚平宁高原迅猛地冲了下来。你们战胜并消灭了一切阻挡你们前进的敌人。

从奥地利暴政解放出来的皮埃蒙特，表现了与法国和平友好相交的天然感情。

米兰是你们的，在全伦巴迪亚上空，到处都飘扬着共和国的旗帜，帕尔马公爵和莫德纳公爵能够保住政治生命，完全归功于你们的宽宏大量。

号称能够威胁你们的敌军，再也找不到更多的可以凭借的障碍物，来抵挡你们的勇气了。波河、提契诺河和阿达河不再阻挡你们前进了。意大利这些所谓了不起的堡垒看来都是不堪一击的，你们像征服亚平宁山脉一样迅速地征服了它们。

你们取得这样多的胜利使祖国充满喜悦。你们的代表们规定了节日，以表示对你们胜利的庆贺，共和国所有的公社都在庆祝这个节日。你们的父亲、母亲、妻子、姊妹以及你们所有心爱的人，都为你们的胜利而欢欣鼓舞，他们都以自己是你们的亲人而感到自豪。

是的，士兵们！你们做了许多事情。可是，这是不是说你们再没有什么事可做了呢？人们在谈到我们时会不会说，我们善于取得胜利，却不善于利用胜利呢？后代会不会责备我们，说我们在伦巴迪亚碰上了卡普亚呢？不过我已经看见你们在拿起武器，懦夫般的休养生活已经使你们烦恼啦！你们为荣誉而花去的时光，也就是为自己的幸福而花去的时光。总而言之，让我们前进吧！目前我们还需要急行军，我们必须战胜残敌，我们要给自己戴上桂冠，必须报复敌人给我们的侮辱！

让那些准备在法国挑起内战的人等着吧！让那些卑鄙地杀死我们的驻外使节和烧毁我们土伦的军舰的人等着吧！复仇的时刻到了。

但是,要叫老百姓放心。我们是一切老百姓的朋友,特别是布鲁图家族、西庇阿家族和一切我们奉为典范的大人物后裔的忠实的朋友。恢复卡皮托利小山上的古迹,在那儿恭敬地竖起一些能使古迹驰名的英雄雕像。唤醒罗马人,使他们摆脱几百年的奴役造成的昏沉欲睡的状态。这些将是你们的胜利果实,这些果实将在历史上创造一个新的时代。不朽的荣誉将归你们,因为你们改变了欧洲这一最美丽地方的面貌。

自由的、受全世界尊敬的法国人民正在给全欧洲带来光荣的和平,这种和平将补偿它在6年中所忍受的一切牺牲。那时你们回到自己的家乡,你们的同胞就会指着你们说:他曾经在战无不胜的意大利方面军服役!

经典解读

虽然米兰的胜利只是拿破仑戎马一生的征战生涯中小小的一战,但从演讲背景上看,拿破仑经过法国大革命、热月政变、被免去准将军衔等不得志的事情后,终于被任命为总司令,而自己也不负重托取得米兰胜利,可以说他正处于走向人生顶峰的攀升阶段。因此,在演讲中,拿破仑热情奔放地赞颂自己的胜利之师,极大地鼓舞了士兵们的士气,如"你们像山洪一样从亚平宁高原迅猛地冲了下来,你们战胜并消灭了一切阻挡你们前进的敌人"、"你们取得这样多的胜利使祖国充满喜悦"……

在这篇演讲中,我们处处都可以感受到一股激情与斗志,其中的气势与豪迈令人无法不受感染,而这或许也正是拿破仑能够成就一代霸业的精神基础所在。

名句赏析

自由的、受全世界尊敬的法国人民正在给全欧洲带来光荣的和平,这种和平将补偿它在6年中所忍受的一切牺牲。那时你们回到自己的家乡,你们的同胞就会指着你们说:他曾经在战无不胜的意大利方面军服役!

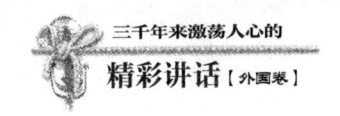

拿破仑用"自由的"、"受全世界尊敬"和"战无不胜"等词语来形容法兰西共和国的人民,让人感受到一股胜利的自信和激情。"给全欧洲带来光荣的和平"更是使战争的意义得到升华。

5.美国独立的巨人亚当斯——拔去狼的牙齿

背景资料

约翰·亚当斯(1735-1826),美国独立战争时期的革命家、政治家。1775年,他策动了波士顿倾茶事件,震惊全美。1776年7月4日,第二届大陆会议在费城通过了由杰斐逊、富兰克林等人起草的《独立宣言》,北美殖民地宣布脱离英国殖民统治,美国开始了独立战争。

但当时亚当斯率领的军队只有1.8万人,军事物资奇缺,甚至几个人合用一把步枪。除了军事上的不利外,在一些城市如纽约、新泽西还存在着一股效忠英国的势力,他们对独立持怀疑和反对态度,甚至效忠派占多数。当时的形势对独立战争十分不利,在此种情况下,亚当斯发表了《拔去狼的牙齿》。

讲话实录

此时,令世人极感惊讶,我们300万条心为了同一个理想而结合在这块土地上,我们有训练及装备优良的庞大军队,有军事技能不亚于任何一个国家的优秀指挥官,并且在活动及热诚方面不劣于别国。国库里储存着超出我们预料的军需品,各国都等着联合来褒扬我们的成功,而且还有很多出人意料的上帝保佑我们的实例,我们的成功使敌人徘徊不前,使无宗教信仰者获得信心。所以我们可以说,真正解放我们的,并非只有我们自己的军队。

在上帝伟大而完美的安排中，上帝之手引导我们变得谦虚，我们已从政治的罪恶之城逃出，我们决不能再回头。实现和平的勇气及上下团结一心却会造成未来没必要的为自由而斗争，一个能把狼身上的链子松开，而没有拔去它的牙齿的人，也就算个疯子。

除了独立，我们别无选择，否则只有受最可鄙、最毒恶的奴役了。敌人的军队在我们的领土上扩张，并用血腥的手段进行屠杀，而我们的战士仿佛从天上向我们哭诉。

现在我们已组织完成，宪法也正准备通过。此时，你们都是自己自由的保卫者，我们可以告诉你们："我们所提议的每件事，只有全部得到你们的认同才算合法。美国的人民啊！你们是制定法律的主人，你们的幸福就建立在法律之上！"

现在，你们所在国家其军队的力量足以抵制敌人的势力，他们为正义的理想而精神抖擞。因此，前进吧！发挥你们的进取精神，我不祈求更大的祝福，只希望能与你们同甘共苦。如果说我有一个比把我的尸体和华伦将军的尸体葬在一起更大的愿望，那即是——我希望美国各州能够永远自由、独立。

经典解读

亚当斯在演讲一开始先列举了北美人民革命的有利条件——人心团结、军队优良、统帅优秀、军需充足，激发人们必胜的信心。接着，他指出"除了独立，我们别无选择"，并以"自己自由的保卫者"赞美军人，激励他们要为自由而战。最后，亚当斯振臂高呼，用"如果说我有一个比把我的尸体和华伦将军的尸体葬在一起更大的愿望，那即是——我希望美国各州能够永远自由、独立"，表达了自己不惜牺牲自己来换取美国独立的信念。

演讲篇幅不长，但字字有力，句句铿锵，观点鲜明，主题突出，表达了亚当斯将独立革命进行到底的意志和决心。演讲将《独立宣言》的原则传递给每个受殖民压迫的美国人，促使他们为国家的自由、独立勇敢战斗。

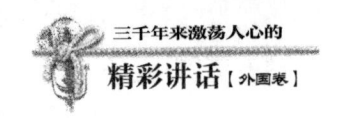

名句赏析

实现和平的勇气及上下团结一心却会造成未来没必要的为自由而斗争,一个能把狼身上的链子松开,而没有拔去它的牙齿的人,也就算个疯子。

亚当斯把殖民者比喻作凶残的狼,认为如果要达到狼不再危害人的目的,只有拔去它伤人的牙齿。这样的比喻非常形象,有利地激发和启迪了北美人民为自由而战,并且要战斗到底的决心。

6.南北战争领导者林肯——在葛底斯堡的演说

背景资料

亚伯拉罕·林肯(1809-1865)当选总统后,南方各州相继宣布脱离联邦,美国内战爆发,林肯总统领导人民对南方叛军作战。1863年7月14日,南北两军在美国宾夕法尼亚州的葛底斯堡展开了三天三夜的激战。

葛底斯堡战役是北美大陆历史上规模最大、伤亡最惨重的一场战斗。双方共16万人兵员,共有5.1万人阵亡。在此,北军重创南军,扭转了整个南北战争的局势,成为美国内战的关键转折点。

战争结束后,为了纪念在葛底斯堡战役中牺牲的将士,国家决定建立一座国家烈士公墓。1863年11月19日,在公墓落成典礼上,林肯总统来到此发表了具有历史意义的《葛底斯堡演说》。

讲话实录

87年前,我们的先辈们在这个大陆上创立了一个新国家,它孕育于自由之

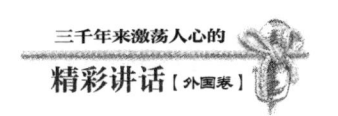

中,奉行一切人生来平等的原则。

现在我们正从事一场伟大的内战,以考验这个国家,或者任何一个孕育于自由和奉行上述原则的国家是否能够长久存在下去。我们在这场战争中的一个伟大战场上集会,烈士们为使这个国家能够生存下去而献出了自己的生命,我们来到这里,是要把这个战场的一部分奉献给他们作为最后安息之所。我们这样做是完全应该而且非常恰当的。

但是,从更广泛的意义上来说,这块土地我们不能够奉献,不能够圣化,不能够神化。那些曾在这里战斗过的勇士们,活着的和去世的,已经把这块土地圣化了,这远不是我们微薄的力量所能增减的。

我们今天在这里所说的话,全世界不大会注意,也不会长久地记住,但勇士们在这里所做过的事,全世界却永远不会忘记。毋宁说,倒是我们这些还活着的人,应该在这里把自己奉献于勇士们已经如此崇高地向前推进但尚未完成的事业。倒是我们应该在这里把自己奉献于仍然留在我们面前的伟大任务——我们要从这些光荣的死者身上汲取更多的献身精神,来完成他们已经完全彻底为之献身的事业;我们要使国家在上帝福佑下得到自由的新生,要使这个民有、民治、民享的政府永世长存。

经典解读

这是一篇庆祝军事胜利的演说,但它没有丝毫的好战之气,更像一篇感人肺腑的颂辞。在演讲中,林肯真切深沉地讴歌了勇士们为自由民主而献身的精神,表达了对烈士的崇敬和缅怀之情,深深地打动了在场的所有听众。同时,林肯还鼓舞活着的人要奉献自己,完成烈士未竟之事业,使民有、民治、民享政府永世长存。

这篇演讲的词语运用非常简洁凝练,但是充满了强烈的感情色彩,打动人心、催人奋进。这是美国文学中最漂亮、最富有诗意的文章之一,被公认为英语演讲中的最高典范,其演说词被铸成金文,长存于牛津大学。

名句赏析

我们要使国家在上帝福佑下得到自由的新生,要使这个民有、民治、民享的政府永世长存。

在这里,林肯提出了深入人心的"民有、民治、民享"政治理想,这成为后人推崇民主政治的纲领。

7."美国文学中的林肯"马克·吐温——我也是义和团

背景资料

马克·吐温(1835-1910),1865年因幽默故事《卡拉韦拉斯县驰名的跳蛙》一举成名,成为闻名全国的幽默大师,是美国批判现实主义文学的奠基人、世界著名的短篇小说大师,被誉为"美国文学中的林肯"。

1886年,《哈克贝里·费恩历险记》完稿时,马克·吐温已成长为美国文坛的巨人。他目击了19世纪四五十年间美国历史的发展变化。这当中,既有经济的快速发展,也有精神世界的堕落。他对当时的拜金主义极度厌恶与失望。

当诸列强为了分得侵略中国的一杯羹而发动八国联军侵华战争时,马克·吐温看到了拜金主义践踏人类的罪恶结果。1900年11月23日,在参加纽约勃·克莱博物馆内举行的公共教育论坛时,他借机发表了这篇即兴演讲,抨击诸列强对中国的侵略。

讲话实录

我想,要我到这里来讲话,并不是因为把我看作一位教育专家。如果是那样,就会显得在你们方面缺少卓越的判断,并且仿佛是提醒我别忘了我自己的弱点。

我坐在这里思忖着,终于想到了我之所以被邀请到这里来,是有两个原因。一个原因是让我这个曾在大洋之上漂流的不幸的旅客懂得一点:你们这个团体的性质与规模,让我懂得,世界上除了我以外,还有别的一些人正在做有益于社会的事,从而对我有所启迪。另一个原因是,你们之所以邀请我,是为了通过对照来告诉我,教育如果得法,会有多大的成效。

尊敬的主席先生刚才说,曾在巴黎博览会上获得赞扬的有关学校的图片已经送往俄国,俄国政府对此深表感谢——这对我来说,倒是非常诧异的事。因为还只是一个钟点以前,我在报上读到一段新闻,一开头便说:"俄国准备实行节约。"我倒是没有料到会有这样的事。我当即想,要是俄国实行了节约,能把眼下派到满洲去的3万军队召回国,让他们在和平生活中安居乐业,那对俄国来说该是多大的好事啊。

我还想,这也是德国应该毫不拖延地干的事,法国以及其他在中国派有军队的国家都该跟着干。

为什么不让中国摆脱那些外国人,他们尽是在她的土地上捣乱。如果他们都能回到老家去,中国这个国家将是中国人多么美好的地方啊!既然我们并不准许中国人到我们这儿来,我愿郑重声明:让中国自己去决定,哪些人可以到他们那里去,那便是谢天谢地的事了。

外国人不需要中国人,中国人也不需要外国人。在这一点上,我任何时候都是和义和团站在一起的。义和团是爱国者。他们爱他们自己的国家胜过爱别的民族的国家。我祝愿他们成功。义和团主张要把我们赶出他们的国家。我也是义和团。因为我也主张把他们赶出我们的国家。

我把俄国电讯再看了一下,这样,我对世界和平的梦想便消失了。电讯上说,保持军队所需的巨额费用使得节约非实行不可,因而政府决定,为了维持这个军队,便必须削减公立学校的经费。而我则认为,国家的伟大来自公立学校。

试看历史怎样在全世界范围内重演，这是多么奇怪。我记得，当我还是密西西比河上一个小孩子的时候，曾有同样的事情发生过。有一个镇子也曾主张停办公立学校，因为那太费钱了。有一位老农站出来说了话，说他们要是把学校停办的话，他们不会省下什么钱。因为每关闭一所学校，就得多修造一座牢狱。

这如同把一条狗身上的尾巴用作饲料来喂养这条狗。它肥不了。我看，支持学校要比支持监狱强。

你们这个协会的活动，和沙皇和他的全体臣民比起来，显得具有更高的智慧。这倒不是过奖的话，而是说的我的心里话。

经典解读

马克·吐温是伟大的作家，也是出色的、受人欢迎的演讲家。

在演说中，马克·吐温首先肯定了东道主勃·克莱公共教育协会"正在做有益于社会的事"，并由这个团体对教育的关心顺势引出沙俄政府应该实行节约，接着他义愤填膺而直言不讳地向沙皇政府提出："把眼下派到满洲去的3万军队召回国"，以便削减经费，这就是最大的节约。由于当时八国联军侵华并火烧圆明园的借口是义和团事件，马克·吐温在他的演讲中提出"我也是义和团"的观点。他以讽刺的手法对人类社会的虚伪痛下针砭，以滑稽诙谐的语言揭露出德法等列强入侵中国的罪恶事实，指出了他们与人类正义事业为敌的丑恶行径。

在那个时代、在那样一种"弱肉强食"的主导思潮之下，马克·吐温凭着人类的良知说话，凭着正义者的良心说话，为中国人呐喊，为正义呐喊。这样一种爱憎分明的立场不能不让人钦佩与感动。

从演讲技巧上，我们不难发现，这篇演讲继承了马克·吐温作品中所一贯坚持的辛辣、幽默的风格，嬉笑怒骂，皆成文章。例如，其在这篇演讲中的关于"每关闭一所学校，就得多修造一座牢狱"的说法，简洁、形象地道出了教育的重要性。

名句赏析

外国人不需要中国人,中国人也不需要外国人。在这一点上,我任何时候都是和义和团站在一起的。义和团是爱国者。他们爱他们自己的国家胜过爱别的民族的国家。我祝愿他们成功。义和团主张要把我们赶出他们的国家。我也是义和团。因为我也主张把他们赶出我们的国家。

马克·吐温肯定不是义和团。作为美国人,他敢于以义和团自居,这是何等的可贵。他说:"义和团是爱国主义者"、"我任何时候都是和义和团站在一起的",将酷爱独立自主之情表现得淋漓尽致,让每一个中国人,每一个爱好和平自由的人都肃然起敬。

8.无产阶级艺术最杰出的代表高尔基——向文盲宣战

背景资料

马克西姆·高尔基(1868-1936),出身贫苦,幼年丧父,11岁即为生计在社会上奔波,他与劳动人民同呼吸共命运,亲身经历了资本主义残酷的剥削与压迫。为了探求改造现实的途径,高尔基刻苦自学文化知识,成为了伟大的文学家,杰出的社会活动家。列宁称他为"无产阶级艺术最杰出的代表"。

1920年,苏联国内战争即将结束,胜利在望,但是农村经济严重受损,工业生产也是气息奄奄,满目疮痍,百废待兴,国家经济文化建设面临严峻的考验,需要大量较高素质的劳动者。

面对这一形势,高尔基同其他工作者一样,积极投入各项工作,为提高全民知识文化水平、组建新的文化队伍,尤其为扫除文盲不遗余力地呼号奔走。本篇

演讲是高尔基在彼得格勒苏维埃会议上的发言。

讲话实录

安格尔特同志给你们介绍了向文盲宣战事业的实况。你们从他的发言和图表中会看见很重要的东西,他向你们展示了一幅在很短、短得可笑的四周内所进行工作的有趣图画。我知道,它会让你们兴奋的。至于我,我想把一些个人的观察告诉你们,这些观察情况是在我和文盲或识字不多的听众的接触过程中获得的。

同志们,以前目不识丁的村妇或者已过中年的庄稼汉现在如此凝神专注倾听别人的讲话,这件事使我高兴,让我舒畅,以至于我可以叫你们相信,你们的潜心静听要比你们的掌声和最轰动的音乐更美好、更令人愉悦。人们渴求学习的心情急切得令人吃惊。你们都是掌了权的人,应该利用这种求知欲,应该使之得以充分满足,这是你们的职责。

你们应千方百计减轻这部分人的工作,你们正在和全人类最可怕的敌人——愚昧作斗争。现在你们要对你周围所做的一切,对你们自己创造着的一切负责。这种责任由你们承担是因为再也无法埋怨任何其他人,说他们妨碍了你们为自己而工作了。所有困扰、折磨你们的一切,无论是懒惰、肮脏还是臭气冲天,这都是你们的事,你们必须和它们作顽强的斗争。

你们十分清楚,这是何等艰巨的斗争,要付出多少精力,由此你们应该明白,你们多么需要在身后建立一支后备军队伍,储备好打算来帮助你们,接你们班的人才,他们要能理解自己周围所发生的事,不会无病呻吟。他们许多人,也许包括你们的一些人都有这一想法,知识是无往而不胜的非凡力量。只有真正牢固地用知识武装起来,你们才能以胜利者的姿态走出不得不去忍受的艰难生活的困境。

俄国人很懒,他们会狡猾地过游手好闲的生活,但他们有一股足够的倔犟劲儿,只要有愿望,他们总能学会。当我观察到,此时此刻这位识字不多的人在向知识进军时,我真高兴。他多么渴求能把别人对他说的一切统统吸收过来,他一下

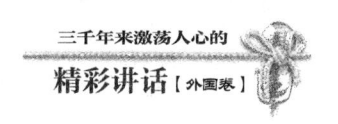

子向与他交谈或为他讲课的人提出了很多很多的问题。

你走进一些不识字的人的教室,你就会感到:咦,怎么回事呀?这些人怎么傻乎乎的。第一印象对他们很不利。他们坐在那儿望着你就像山羊在看墙报。但过了几分钟、半小时,你们会突然感到,从他们的脸上、眼睛里看见聚精会神的表情,仿佛觉得,他们从你这儿把自己所有的能量、知识、力量全吸取走了。

这会使你开始体会到,和他们谈话要比与知识分子谈更容易、简单、热烈。还有一个特点:这些人提出了全人类感兴趣的基本问题,这些问题还是第一次促使这些未开化的人有了一种想法,即去走一条通往能获得伟大成就的道路。他们的问题是:人来自何处?什么是生命?地球上怎样开始有了生命?我们有灵魂吗?灵魂什么样?你们这些主要热衷于政治问题的人听见提出这些问题也许很费解,可是这很好,文化便是由此而产生的,人类就是从这种不大开化的状态开始向今天他所站着的高度攀岩的。

由于这些思想的存在,世界上才诞生了托尔斯泰们、莎士比亚们、爱迪生们、马克思们、列宁们。这不至于会使你们难堪,这准确标志着:世界的思想确实触动了每个人的灵魂,世界全人类的才智已被俄罗斯大众所感觉到了。在这种情况下,我以为,应想方设法使知识的掌握变得容易些,不管是从外部掌握还是从内心掌握都如此。掌握知识曾打动过,现在正更厉害地打动着这些人的心灵。你们只要想一想,在每个工人家庭里至今仍只是起次要作用的妇女现在可以成为她丈夫的真正朋友了。妇女能读书,能和自己的丈夫肩并肩地走路,而她的小儿子也不会再到街上去做香烟投机买卖了,不会成为罪犯了。同志们,你们想想,识字不多妇女的数字在我国是很可观的。我们必须为她们提供一切机会,让她们吸收知识,吸收全人类的智慧,一般人能吸收多少,她们也能吸收多少。当然,你们不会比大家懂得少,因为一个人文化层次越高,就越懂得多,也就越完美、越机灵。亲爱的同志们,我们什么也不需要,只需要优秀的工作者,不吝惜自己的精力,英勇建设国家的人。你们肩负有历史使命去建设这个国家,显然你们会建设好的,

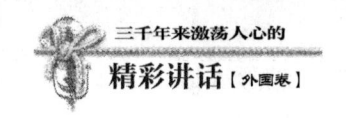

但只有当你们的确诚心诚意、勇敢地去进行吸收全人类知识与科学的世界经验这一伟大事业时，才能建设好这个国家。

同志们，我也许说得前言不搭后语，题目这样大，想说的又很多，而词汇和时间却又很少，这样就说不好了。我口才欠佳，但都是心里话，并非玩弄词藻。

同志们，你们必须知道、感到，吸收知识的时机、科学知识社会化的时机现在已经到来，再也没有比知识更强大的力量了，用知识装备起来的人是不可战胜的。如果我能告诉你们，在经济遭破坏、饥寒交迫的最近两年内，我们科学家的头脑在一片混乱、啼饥号寒的日子里所做的一切，你们定会感到惊喜。在科学领域我们俄国人与欧洲学者的联系是被割断的，近来有了很大进步。

当你们得知，人们是在怎样艰难条件下取得这些成绩的，你们会大吃一惊，你们会对这些英勇的人们众口齐颂。他们没有跑到你们敌人的营垒中去，而是留了下来，和你们一块儿工作。我们需要知识这一武器，因为最可敬的协约国手中的子弹、刺刀要是停止进攻，他们期盼的便不是用棍棒，而是用卢布来征服我们。他们会试图这么干的。他们会乘隙而入，投入小小的一点资本，腐蚀包括你们在内的俄国人，是的，包括你们。你们必须明白且牢牢记住，贪得无厌、尖利无比的血盆大口已向我们张开，铁牙利齿是为我们磨得尖尖，我们的皮肤，甚至每根小骨头都会咯咯裂开。为把这种和平征服击溃，必须具有许多智慧；必须清楚，我们富有什么，缺乏什么，有哪些优点、哪些不足；必须做好与资本家斗争的准备，这场斗争没有停止过；必须清楚，资本主义的年龄比我们大，经验比我们丰富，还比我们狡猾。

我认为，每个人都应懂得必须向文盲宣战，这不仅是每个个人，也是全俄罗斯的职责。我们要尽量多为自己获取知识，以便尽量多地给国家奉献知识。这个国家应有人为之诚实地劳动，人民应得到幸福，哪怕仅仅是休息的幸福。这当然是个不大的愿望，还有另一个愿望：我希望你们能赋予这个国家的人民以建设的幸福，英勇地去建设它。国家很需要建设。我希望那些普通俄国人，包括你们在内所素有的懒散、放荡、马虎作风统统清除掉。我还希望,你们近些日子所感受到的所有做法能把一个古老俄国人的形象从你们表皮清除掉。古老的俄国,他们习惯了在棍棒下工作,不会去珍惜劳动,也不懂得劳动具有的全人类意义。

请你们原谅,我这样讲,听上去似乎很难过,但我必须凭良心讲话。人民呀,你们是有点儿懒,人民的意志被压抑了300年,还能要求你们什么呢?但是,同志们,我们对欧洲、全世界作出过贡献,这几乎是奇迹,因为从被打垮、被吓破了胆、穷得一贫如洗的俄国人民那里难以得到如此的功绩。俄国人民靠最近几年的生活想要建立功绩是很难的,这是一条受难者的道路。

我说,这是伟大的功绩,并没有恭维的意思,的确伟大。这是一件随着时间的推移,会让我们的敌人愕然,甚至会逼他们对我们大加褒扬的事。然而,你们的功绩使你们有责任去继续这一事业,而且一干到底。当我们拥有人类在自己艰苦卓绝道路上产生出来的一切:所有优秀的思想、所有知识的宝藏时,如果我们能把这一切据为己有,如果我们能把它消化成自身的东西,那么我们就完全可以从所有不幸中超脱出来。很有可能,与外界失掉过联系的俄国知识分子关于人民是世界的救世主和关于人民救世主的可笑幻想忽然真的成了活生生的现实。

不用再说,同志们,我们确实比别人先跨前了一步。这样工作紧张得很,但功绩也大。如果你们能唤起自身的求知欲,尊重劳动、相互尊重、正确评价工作人员、帮助所有站在你们身后不识字的人适应你们现在所知道的东西,你们所具有的一切,这样功绩还要大。

这就是我想给你们说的几句话,很想能使你们相信,请你们尽可能抓紧一点,把注意力集中到这方面来。

如果我们把文盲当成灰尘一样扫除掉,荣誉和光荣都将属于你们,至于你们的利益、整个国家的利益,那就更不用说了。这只有在人们目前有追求知识欲望时才有可能,只有在他们有扑向新知识的狂热时才有可能。你们应该这样做,我再说一次,这是你们的职责,上层人士的职责。为了广泛开展这方面的工作,要去

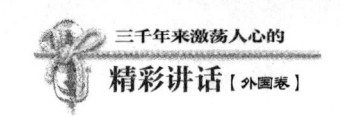

做一切可能做好的事,使得这种俄罗斯式的沉默寡言变为擅长思考、擅长感觉和擅长工作的能力,因为谁擅长感觉,谁就擅长工作,谁懂得越多,谁工作得也就不会坏。

这便是我所要讲的一切,最后我祝你们一切顺利,首先精神要饱满。

经典解读

开展群众工作,群众的配合非常重要。在演讲中,高尔基首先对扫盲工作的现状给予了非常乐观的评价,"人们渴求学习的心情急切得令人吃惊"。高尔基抓住这一关键,表示对群众极大信任,并且指出普及文化知识、开展学习对国家建设、社会进步、家庭和谐幸福等各方面的积极影响,无疑会产生很好的号召力。这就为下文善意的批评作了良好的铺垫,"俄国人很懒,他们会狡猾地过游手好闲的生活,但他们有一股足够的倔犟劲儿,只要有愿望,他们总能学会"。

高尔基态度诚恳而热情,演说语言非常口语化,话题展开的方式也非常随意。这些都是很重要的,只有通俗易懂、简单明了才容易让工农兵大众接受深刻的道理,进而产生积极广泛的影响。

名句赏析

同志们,你们必须知道、感到,吸收知识的时机、科学知识社会化的时机现在已经到来,再也没有比知识更强大的力量了,用知识装备起来的人是不可战胜的。

这句话警示人们要想拥有强大的力量,必须提高文化水平,增强文化素养。这是高尔基对俄国人民的殷切期望,表现了其高瞻远瞩的教育思想。

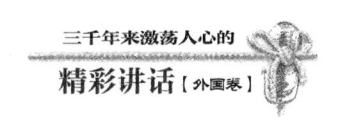

9.精神分析学派创始人弗洛伊德——升华,战胜命运的摆布

背景资料

西格蒙德·弗洛伊德(1856-1939),犹太人,出生于奥地利的弗赖贝格,后迁居维也纳,曾入维也纳大学学习医学。1881年毕业后,从事精神病临床工作,并在法国神经病学家夏科的影响下,逐渐走上了对精神病因的探寻与研究之路,成为了一名心理学家、精神病医师,并开创了精神分析学派。

弗洛伊德一生都在关注人的精神状态,他研究精神病的发病原因,想找寻给人类造成痛苦灾难的起源,试图从源头上规避灾难的发生,希望教给他们一种方法,消除人类的痛苦,迎接幸福。《升华,战胜命运的摆布》就是弗洛伊德于1930年发表的一篇鼓励人们战胜痛苦与挫折的演说。

讲话实录

生活正如我们所发现的那样,对我们来说是太艰难了。它带给我们那么多痛苦、失望和难以完成的工作。为了忍受生活,我们不能没有缓冲的措施,正如西奥多·方坦所说:"我们不能没有补救的措施。"这类措施也许有三个:强而有力的转移,它使我们无视我们的痛苦;代替的满足,它减轻我们的痛苦;陶醉的方法,它使我们对我们的痛苦迟钝、麻木。

这类措施是必不可少的。伏尔泰在《查第格》的结尾告诫人们要耕种他们自己花园的土地,其目的就是为了转移,科学活动也是这样转移。代替的满足正如艺术所提供的那样,是与现实对照的幻想,但是由于幻想在精神生活中担负的这种作用,它们仍然是精神上的满足。陶醉的方法作用于我们的身体并改变它的化

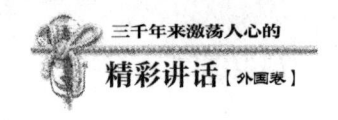

学过程……

除上述措施之外，防范痛苦还有一种方式是我们心理结构所容许的里比多的转移，通过这一转移，这种方式的功能获得了那么多的机动性。这里的任务是改变本能的目标，使其不至于被外部世界所挫败。本能的升华借助于这一改变。如果一个人有能力增加从精神和智力工作这个源泉中获得的快乐，那么他的收益是极大的。命运摆布他的力量也就小多了。正如艺术家在创作中、在实现他的幻想中得到的快乐一样，或者像科学家在解决问题或发现真理时一样。

这类满足有一个特殊的性质，将来有一天，我们肯定可以用心理玄学的术语去加以描述。现在，对我们来说，只能把这样的满足形容为"高尚的和美好的"。但是这种满足的强度，与来自野蛮的原始的本能冲动的满足的强度相比较是温和的，它并不震动我们的肉体。但是，这种方式的弱点是不能普遍适用于人们，它只能为少数人所用。它以人的特殊的气质和天赋为其先决条件，而这种气质的天赋在实践中是远不够普遍的。甚至对占有它们的少数人来说，这个方式也不能用来彻底防止痛苦。这个方式无法制造穿不透的盔甲来抵御命运之神的箭矢，当痛苦来自这个人自己的身体时，它常常就失去了作用。

这个过程已经清楚地表明了一个意图，即通过在内部的、精神的过程中寻求满足，来使自己独立于外部世界，在第二个过程中，这些特征甚至更显著。在这个过程中，与现实的联系更加松散，满足是从幻想中获得的，它表明幻想与现实之间的差异并不干扰幻想带来的快乐。产生幻想的那个领域是对生活的想象，当现实感发展了的时候，这个领域显然避开了现实检验所提出的要求，并为了实现那难以实现的愿望而保留下来。

幻想带来的快乐首先是对艺术作品的享受靠着艺术家的能力，这种享受甚至被那些自己并没有创造力的人得到了。那些受了艺术感染的人并不能把它作为生活中快乐和安慰的源泉，从而给它过高的评价；艺术在我们身上引起的温和的麻醉，可以暂时抵消加在生活需求上的压抑，但是它的力量决不能强到可以使

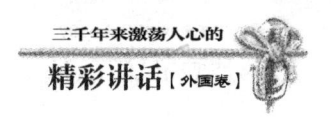

我们忘记现实的痛苦……

在这里,我们可以接下去考虑一下有趣的情况,在这个情况中,生活中的幸福主要来自对美的享受。我们的感觉和判断究竟在哪里发现了美呢——人类形体的和运动的美,自然对象的美,风景的美,艺术的美,甚至科学创造物的美。

为了生活的目的,审美态度稍许防卫了痛苦威胁,它提供了大量的补偿。美的享受具有一种感情的、特殊的、温和的陶醉性质。美没有明显的用处,也不需要刻意的修养。但文明不能没有它。美学科学考察了事物的美的条件,但是它不能对美的本质和起源作任何说明,像往常一样,失败在于层出不穷的、响亮的,却是空洞的语词。不幸,精神分析学对美几乎也说不出什么话来。看来,所有这些确实是性感领域的衍生物。对美的爱,好像是被抑制的冲动的最完美的例证。"美"和"魅力"是性对象的最原始的特征。

经典解读

让痛苦的人们感到有所安慰的最好方法是让他知道你跟他同在。弗洛伊德深谙此道,他一开口就说:"生活正如我们所发现的那样,对我们来说是太艰难了。""我们"两个字,让痛苦的人们有所安慰,一下子拉近了与听众的距离。接着,弗洛伊德用补救与缓冲痛苦的三个方法,切入正题。在"精神主宰一切"的理论基础上,他又鼓励人们要积极地调动所有的手段,通过精神的升华,享受快乐,逃避痛苦。

谈及精神哲学并不能完全回避严密概念和判断,但弗洛伊德将深刻的哲理与缜密的论证自然地融合在一起,循循善诱,娓娓道来,既有学理的阐释,也有对战胜痛苦与挫折的方法的细致剖析与评说,使相对枯燥的事物变得不再使人望而生畏。

真正的大师不仅要有深奥广博的思想,而且要懂得并且能够用简单通俗的语言将自己深奥的思想解释给大众。在这篇演讲中,弗洛伊德就做到了这一点。

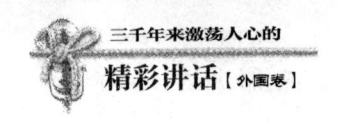

名句赏析

生活中的幸福主要来自对美的享受。我们的感觉和判断究竟在哪里发现了美呢——人类形体的和运动的美,自然对象的美,风景的美,艺术的美,甚至科学创造物的美。

弗洛伊德用一连串诸如"人类形体的和运动的美,自然对象的美,风景的美,艺术的美,甚至科学创造物的美",把人生、社会、自然界渲染得美不胜收、乐不可支,引导大家要向善、向美,以一种积极的心态、目光去面对、观察身边的一切。

10.分析哲学创立人罗素——置人类于末日还是弃绝战争

背景资料

伯特兰·亚瑟·威廉·罗素(1872-1970),生于英国辉格党贵族世家,毕业于剑桥大学三一学院,并曾留校任教,是20世纪英国哲学家、数学家、逻辑学家、历史学家,无神论或者不可知论者,也是上世纪西方最著名、影响最大的学者和和平主义社会活动家之一。

罗素一生反对战争,追求人道主义理想,第一次世界大战时他曾因宣传和平被捕入狱,但初衷不改。从20世纪50年代起,他更专门致力于反对核战争,反对越南战争及呼吁世界和平的活动。1961年,他因煽动非暴力反抗运动再次入狱。1963年,他还创立了"罗素和平基金会"。

《置人类于末日还是弃绝战争》是1957年7月罗素在由10个不同国家的22位科学家参加的一次会议上的演讲。

讲话实录

在人类所面临的悲剧性的情况下，我们觉得科学家应当集会对这种由大规模毁灭性武器所引起的危险作出估计，并且按照所附草案的精神进行讨论，以达成一项决议。

我们此刻不是以这个或者那个国家、这个或者那个大陆、这种或者那种信仰的成员的资格来讲话，而是以人类、以其能否继续生存已成为问题的人类成员资格来讲话的。这个世界充满着冲突，而使一切较小冲突相形见绌的则是共产主义同反共主义之间的巨大斗争。

几乎每个有政治意识的人，对于这些争端中的一个或几个问题都有强烈的感情。但是我们希望你们，如果可能的话，把这种感情丢在一边，而只把你们自己当做是生物学上一个种的成员，这个种有过极其惊人的历史，我们谁也不愿意看到它绝迹。

我们尽可能不说一句为某一集团所中听而为另一集团所不中听的话。大家都同样处在危险之中，如果理解到了这种危险，就可希望大家会共同避开它。

我们必须学会用新的方法来思考。我们必须认识到向我们自己提出的问题，不是要采取什么措施能使我们所支持的集团取得军事胜利，因为已不再存在这样的措施。我们向自己提出的问题应当是：能采取怎样的措施来制止一场其结局对一切方面都必须是灾难的军事竞赛？一般公众，甚至许多当权的人都没有认识到使用核弹的战争究竟会引起怎样的后果。一般公众仍然用城市的毁灭来想象。据了解，新的核弹比旧的核弹有更大的威力，一颗原子弹能毁灭广岛，而一颗氢弹就能毁灭像伦敦、纽约、莫斯科那样的最大城市。

毫无疑问，在氢弹战争中，大城市将被毁灭掉。但这还只是不得不面临的一个较小的灾难。如果伦敦、纽约、莫斯科的每个人都被消灭了，在几个世纪内，世界还是会从这种打击中恢复过来的。可是我们现在知道，尤其在比基尼试验以后

知道,核弹能逐渐把破坏作用扩展到一个非常广阔的范围,这个范围比原来所设想的还要大得多。

据非常可靠的权威人士说,现在能制造出地核弹,威力要比炸毁广岛的大2500倍。

这种炸弹,如果在接近地面的空中或者在水下爆炸,就会向上层空气散放出带有放射性的粒子。它们以剧毒的尘埃或雨点的形式下降到地面。沾染了日本渔民和他们所捕到的鱼的,就是这种尘埃。

现在谁也不知道这种致命的放射性的粒子会扩散得远,但最可靠的权威人士都异口同声地说:氢弹战争十分可能使人类走到末日。令人担忧的是,如果使用了许多颗氢弹,结果将是普遍的死亡——只有少数人会突然死去,而大多数人会受着疾病和萎蜕的慢性折磨。科学界的著名人士和军事学的权威都曾发出了多次警告。他们谁也不会说这些最坏的结果是一定要发生的。他们只是说,这些结果是可能的,而且谁也不能肯定说它们不会成为现实。迄今我们还未曾发觉,专家们的这些观点同他们的政治见解或偏见有什么关系。就我们的研究结果所揭示的来说,这些观点只同各个专家的知识水平有关。我们发觉,知道得最多的人,也就是最忧心忡忡的人。

因此,我们在这里向你们提出的,是这样一个严峻的、可怕的、无法回避的问题:我们要置人类于末日,还是人类该弃绝战争?人们不敢正视这样的抉择,因为要废止战争是非常困难的。

要废止战争就要对国家主权作出种种令人不愉快的限制。但是成为理解这种情况的障碍的,除了别的原因之外,更主要的,恐怕还是"人类"这个名词使人感到模糊的抽象。人们在想象中几乎没认识到,这种危险不仅是对被模糊理解的人类的,而是对他们自己和他们子孙后代的。他们简直理解不到,他们每个人和他们所爱的亲人都处在即将临头的苦痛死亡的危险之中。因此他们希望,只要现代化武器被禁止了,战争也许还不防让它继续存在。

这种希望是虚妄的。尽管在和平时期达成了禁用氢武器的协议,但在战时,这些协议就会不再被认为有束缚力,一旦战争爆发,双方立即就会着手制造氢弹,因为要是一方制氢弹,而另一方不制造,那么制造氢弹的一方就必定会取得胜利。

尽管作为普遍裁军一个部分的禁用核武器的协议并不提供最后的解决办法,但它还是适合于某些重要的目的。

首先,东西方之间的任何协议,就消除紧张局势来说都是有益的。其次,销毁核武器,如果双方都相信对方是有诚意去这样做了的,就会减轻对珍珠港式突然袭击的那种恐惧。而这种恐惧心理目前正使双方都保持着神经质的不安状态。所以我们应当欢迎这样一种协议,哪怕只是作为第一步。

我们中间的大多数人在感情上并不是中立的。但作为人类,我们必须记住,如果东方和西方之间争端的解决,对于无论是共产主义者还是反共产主义者,无论是亚洲人还是欧洲人或者美洲人,无论是白种人还是黑种人,都能给以可能的满足,那么就决不可用战争去解决这些争端。我们希望东方和西方都了解这一点。

如果我们这样作出抉择,那么摆在我们面前的就是幸福、知识和智慧的不断增进。难道我们由于忘不了我们的争吵,竟然要舍此而选择死亡吗?作为人,我们要向人类呼吁:记住你们的人性而忘掉其余。要是你们能这样做,展示在面前的是通向新乐园的道路;要是你们不能这样做,那么摆在你们面前的就是普遍死亡的危险。

经典解读

在本篇演讲中,罗素言辞恳切,语重心长地坦言大家都同样处在危险之中,"正面临着被自己发明的核武器所毁灭的危险中"。接着,罗素运用渊博的科学原理和对有关核武器知识的了解,对核武器的毁灭性恶果做了精辟的分析与说明。

其中既有笼统的阐述,也有数字明确的对比说明。听来让人震耳发聩,深受触动。摆出事实之后,罗素指出人类已经被逼上了"置人类于末日,还是人类该弃绝战争"的抉择关头。本着对人类命运的忧虑与负责,他发出号召:各个国家,各个集团,各个种族,都应该站在全人类的角度,为人类的继续生存自觉地禁用核武器,以清除世界紧张局势。

罗素的演讲方法,由表及里,由浅到深,从形式到内容,从理论到方法,动情入理,有理有据,有着极大的感染力和说服力。这次演讲是对核武器性质的深刻论述,具有深远的影响意义。

名句赏析

如果我们这样作出抉择,那么摆在我们面前的就是幸福、知识和智慧的不断增进。难道我们由于忘不了我们的争吵,竟然要舍此而选择死亡吗?

这样一个反问句子,严密的逻辑、准确的用词给人一种无可辩驳的质感,让人感到一股强大的力量,余音绕梁,发人深思。

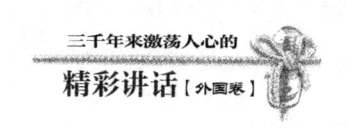

第八章　离情别绪的喷薄而出
——离别讲话

天下没有不散的筵席，"离别"这一个永恒的主题从来不缺乏表达。这些喷薄而出的离情别绪，像无数眼清泉涌于林莽山岩，汇成了一股奔腾喧嚣的声浪，淋漓尽致地展现出情谊的至真至切，动人心弦，感人肺腑。

1.西方哲学的奠基者苏格拉底——临终辩词

背景资料

苏格拉底（前469-前399），著名的古希腊的思想家、唯心主义哲学家。他成长在伯里克利的盛世，当时正值智者从全希腊各地云集雅典，给民主制度雅典带来了许多新知和自由论辩的新风尚的时期。年轻的苏格拉底向著名的智者普罗泰哥拉和普罗第柯等人求教，讨论各种重要的社会人事和哲学的问题，被后人广泛认为是西方哲学的奠基者。

苏格拉底一生不断探索真理，同时也毫不客气地批评当时社会的弊病和达官贵人的腐化堕落，为此，他得罪了雅典上层社会。公元前399年，雅典保守派贵族以煽动青年、污辱雅典神的罪名当众审判苏格拉底，并处以其死刑。这篇《临终辩词》为苏格拉底的离别宣言。

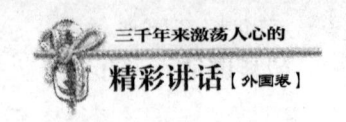

讲话实录

亲爱的雅典同胞们,所剩的时间不多了,你们就要指责那些使雅典城蒙上污名的人,因为他们把那位智者苏格拉底处死。而那些使你们也蒙上污名的人坚称我是位智者,其实并不是。如果你们再等一段时间,自然也会看见终结一生的事情,因为我的年纪也不小了,接近死亡的日子实在也不远了。

但是我并不是要对你们说话,而是要对那些欲置我于死地的人说话。同胞们,或许你们会以为我被定罪是因为我喜好争辩,其实如果说我好辩的话,那么只要我认为对的话我或许还可以借此说服你们,并替自己辩护,尚可免除死刑,其实我并不是因好辩被判罪,而是被控竟敢胆大妄为地向你们宣传异端邪说,其实那些只不过像平常别人告诉你们的话一样罢了。

但是我不认为,为了避免危险起见,就应该去做不值得一个自由人去做的事,也不懊恼我用现在这样的方式替自己辩护。我宁可选择死亡,也不愿因辩护得生存。因为不管是我还是任何其他的人,在审判中或打仗时,利用各种可能的方法来逃避死亡,都是不对的。在战时,一个人如想逃避死亡,那么最好的策略是,用他的勇气,他的智慧,去战胜敌人,假如他敢做、敢说的话。

但是,雅典的同胞啊!逃避死亡并不难,要避免堕落才是难的,因它跑得比死要快。我,因为上了年纪,动作较慢,所以就被死亡赶上了;而控告我的人,他们都年轻力壮,富有活力,却被跑得较快的邪恶、腐败追上了。

现在,我因被他们判处死刑而要离开这个世界;但他们却背叛了真理,犯了邪恶不公之罪。既然我接受处置,他们也应该接受刑罚,这是理所当然之事。

我们如果从另一角度来思考死亡,就会发觉有绝大理由相信死亡是件好事。死亡可能是以下两种情形中之一:或者是完全无知觉的虚无状态;或是大家常说的一套,是灵魂经历变化,由这个世界移居到另一世界。倘若你认为死后并无知觉,犹如无梦相扰的安眠,那么死亡真是无可形容的得益了。

如果某人要把安恬无梦的一夜同一生中的其他日子相比，看有多少日夜比这一夜更美妙愉快，我想他说不出有多少天。不要说是平民，就是显赫的帝王也如此。如果这就是死亡的本质，那么死亡真是一种得益，因为这样看来，永恒不过是一夜。倘若死亡一如大家常说那样，只是迁居到另一聚居了所有死去的人的世界，那么，我的诸位朋友、法官啊，还有什么事情比这样来得更美妙呢？

假若这游历者到达地下世界时，摆脱了尘世的判官，却在这里见到真纯正直的法官迈诺、拉达门塞斯、埃阿科斯、特立普托里玛斯，以及一生公正的神的诸子，那么这历程就确实值得一行了。如果可以同俄耳甫斯、缪萨尤斯、赫西奥德、荷马相互交谈，谁不愿意舍弃一切？要是死亡真是这样，我愿意一死再死。我愿碰到帕拉默底斯、蒂拉蒙的儿子埃杰克斯以及受不公平审判而死的古代英雄，和他们交谈。我相信互相比较我们所受的苦难会是件快事。更重要的是，我可以像在这个世界一样，在那新世界里继续探求事物的真伪。我可以认清谁是真正的才智之士，谁只是假装聪明。法官们啊，谁不愿舍弃一切，以换取研究远征特洛伊的伟大领袖、奥德修斯、西昔法斯和无数其他的男男女女的机会！同他们交谈，向他们请教，其乐无穷！

在那个世界里，绝不会有人因提出问题而获死罪！如果传说属实，住在那里的人除了比我们快乐之外，还会永生不死。法官们啊，不要为死亡而感到丧气吧。要知道善良的人无论生前死后都不会遭逢恶果，他和家人不会为诸神抛弃。快要降临在我身上的结局绝非偶然。我清楚知道，现在对我说来，死亡已比在世为佳，我可以摆脱一切烦恼：因此未有神谕显现。为了同样的理由，我不怨恨起诉者或是将我判罪的人。

他们虽对我不怀善意，却未令我受害。不过，我可要稍稍责怪他们的不怀善意。

但我仍然要请他们为我做一件事情。诸位朋友，我的几个儿子成年后，请为我教导他们。如果他们把财富或其他事物看得比品德为重，请像我麻烦你们那样麻烦他们。如果他们自命不凡,那么,请像我谴责你们那样谴责他们,因为他们忽视了应看重的事物,他们本属藐小而自命不凡。你们倘能做到,我和我的儿子便会自你们手中得到正义。

离别的时刻到了,我们要各自上路——我将走向死亡,你们继续活着。至于生与死孰优孰劣,只有神明方才知道了。

经典解读

苏格拉底被不公正地判处死刑,离别前他没有激愤地批判或是斗争,也没有丝毫的畏惧或是悲哀,而是以诚挚的态度,朴实的语言反驳了保守派贵族对他的种种指控,将是非曲直、真理谬论剖露得淋漓尽致。接着,苏格拉底大谈"遵道德、重公义、法律至宝、法制为贵",他反复论证自己之所以不但不怕死,而且乐于赴死的道理,即死亡是灵魂彻底摆脱了肉体而获得自由,这是哲学所寻求的理想境界。真理,既是苏格拉底一生的理想和信仰,也是他最后慷慨以身殉法的内在动力。

演讲充满了哲学思辨的色彩,有极强的逻辑性和说服力,荡漾着一股大气凛然,视死如归的豪情。苏格拉底以死成全了自己的哲学思想,也实践了哲学对德性与真理人生的承诺。

名句赏析

诸位朋友,我的几个儿子成年后,请为我教导他们。如果他们把财富或其他事物看得比品德为重,请像我麻烦你们那样麻烦他们。如果他们自命不凡,那么,请像我谴责你们那样谴责他们,因为他们忽视了应看重的事物,他们本属藐小而自命不凡。你们倘能做到,我和我的儿子便会自你们手中得到正义。

这是苏格拉底的临终关怀,人之将死,想到的仍然是以死激励后来者,不能不让人为之动容。同时,我们也要为他的忠诚所折服:他忠诚热爱的城邦,忠诚既定的法律,这是植根于知识生活与德性人生的完美结合。

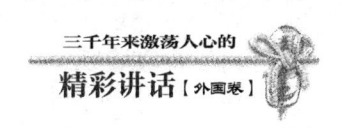

2.美国"国父"华盛顿——告别演说

背景资料

乔治·华盛顿（1732-1799），美国独立战争时期的武装部队总司令，并任1787年制宪会议主席，是美国的第一任总统，被称为"国父"。1792年华盛顿第一届总统任职期满时，他就有退出政治舞台的想法，但在汉密尔顿和杰弗逊的极力劝说下，他连任了美国第二届总统。

第二届任期即将结束时，有人要求华盛顿终身担任总统，因为没有别人比他更受人民的敬仰与尊重了。但华盛顿认为自己应该给美国民主创造一个良好的开端，而且担任两届总统已经足够，因此他拒绝连任，并于1796年9月17日在费城《每日新闻报》向美国人民发布了这篇终身告别辞。

讲话实录

朋友们，同胞们：

重新选举一位公民来管理美国政府的日期，已为期不远，你们必须考虑任命一位能托以重任的人的时刻已经到来。我觉得现在就将谢绝把我置于候选人之列的决心告诉你们是合适的，尤其是因为这可能有助于公众表达更为明确的声音。

当我盼望结束政治生涯之际，我的感情不允许我不对我可爱的祖国表示深切感谢。我感谢祖国授予了我许多荣誉，并以坚定不移的信心支持我，使我享有一切机会通过坚贞不渝地工作，表现我对祖国的神圣感情，虽然这在效果上与我的热忱并不相称。如果我的供职对我的祖国有所裨益，我们要永远记住：当各方

面激起的热情容易把我们引入歧途时,当有时出现捉摸不定而又令人泄气的局势时,当因经常失利而大受责难时,你们坚定不移的支持就是战胜艰难的主要支柱,也是使各项计划有效地实施的一项保证,这才是你们应赞扬的,并应视之为有教益的事例列入史册。

我深感此种支持,死后也不会忘记,为此我要不停地为你们祝福:愿上天继续把最精美的赠品——它的仁慈赐给你们;愿你们的联邦和兄弟般的情谊千古长存;愿你们一手制定的自由宪法将神圣地保持下去;愿每个部门的工作将显示出智慧与德行。总之,愿你们在自由的庇护下,认真维护并慎重使用上帝的赐福,各州人民享有更美满的幸福。使你们获得把你们的宪法介绍给其他各国的荣誉,使这部宪法为那些对之还十分陌生的国家所赞美、爱慕和采用。

也许我的讲话应该到此为止。但我对你们的幸福的关心,这种关心只有在我生命结束时,才会终止,以及因关心而必然要产生的对危险的担心,促使我在此场合向你们提出一些看法,供你们慎重考虑和经常回顾。这些看法是经过多次思考和慎重观察后才产生的。在我看来,这些看法对你们作为一个民族的永久幸福是十分重要的。

政府的统一使你们组成为一个民族,它对你们是十分珍贵的。这确是如此,因为它是你们真正独立大厦的主要支柱,维护着你们在国内的平静和国外的安宁,保障着你们的安全和各方面的繁荣以及你们如此高度珍视的自由。但是不难预见,总是会有人以种种理由从各个方面,煞费苦心地、不择手段地来动摇你们心中对这一真理的信念。由于它是你们政治堡垒中的要害所在,国内外敌人的矛头便会持续不停并不遗余力地对准着它。

因此,极为重要的是,你们应该正当地估计全国性的联合对你们集体和个人幸福的巨大价值,你们应该对它怀有真诚的、经久不变的感情,要习惯于像对待护佑你们政治上的安全与繁荣的守护神那样想到它或谈到它;要小心翼翼、无微不至地保护它;要驳斥一切抛弃它的想法,即使对它抱有丝毫怀疑亦不允许;要义正辞严地反对刚冒头的一切可能使我国的任何部分与其他部分疏远并削弱连接全国各地的神圣纽带的种种企图。

对此,你们有一切理由抱有同感并表示关切。不论是出生于或选择住在这个共同的国家的公民,这个国家有权要求你们感情专注地爱它。美国人这一名称是属于你们的,你们都是国民。这个名称必须永远凝聚应有的爱国主义自豪感,要高于任何因地域差别产生的名称。你们之间尽管有一些差异,但毕竟有相同的宗教、风俗、习惯和政治原则。你们在共同的事中战斗在一起,胜利在一起。你们拥有的独立和自由是群策群力的结果,是经历了共同的危险、苦难和胜利后取得的。

因此,我国各地都感到联合与它们的直接的和特殊的利益息息相关,它们在统一的步骤下,共同努力,便会产生更大的力量,获得更丰富的资源,能够更好地抵御到来的危险,它们的和平就会较少地受到外国的干扰。其无法估计的价值还在于:联邦能避免他们之间的争吵和战争。那些内部不受同一政府约束的邻邦,战祸频仍;它们内部的纷争即足以挑起战争,而国外的敌对的同盟、各种依附关系和阴谋又从中挑拨使之激化。因此,有一个联合的政府,即不必要拥有过分庞大的军事建制,而庞大的军事建制在任何形式的政府里都是不利于自由的,对共和国式的自由更为有害。因此,你们的联邦应被视为你们自由的主要支持,爱自由就必须维护联邦。

在考虑到可能扰乱我们联邦的各种原因的同时,有一件亟需严重关注的事情,即地理差别居然成为区别党派的特点的根据,如北方的和南方的,大西洋的和西部地区的;而诡谲之徒可能力图煽动人们相信,地方利益和观点的确存在差异。党派在特定区域内获得势力的手段之一,乃是将其他地区的意见和目的加以歪曲。你们应尽量提高警惕,克制由此种歪曲所引起的妒忌与不满。妒忌与不满易使本应亲如手足般地聚集在一起的人们彼此疏远。

不幸得很,这种党派性是和我们的本性不可分的,在人类心灵最强烈的感情中扎下了根。它以不同的形式存在于一切政府之中,多多少少受到阻扼、控

制或压抑。但是在那些民主形式的政府中,可见其散发剧毒,成为政府的最危险的敌人。

一派轮流对另一派进行的统治,会因政党间不和而自然产生的复仇心成为苛政。这种复仇心在不同年代和不同国家中曾犯下最可怕的罪行。因此,这种轮流统治本身就是可怕的专制,并终将导致更加正式的和永久的专制。轮流统治造成混乱和苦难会逐渐地使人们赞同个人具有绝对权力,以求得安全与宁静。迟早某一个比他的敌手更有能力、更为幸运的掌权派的首领会利用这种倾向来达到自己正位的目的,从而毁坏了公众的自由,即使不相信会发生这种极端的事例,但是党派性所造成的那些常见的、无止境的危害应足以引起每一个明智的人的关注和责任感,去阻拦和制止其滋长。

有一种意见,认为自由国家的政党对政府的行政机构可起有用的制约作用,并且可用以使自由的精神富有生气。这一点在某种限度内也许是真实的。在一个君主政体型的政府中,爱国主义可以宽容党派性。但是在那些民主型的国家里,在纯粹选举产生的政府里,这是不值得鼓励的一种风气。

同样重要的是,在一个自由的国家里,思考的习惯会使那些受命管理国家的人谨慎从事,不超越宪法规定的他们各自的权限,避免一个部门在行使职权时去侵犯另一个部门的权力。侵犯职权的风气易使各部门的权力集中为一,这样,不管建成何种形式的政府,都会产生一种地道的专制。正确估计支配人类心灵的对权力的迷恋及滥用权力的癖好,就完全可以使我们相信这种情况是真实的。行使政治权时,必须把权力分开并分配给各个不同的受托人以便互相制约,并指定受托人为公众福利的保护人以防他人侵犯。这种相互制约的必要性早已在古代的和现代的试验中显示出来。我国也在进行某些试验,而且就在我们自己的眼前。有必要进行这些试验,也有必要继续这些试验。如果根据人民的意见,认为宪法规定的权力的分配和修改有错误的话,可用宪法规定的修正办法予以改正。

对一切国家要讲信义和公正。要力求与一切国家和睦相处。宗教和道德责成我们这样做，难道好的政策就不要求我们这样做吗？在不久的将来，这个国家将称得上是一个自由的、进步的伟大的国家。它为人类树立了一个始终由正义与仁慈所指引的民族的高尚而且新颖的榜样。随着时间的推移与事物的发展，这样一种计划的成果将充分补偿由于坚持此项计划而失去的任何暂时利益，这是任何人都不会怀疑的。难道上帝没有把一个国家永久幸福与它的德行连接在一起吗？这次试验至少是根据人类本性可以为善的观点而进行的。难道可以因为其罪恶就认为此项计划是不可能实行的吗？

在执行这样一项计划中，重要的莫过于应该排除对个别一些国家抱着永久的、根深蒂固的反感以及对另一些国家的感情上的依附。取而代之的应该是培养正直的、和睦的感情来对待一切国家。一个国家对另一个国家习惯性的偏爱或习惯性的偏恶，这样的国家在某种程度上来说无异于一个奴隶，是一个受自己的仇恨或偏爱摆布的奴隶。无论是做哪一种奴隶，都足以使自己偏离自己的职责和利益。

同样，一个国家对另一个国家感情上的依附会产生种种罪恶。在并没有真正的共同利益存在的情况时，同情自己喜好的国家会产生一种错觉，幻想有一种假想中的共同利益，也会使自己对另一方抱有敌意，这样就会无缘无故地把自己引入参加以后的争吵和战争的歧途上去。在这种感情支配下还会将别的国家不能享有的权利让给自己喜好的国家，这就容易加倍地损害正在作出让步的国家，不必要地放弃本来应该保持的东西，并在不能享受平等权利的各方中激起妒忌、恶意以及报复。

欧洲有一套基本利益，我们则没有，或关系甚疏远。因此欧洲必定经常起争执，其起因实际上与我们的利害无关。因此，在我们这方面通过人为的纽带把自己卷入欧洲政治的诡谲风雨，与欧洲进行友谊的结合或敌对的冲突，都是不明智的。

我国位于隔离的和遥远的位置，这要求我们并使我们追寻另一条不同的道

路。如果我们还是一个民族,在一个有效的政府下,则那样一个时代就不会太远了,到那时我们可以避免外来烦扰所造成的物质上的毁坏,并使我们在任何时候决心保持的中立态度会获得严格的尊重。当交战各国无望获得我们的支持,也不敢轻率地冒险向我们挑衅时,我们就可以根据我们的正义所指引的我国利益来选择和平或战争。

为什么摒弃在如此特殊形势下的有利条件呢?为什么离开我们自己的立场而站在外国的立场呢?为什么要把我们的命运与欧洲任何地区的命运交织在一起从而把我们的和平与繁荣陷入欧洲的野心、竞争、利益、好恶或反复无常的罗网里去呢?

我们真正的政策是避开与外界任何部分的永久联盟,我的意思是说我们所做的不应超越我们目前所负的义务。不要把我的话理解为可能赞成不遵守现有的协定(我坚信诚实始终是最上策,这一箴言对公共事务和私人事务都同样地适用)。因此我再重复说一遍,让那些协议按照它们的真正的含义予以遵守吧。但依我看来,超越这些协议是不必要的,也将是不明智的。

我们应始终注意保护适当的军队,使自己处于有利的防御状态,这样我们就可能有把握地信托暂时的联盟以应付特别紧急的情况。

同胞们,在向你们提出这些出于一位亲爱的老朋友的忠告时,我不敢希望这些忠告将产生强烈的和持久的印象,但我愿这些忠告会抑制通常产生的感情冲动,或防止我们的国家走上迄今为止留着各国命运印迹的老路。但是如果我竟能希望这些忠告可能产生部分的效益和一些暂时的好处,可以不时提醒你们要避免党派性的泛滥并预防外来的离间阴谋,警惕伪装的爱国主义的欺诈行为,那,为你们幸福而担忧的心情将得到充分的补偿,这些忠告就是根据这一希望提出的。

经典解读

演讲一开始,华盛顿就直奔主题,恳切地指出"你们必须考虑任命一位能托以重任的人的时刻已经到来",谢绝了民众把自己置于候选人之列的决心,寄希望公众能够选择更合适的人选,彰显出对民主的呵护,对国家的负责。接着,华盛顿深情地表达了自己对祖国的感谢、对人民支持的深切感谢,并为人民送上了真诚的祝福。说到这里,华盛顿没有停止,而是总结了自己政治生涯中的经验和教训,针对党争与派系倾轧、外国影响或卷入国外纠纷等提出了忠告与诚言,并在公共事务方面对道德与忠诚精神方面做出呼吁。这些都是经过多次思考和慎重观察后所言,无不体现着华盛顿对美国人民的关心和对即将上任的领导人的忠告。

在这篇演讲中华盛顿没有任何盛气凌人的气势,而是充满了谦虚、平实和亲切感,听众们可以感受到他心中的真诚,更为爱戴和尊重他。更为重要的是,华盛顿选择和平让位的做法,为未来的美国树立了民主的先例,总统不超过两任的先例也被看作是华盛顿对美国最重要的影响。

名句赏析

在执行这样一项计划中,重要的莫过于应该排除对个别一些国家抱着永久的、根深蒂固的反感以及对另一些国家的感情上的依附。取而代之的应该是培养正直的、和睦的感情来对待一切国家。

这是华盛顿在外交上的见解,在他认为与其他国家进行友谊的结合或敌对的冲突,都是不明智的,重要的是避免外来烦扰所造成的物质上的毁坏,关注自己的职责和利益。这正是世界大战期间美国保持中立的理论依据。

3.爱尔兰民主斗士伊墨刺多——名誉重于生命

背景资料

自从17世纪英国资产阶级革命以来,爱尔兰正式沦为英国的殖民地。这期间,一批批爱尔兰爱国志士为了争取民族独立而进行了不屈斗争。伊墨刺多就生活在爱尔兰沦为英国统治的时代。他18岁参加革命,扛起了反英斗争的旗帜。

1803年一次袭击达布林的战斗中,年仅25岁的伊墨刺多被爱尔兰政府逮捕。之后,爱尔兰政府判处伊墨刺多死刑,主要借口是说他卖国投法。面对莫须有的罪名,面对死亡,伊墨刺多无所畏惧,在法庭上发表了《名誉重于生命》这一庄严的演说。

讲话实录

法官先生:

先生今天要宣告我的死刑,这件事,已经法律上正当的审理,我还有什么词说呢?我想变更先生既定的严命,还是甘心受先生的严命?或者用卑劣的手段,请求先生减轻刑罚么?这都不是我愿意的,这我都不愿意辩论,不值得辩论。可是比我生命更加贵重的一点,却不得不辩论一下。现在我要在没有证据的许多虚言中,为救济我的名誉起见,不得不辩论,不得不抗议。名誉重于生命,我不愿意为生命辩论,我不得不为名誉来辩论。

我知道先生的良心被名利迷惑了,我的言语决不能感动先生的良心。况且在残忍无情的法官所组织的法庭里,要救护我的名誉,更加不容易。但不得不望先生虚心,听一听我的弱论。我快要渡过大风大浪的人海中,宿于清风凉月的坟墓里。如果我愿意受先生死刑的宣告，不注意于名誉，我就可以默默承受，笑着欢迎；但是我将从先生管理的法庭，交付我的身体，给执行死刑的刽子手，用法律的威势，把我的名誉埋没在暧昧之中，使后世的人，不知道哪个是，哪个不是，这真可痛！为什么呢？因为"是"和"非"是势不两立的：要是先生的宣告不对，那么我的行为便是对的；要是我的行为不对，那么先生的宣告，自然有理。究竟是什么人对，什么人不对，后世的人，也自有公论。

要是把没有罪的人送到断头台上去，强迫他屈服，造成虚伪的证据，那么我的心痛，比杀头之痛，痛过万倍！先生是堂堂的法官，判我区区的平民有罪，我又哪里敢和先生辩论。可是先生是一个男子汉，我也是一个男子汉，不过因权势的不同，先生的地位才和我不同。我们的地位虽然可以变更，我们的性格，却不能变更。假使立在先生之前，我不能辩护我的名誉，那便没有公理了。如我在这法庭上，不能保护我的名誉，那么先生便是诬告。唉！先生能杀我的躯体，先生又怎么永远杀我的名誉呢？刽子手虽然能缩短我的寿命，但是在我的眼睛未闭，呼吸未绝的时候，我万不能不为我的名誉辩护。唉！名誉是极贵重的东西呢！啊！我的名誉，比我的生命更加贵重的啊！我的名誉，决不能和我共死，我的名誉，一定要留给我的同志，做极可宝贵的遗产。我们的良心，自然有上帝知道：谁是为正义牺牲的？谁是做情感的奴隶的？先生要虐待我么？我的良心，与先生的良心，上帝看得很清楚的。

先生能杀死我的身体，先生却不能挖去上帝的眼睛啊！先生指控我是法国的侦探，那真是荒谬！侦探的目的在哪里呢？无非是我把本国卖给法国。我为什么要卖国呢？先生编造成许多牵强附会的证据，说我卖国。

法官先生！我不是丧心病狂的人，我的所作所为，决不是卖国，更不是法国的侦探。我的希望，我的所为，不是为我个人权利，实在是为我的好名誉。我要模仿爱尔兰的义士，所以我替国民出力，替国家出力。不料先生一定要说我是卖国贼！我如果卖爱尔兰的独立于法国，只不过将法国的虐政，来换英国的虐政啊！出死

力换到了,仍是没有幸福。我不是疯子,我肯做这种疯子做的事情么?

啊呀!我本国的爱尔兰诸君,我爱本国自由,我望本国独立,我照着我的门第及教育,嗣袭祖先的位置,如做高傲专制的魔王,我也可和先生相比。我的本国是我崇拜的偶像呀!对此偶像,我应当牺牲私利之念,变恋爱之情,再奉以我的生命,来求爱尔兰的独立自由。我既为爱尔兰的男子,不得不希望本国的独立,依此希望,所以要扑灭专制魔王使本国独立于世界之上。上帝原来给了爱尔兰以独立的资格,有此天赋的资格,爱尔兰的独立,所以是我终身的大希望。

先生看我是叛徒之命、叛党之血,除去我这条命,这点血,其余的党徒,自然会灭尽。先生这种推想,先生这样地看重我,真叫我受当不起。先生知道胜过我的人杰极多,他们都愿立于先生的下风,我常尊重他们的聪明。他们都不愿以先生等做英杰的朋友,他们因为与先生等的血手相握后,自己便染得不洁了。法官先生!流我的血在断头台上,只说是我的罪,却不深辨罪的性质,只想流我无罪之血以为快,照先生如此行为,为什么不痛痛快快地流尽天下无罪人的血,造成一个大血池,好让先生在其中游泳呢!

我也愿意死,但是我死之后,请勿把不良的名誉来污辱我。我愿意为着本国的独立自由,牺牲我的身体。除去这种爱国的事实以外,先生千万不要捏造没有证据的诬说,辱没我的名誉。我们同志所组织的"地方政府"的宣言书,足以代表我的意见。我反抗本国压制的理由,便是防御外国攻击的道理,我为着自由独立而死,死也值得。可是活着的时候,受暴政的虐待,死了以后,又受先生的诬蔑,我实在觉得痛心!

先生为什么急急地要牺牲我的身体呢?先生所渴望的我的鲜血,已经被围绕我身边的刽子手所威吓,受了他们的威吓,所以鲜血已经不凝结了。我的鲜血,我的可贵的热血,他通行在我的身体之中,洋洋地流动,漫漫地溢出。

请先生忍耐一下,让我临死的时候,还能够说几句话。我现在将到荒凉寂寞的坟墓里面去,我生命的灯光,从今以后消灭无存。唉!我的事业已经终了了,无

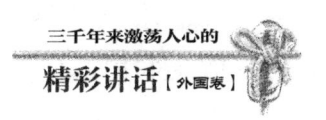

情的黄土,伸手来欢迎我,我将要长眠在黄土之下了。

唉!可爱的国民,切勿替我立墓碑!如果知道我死的原因,死的事实,一行行写到墓碑上去,那么作者也将受暴政的虐待,也要死在无情的刑具之下。况且时势一转,后世人对于我,如果不能下极公允的评论,那么我的事实反不如任他埋没。要是我可爱的爱尔兰,国运勃兴,能够独立,得到自由,和别的国家并立,这时候再来替我做墓碑,那真不嫌迟,那我死在黄泉之下也高兴。否则,千万不要替我立碑啊!这是我的希望,我到了此时也没有话讲了!亲爱的爱尔兰,亲爱的国民,我与你们长别了!请你们努力自爱!

经典解读

在这篇辞世演说中,伊墨刺多慷慨陈词,阐述了生与死、是与非、肉体消亡与名誉永存之间的关系。他强调名誉重于生命,自己之所以为自己论辩只是不想侮辱了自己的名誉,"我不愿意为生命辩论,我不得不为名誉来辩论"、"我也愿意死,但是我死之后,请勿把不良的名誉来污辱我",以一种无所畏惧的气概抒发了自己未酬的壮志,义正辞严地维护自己的名誉。与此同时,他还对政府强加到自己头上的卖国罪的诬陷进行了驳斥,指出爱尔兰当局专制反动,以爱国志士的鲜血去讨英国统治者的欢心。这种为祖国独立自由而献身的青春热情,仿佛让人看到他喋血沙场的战斗姿态。

这篇演讲犹如一曲慷慨悲歌,喷射出伊墨刺多牺牲小我拯救大我的至悲至爱,撼人心魄、震人心弦。他的肉体死了,但名誉活着,依然闪烁着光芒。他的精神激励着爱尔兰的爱国志士继续战斗,为祖国的独立解放而奋斗。

名句赏析

法官先生!我又不是丧心病狂的人,我的所作所为,决不是卖国,更不是法国的密探。我的希望,我的行为,不是为了我个人权利,实在是为了我崇高的名誉。

我要模仿爱尔兰的义士,所以我替国民出力,替国家出力。不料你一定要说我是卖国贼!我如果卖爱尔兰的独立于法国,只不过将法国的虐政,来换取英国的虐政啊!拼死力所换来的,却是同样没有幸福可享的虐政,我不是疯子,我肯做这种疯子做的事情吗?

这一段雄辩的演讲,令法官瞠目结舌。伊墨刺多在心平气和中,既讽刺了爱尔兰专制政府的无耻,又向听众们讲得明明白白,自己是无辜的。根据他的演讲,听众们就可以更加清醒地看清谁是真正的爱国者,谁是真正的卖国贼。

4.美国废奴运动领袖布朗——生命的最后一课

背景资料

约翰·布朗(1800-1859),出生于美国康涅狄格州托林镇一个白人农民家庭。19世纪中期以后,随着美国资本主义的发展,北方的雇佣劳动制和南方的种植园奴隶制的矛盾异常尖锐,废除奴隶制,发展资本主义已经成为一股不可抗拒的历史潮流。布朗的父亲是废奴主义者,布朗从小就受到反奴隶制思想的熏陶。

1850年,布朗在斯普林菲尔德建立了一个黑人武装组织——基列人同盟,为走向黑人武装斗争做了组织准备。1854年,布朗组织了一个废奴主义团体。1854-1856年,他参加了多次堪萨斯州反奴隶主的武装斗争。其中1854年,南方种植园奴隶主派遣武装匪徒侵犯堪萨斯,布朗带领5个儿子前往参战,并歼灭了敌人。从此,布朗的名字传遍各地。

1859年10月16日,约翰·布朗在弗吉尼亚州的哈帕斯渡口发动武装起义,这是美国人民群众试图用武装斗争消灭黑人奴隶制的一次英勇尝试。结果遭到奴隶主的残酷镇压,起义军终因寡不敌众而失败,布朗被俘。同年12月2日,州法院以"谋反罪"判处布朗绞刑。在法庭上布朗即兴发表了本篇演说。

讲话实录

如果法庭允许的话,我有几句话要说。

首先,除了我始终承认的,即我的解放奴隶计划之外,我否认其他一切指控。我确实有意完全消灭奴隶制。如去年冬天我曾做过的,当时我到密苏里,在那里双方未放一枪便带走了奴隶,通过美国,最后把他们安置在加拿大。我计划着扩大这行动的规模。这就是我想做的一切。我从未图谋杀人、叛国、毁坏私有财产或鼓励、煽动奴隶造反、暴动。

我还有一个异议,那就是:我受这样的处罚是不公平的。我在法庭上所承认的事实已经得到相当充分的证明,我对于证人提供的大部分事实的真实和公允是很钦佩的。但是,假如我的作为,是代表那些富人、有权势者、有才智者,即所谓大人物的人,或者是代表他们的朋友——无论是其父母、兄弟、姐妹、妻子、儿女,或其中任何人的利益,并因此而受到我在这件事上所受到的痛苦和牺牲,那就会万事大吉。这法庭上的每个人都认为,我的行为不但不应受罚,而且值得奖赏。

我想,这法庭也承认上帝的法律是有效的。我看到这里有一本你们吻过的书,我想是《圣经》或至少是《新约全书》。它教导我:要人怎样待我,我也要怎样待人;它还教导我:记着缧绁中的人们,就如同和他们被监禁在一起一样。我努力遵循这训条行事。我说,我还太年轻,不能理解上帝是会偏袒人的。我相信,我一直坦率地为上帝穷苦子民所做的事,并没有错,而且是正确的。现在,在这个奴隶制的国度里,千百万人的权利全被邪恶、残暴和不义的法制所剥夺,如果认为必要,我应当为了贯彻正义的目的付出我的生命,把我的鲜血、我子女的鲜血和千百万人的鲜血流在一起,我请求判决,那就请便吧!

请让我再说一句。

我对在这次审讯中所受到的处置感到完全满意。考虑到各种情况，它比我所料想的更为宽大。但是，我不认为我有什么罪。我开始时就已经说过什么是我的意图，什么不是我的意图。我从未想过要去破坏别人的生活、要去犯叛国罪、去煽动奴隶造反或发动全面起义。我从未鼓动任何人去这样做，却总是打消任何这种想法。

　　请还允许我说一句那些与我有关的人们所说的话。我听到他们中有人说我引诱他们与我联合，但事实恰恰相反。我这样说并非要伤害他人，而是深为他们的软弱感到遗憾。他们与我的联合没有一个人不是出于自愿的，而且他们中大部分是自费与我联合的。他们中间有很多人直到来找我的那天，我从未与他们见过面，也没有与他们交谈过，这就是为了我已经阐明的目的。

　　现在，我的话已经说完了。

经典解读

　　本篇演说没有什么开场白，语言朴实无华，也没有严谨的结构，各段落之间没有什么逻辑上的必然联系，而且每段各自陈述和论证一个问题，这些特点都明显偏离于一般的演讲程式。但是通读全篇会发现很强的论辩性质，言辞激烈，事实层层深入，浑然天成。布朗以谴责敌人滥杀无辜为主旨，通过引证无情地揭露了在"公允"论辩后面的实际性质，严正地指控法庭的非正义和不公正，充分地发挥了引证法在辩论中的作用，使得本篇具有强烈的感染力和鼓动性。

　　虽然最终布朗的演说没有改变死刑的命运，但作为一次废奴主义宣传却获得了巨大的成就。在他死后两年，美国爆发了旨在推翻南部奴隶制度的南北战争，北方军的士兵们高唱着"约翰·布朗的精神引导着我们前进"的歌曲，势如破竹，赢得了内战胜利。

名句赏析

我看到这里有一本你们吻过的书,我想是《圣经》或至少《新约全书》。它教导我:要人怎样待我,我也要怎样待人;它还教导我:记着缧绁中的人们,就如同和他们被监禁在一起一样。我努力遵循这训条行事。

演说的最后,布朗以双方都认可的权感理论《圣经》设辩,用词准确犀利,论证了自己为那些受人轻视的穷人们进行工作,并不是错误的,而是正确的。如果有必要,自己愿意为正义事业付出生命。这表现了一位废奴领袖敢为真理和正义献身的大无畏精神。

5."友好情谊"大使费尔普斯——告别英伦

背景资料

爱德华·费尔普斯,美国外交家、著名律师。出生于美国的一个大农场主家庭,曾获法学博士学位,执律师业,后步入政界。1885年至1890年间,担任美国驻英国大使一职。任内恪尽职守,为发展美英两国友好关系做出了积极的努力,被两国人民称为"友好情谊"大使。

本篇是1890年费尔普斯结束美国驻英国大使任职,即将返回美国时,在伦敦市市长为他举行的饯行宴会上所做的答谢讲话。

讲话实录

市长先生、各位爵士、各位先生:

诸位对我的亲切致意,还有我的朋友市长先生和我的尊敬同行大法官阁下刚才对我的过誉之词,对于这一切,要是我说自己拙于词令,无法用语言表达我的感谢,想必你们不会觉得奇怪。但是尽管我无法用言语表达,你们一定会相信,我的感情完全是真挚的、由衷的。我感谢你们,各位先生,不仅因为今天晚上你们在此为我举行的宴会极其特别,远非我所想的那些千篇一律的宴会,尤其因为你们使我有机会在这友好的气氛中会晤众多的良友。对于他们,我怀着深深的惜别之情。

在这4年内,我出入你们之间,对你们有了很好的了解。我曾参加许多令人满意的公开活动,到过许多家庭作客。英女王陛下受全国人民爱戴和美国人民尊敬,在她那次令人难忘的大典里,我的心和你们一同欢欣庆祝。我曾和你们一同站在你们的不朽名人墓前默哀;我分享你们的欢乐。我一直尽我的微薄力量以增强我们两国人民之间的了解,促进彼此更全面、更准确的认识,加深我们之间真诚的感情。

这使我要就我们之间这种关系说几句话。维系政府之间精神上的交流是最重要的,其价值不容忽视。但是,在现代,有关各国的立场态度,主要系于各国民众之间全面了解的感情。历史上帝王或统治者为满足个人的野心和狂想而把国家卷入敌对行为之中的时代早已过去。现在在文明国家之间,如果得不到本国人民真情的支持,就发动不起战争,彼此的和平也只是空洞而渺茫的。只有双方人民要战争,两国才能动武。除非产生误解,我们这个民族的人民是不会轻易彼此怀有敌意的。没有什么比互相误解更能种出仇恨了。要保障避免产生误解,就必须加强英美两国之间大量的、不断增长的友好往来联系。只要这种交往继续下去,我们两国的关系就必然是友好的。

有时我们可能遇到不幸的意外事件,我们的利益可能互相冲突,一方或他方可能犯错误,轻率或无知的人有时会口出刺耳之言。但是,不犯错误的人往往只是什么事也不做。同样,一个不犯错误的国家只能在极乐世界中才找得到,在这个有瑕疵的、风吹雨打、坎坷不平的尘世上是没有的。

不如人意的种种终究是转瞬即逝的东西,它们不会触及我们两个民族的伟大心怀。它们只是一时随风飘动,然后便永远消失——"埋葬在滔滔大海的深处"。

经典解读

从结构上来看,本篇演讲虽然简短,但内容丰富全面、层次井然有序。具体来说,费尔普斯主要讲了4个方面的内容。一是对伦敦市市长为自己举行饯行宴会表示感谢;二是回顾了4年内自己为友好关系的建立所做的工作,"我分享你们的快乐,分担你们的忧思,尽自己的微薄力量以增强我们两国人民之间的了解";三是对美英两国长期性的友好外交怀着热切的希望,认为"维系政府之间精神上的交流是最重要的"、"要保障避免产生误解";四是表达了自己对英伦深深的惜别之情。

在语言上,费尔普斯的演讲中既有热情洋溢的感谢,也有满含深情的殷切希望,还有淡淡的忧伤以及比较生硬冷漠的外交辞令,措辞得体合理,可谓是风格杂呈,寓意丰满,意味深长。

名句赏析

有时我们可能遇到不幸的意外事件,我们的利益可能互相冲突,一方或他方可能犯错误,轻率或无知的人有时会口出刺耳之言。但是,不犯错误的人往往只是什么事也不做。

费尔普斯意指,英美两国之间产生误解、冲突在所难免的客观性,但是这并非一件令人伤心的事情,有矛盾证明两国存在需要或利益关系。相反,如果忌讳矛盾和冲突,两国唯有减少或中断往来联系。当然,这种做法肯定是不理智的。

6.军事家天才蒙哥马利——告别演讲

背景资料

伯纳德·劳·蒙哥马利(1887-1976),英国杰出的陆军元帅、战略家和军事家,二战盟军中杰出的指挥官之一。著名的阿拉曼战役、诺曼底登陆为其军事生涯的两大杰作,被挑剔的国人称之为"真正的军事家天才"。

1942年8月,蒙哥马利受命赴北非,接管第八集团军。1942-1945年间指挥了北非战争,在阿拉曼地区击溃"沙漠之狐"隆美尔指挥的德军,声名远扬。当时的英国首相丘吉尔及英国陆军部对蒙哥马利特别重视,调任他为第二十一集团军群司令兼地面部队司令,参与诺曼底登陆战役的计划制定工作。

这篇演讲是蒙哥马利即将赴任盟军第二十一集团军时,向第八集团军所发表的告别演说。

讲话实录

亲爱的官兵:

在这里讲话很易激动,但我当努力控制自己。如果说不下去时,请你们原谅。

我不得不遗憾地告诉你们,我离开第八集团军的时刻来到了。我受命去指挥在英国的英国军队。他们将在最高统帅艾森威尔的领导下作战。

我实在很难把离别之情适当地向你们表达出来。我就要离开曾经和我一起战斗的战友。在艰苦作战与赢得胜利的岁月中,你们忠于职守的勇敢与献身精神,永远令我钦佩。我觉得,在这支伟大的军队中,我有许多朋友。我不知道你们是否想念我,但我对你们的思念,特别是回忆起那些个人的接触,以及路上相遇

时愉快致意的情景,实非言语所能表达。

我们共同作战,从未失败过。我们共同所做的每件事,总是成功的。我知道,这是由于每个官兵忠于职守、全心全意合作的结果,而不是我一人之力所能做到的。正因为这样,你们和我彼此建立了信任。司令官与他的部队之间的相互信任是无价之宝。

与沙漠空军部队告别,我也依依不舍。在第八集团军整个胜利作战的过程中,这支出色的空中打击力量一直同我们并肩作战。第八集团军的每名士兵引以为荣地承认,这支强有力的空军的支援是胜利的极其重要的因素。对于盟国空军,尤其是对于沙漠空军的大力支援,我们将永志不忘。

临别依依,我要向你们说些什么呢?

我激动得说不出话,但我还是同你们说:

第八集团军之所以有今天,是你们的功劳,是你们,使得它在全世界家喻户晓。因此,你们一定要维护它的良好名声和它的传统。请你们以对我一贯的忠诚和献身精神同样地对待我的接任者。

再见吧!希望不久又再见面,希望在这次大战的最后阶段,会再次并肩作战。

经典解读

离别在即,屡建奇功、声名显赫的蒙哥马利是如此的依依缠绵。"我不得不遗憾地告诉你们,我离开第八集团军的时刻来到了"、"在这里讲话很易激动,但我当努力控制自己。如果说不下去时,请你们原谅"等,这样的真诚流露不仅没有影响蒙哥马利的统帅形象,反而让他在士兵们面前变得血肉丰满起来。接着,蒙哥马利深情怀念共同经历过血与火的考验,相互理解、相互信赖、相互支持的深情厚意,并真诚地表示所有的成功是全体官兵共同努力所得。然后,他还向大家表达了心底的殷切希望,安排后期的工作,希望将士们维护第八集团的良好名声和它的传统。最后,他用"希望不久又再见面,希望在这次大战的最后阶段,会再次

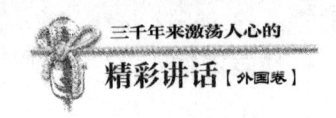

并肩作战"，又一次激发了将士们的情绪。

这篇演讲短小精悍，立论确切，思想深刻。在演讲中，蒙哥马利将深沉的情感亲切而真诚地传递给将士们，使听众很快地融入到他的演讲之中，也足以令每一位听众心生感动，感佩至深。

名句赏析

我们共同作战，从未失败过。我们共同所做的每件事，总是成功的。我知道，这是由于每个官兵忠于职守、全心全意合作的结果，而不是我一人之力所能做到的。

在评价第八集团军的时候，蒙哥马利既谦虚又客观公正。他没有将功劳归于某个具体的人，而是归于所有的将士。这是对将士们的肯定和鼓励，从中我们也可以感受到蒙哥马利人格的力量和坦荡的胸怀。